蜀山劍俠傳

第一部

5

萬里孤征

還珠樓主——著

蜀山劍俠傳

目錄

第一章　妖龍劫數

魏達本來救曼娘時就一見鍾情，不過因為自己平昔以英雄自命，不願乘人之危，有所表示。魏老婆子猜知兒子心意，幾次向他提起，他都不肯。同時相處這些日，愛苗在心田中業已逐漸滋長繁榮，無論如何排遣也丟放不開，一想到曼娘病癒不久便要分手，便有些悶悶的。今日一見曼娘不避嫌疑，照料自己病軀同三老身後，不時誠摯勸慰，處處深情流露，越加感激敬愛到無以復加。再一想曼娘所說的話極有道理，只得遵從曼娘勸解，勉節哀思了。

到了後半天，曼娘將三老的衣衾棺槨運到山腳。曼娘恐抬棺的人看出死者身上傷痕，又去驚官動府，假說自己是外鄉人。因家中父母伯叔俱是保鏢的，客死此地，不想葬在這個山上，打算將屍骨運了回去。如今同來的幾個夥伴不在，想是到山中去搬取屍骨去了。「你們且將棺木衣裳放在此地，連繩索全賣給我，等我們的人來了自己裝殮，省得再抬上去抬下來的，山高費事。」

說罷，待眾人放下，故意兩手抱著棺材一頭舉了起來，將三口棺木疊在一起。那棺木俱是上等木料，分量甚重，加上裡面墊底的石灰，少說也有二三百斤，曼娘抱著一頭舉起，沒有千斤神力，如何能辦到。再加曼娘腰佩長劍，滿口的江湖話。這些抬棺的人明知這單身女子形跡可疑，但是銀子適才業已付過，又見她面上帶著悲容，言談自如，給的繩索費用同酒錢甚多，便也不願多事，將信將疑，道謝而去。

那所在離魏達住的崖洞還有半里多路，地方極為幽僻，往往終日不見人跡。曼娘站在高處，眼看眾人走遠，才縱將下來。先用雙手捧起一個運回崖洞，然後再來運第二個，不消一個時辰，已將三口棺木運完。然後將三個屍身一一裝殮起來。新癒之後，經了這一番勞頓，累得渾身是汗，實在支持不住，只得在三人停屍的鋪上躺下休息。

起初魏達見曼娘一人勞累，於心不忍，幾次想掙扎起來幫忙，都被曼娘再三攔阻，還裝作生氣，才將他止住。魏達過意不去，說不盡的感激涕零，不知要如何報答曼娘才好。後來見曼娘累得躺倒，越發擔心著急不已。及至曼娘醒來，說是這一勞頓，出了一身大汗，倒覺身子輕鬆許多，魏達才放了心。二人又同時將應服的藥服了下去，略進一點吃的，分別睡去。

直到第六七天上，魏達才得起床。曼娘自是一天比一天見好。經了這一次生死患難關頭，自然彼此情感日深，但魏達終覺不好意思向曼娘求婚。直到年底，他二人要一同將三老靈柩運回四川，起程之時，因孤男寡女路上不好稱呼，魏達尋思了好幾天，還怕惱了曼娘，只略用言語表示。曼娘早已心許，便示意應允。這才商量扶靈還鄉之後，再行合巹。

回川以後，二人正式成了夫婦，愈加恩愛，曼娘當年便有了身孕。到了秋天，打開師父給的第二封柬帖一看，不但把前因後果說得詳詳細細，還說：「如果第一次將藏靈子這段孽冤躲過，須要三年之後，才能遇見魏達成為夫婦，應在今年今日到鼎湖峰去取那下卷天書。這天書有一條妖龍看守，那妖龍雖是龍種，並不與常龍一樣，每隔三十年換一回皮才出洞一次，每次前後只有二月。平常潛伏峰頂鼎湖之內，有金篆符籙護體，再加牠已有數千年道行，普通劍仙休想入湖一步。

「近六十年來，妖龍已不似昔年安分，每逢褪皮出世，時常下峰傷人，牠的劫數就在這最近六十年中。這一次曼娘本可趁牠褪皮之際，下手奪取天書，無奈曼娘如先和魏達成親，必然有孕，萬萬不能前去；否則即使勝得妖龍，也將天書污穢，字跡不顯，得了無用，還要上遭天戮。過了今年，那妖龍又須再待三十年才能出現，但是機緣已過去了，去了無益有損。」等語。

曼娘看完，倒有一半不大明白。見柬帖語氣，明明師父好似說自己已與那個叫藏靈子的有了沾染，但是自己和魏達成婚那晚上明明還是處女，好生不解。連魏達也覺因空師太柬帖說的與事實不符，不過曼娘有孕卻是事實。

那鼎湖峰壁立千丈，魏達昔日也曾想上去幾次，俱未能夠。曼娘身孕臨盆在即，自是不便涉險，空可惜了一陣，也未將柬帖所留的話完全明白。直到曼娘臨產，生下魏青的父親魏荃，血光污穢了藏靈子的法術，坐忘丹也失了效用，曼娘才依稀想起前事，又羞又氣，又急又可惜，恨不得一頭碰死。她也不瞞魏達，竟將前事告知。魏達不但不輕視她，反怕她想起難過，愈加著意安慰體貼，無微不至。夫婿多情與兒子幼小，真叫曼娘事已至此，求死不得。不過對於鼎湖天書還未死心。第二年曼娘身子恢復了康健，便和魏達商量，到鼎湖峰去盜那天書。

魏達見因空師太柬帖，預示先機，全都應驗，知道徒勞跋涉，勸阻多次。曼娘執意不從。魏達強不過愛妻心意，只得雇好乳娘，將幼子託付給好友家中照料，夫妻二人同到鼎湖峰。費了若干的事，才得上去。一看，不但風景靈秀，巖谷幽奇，面積也還不小。

偏西南角上有一個百十畝方圓的大湖，清水綠波，碧沉沉望不到底。峰頂既高，天風冷冷。去時正值日麗天中，有時一陣風吹過，湖水起了一陣波紋，被日光一照，閃動起萬道金鱗，光華耀眼。再往四外一望，縉雲仙都近在咫尺，四圍都是群山環繞，若共拱揖。忽地峰半起了一層白雲，將峰身攔腰隔斷，登時群山盡失，只剩半截峰頭和遠近幾座山顛在雲海中浮沉，恍若海中島嶼一般。端的是蛟龍窟宅，仙靈往來之所。

二人觀察了一會，湖水平盪盪的，一些動靜也沒有。知道湖水太深，下面必有泉眼，更不知妖龍潛伏何處。因見柬帖上說妖龍褪皮，為期約有兩月，如今在前幾天趕到，必然還未出來。柬帖上又說妖龍褪皮之前，須出湖曬太陽；褪皮之後，每晚到了子時，便如死去一般。與其冒昧涉險，不如尋個隱僻所在，等牠自己上來，再行伺機下手。

商量好了以後，便去尋覓存身崖洞，找了好幾處都不甚合意。末後又到一處，前面是一片密葉矮松，虬枝低極，如同龍蛇夭矯，盤屈地上，松林後面是一個小山崖。過了松林一看，崖前竟有兩座小洞，一東一南，相隔雖只二十幾丈，但是兩洞都甚隱蔽，站在洞前彼此不能相望。先到東洞一看，洞門上還有兩個古篆大字，可惜被天風侵蝕，已漶漫不可辨識了。

入洞一看，裡面竟有蒲團丹灶之類，想以前定有人在此住過。正在驚奇，曼娘猛一退步，忽然一腳踏在一個東西上面，覺得軟軟的，如踏了一堆沙一般。回頭一看，不由失聲喊道：「怪事！」

魏達聽到曼娘驚呼，順著她手指處一看，原來是一個道裝的死屍，想是年代多了，屍骨已被天風所化，變成灰質，所以曼娘腳踏上去覺得軟綿綿的。再一看他身上並無傷痕，只是頸間有一個大洞。雖不敢斷定是來此盜取天書被妖龍所害，但是這道人既能來此絕頂修道，定非常人，竟會暴死，其中必有緣故。鑑於道人前車，正有些覺得此洞不吉，忽然洞壁角處起了一陣陰風，吹得二人毛髮皆豎，隱約間似聞鬼哭。

曼娘忙作準備時，那陰風只有一陣，並無什麼動靜。二人總覺這裡不是善地，決定另尋住所。憐那道人暴骨荒山，再一看洞底竟是土質，與其將他抬出掩埋，不如就將他埋葬原處。當下夫妻合作，就在道人身旁，用兵刃掘了一個深坑，將道人屍首葬好。然後再向南洞一看，雖然較東洞窄小，裡面空無所有，但是十分明亮，不似東洞陰森森的。便將攜來包裹打開，就洞中大石上鋪好。取出乾糧，取些泉水來飽餐一頓。又到湖邊望了一次，仍是一些動靜無有。二人迎著天風，憑臨絕巘，觀賞到天黑，才回洞就寢。

到了半夜，曼娘正在半醒半睡之際，忽見一個紅臉道人朝她拜了幾拜。驚醒一看，已經不見。忙喊醒了魏達一問，也說夢中見著道人向他稱謝。二人嘆息了一陣，猛想起這裡與妖龍窟穴相隔甚近，如何這般大意，竟一同熟睡起來？當下夫妻二人才商量：一個上半夜，一個下半夜，分班在洞口瞭望，以防不測。如此過了兩宿，均無動靜。

到了第三日晚間，因為明日便是妖龍出湖之期，分外加了謹慎。魏達守上半夜，平安無事。到了下半夜，曼娘醒來，代魏達防守，一人在洞前徘徊。一輪半圓的明月，照在洞前松樹上面，虬影橫斜，松針滿地，天風吹袖，清光如水。遠遠聽到湖中水響，與松濤之聲交應，眼前景物分外顯得幽絕。

正算計明日正午便是妖龍出湖之期，自己已是行年五十之人，雖然仗著丈夫家傳駐顏靈藥，平時照鏡，彼此互視，還如三十許人，只是僅保青春，到底難享修齡。倘能僥倖這一次得了天書，除卻妖龍，就此尋一座名山古洞，按照天書上修道之法，學古人劉樊合籍，葛鮑雙修，同參正果，也不枉辛苦一世。正在胡思亂想，忽見從仙都峰頂上飛起一道帶有青黃兩色的光華，如匹練一般，直向鼎湖峰這邊飛了上來。知道來了本領高強之人，不由大吃一驚。連忙進洞喊醒魏達，低聲說道：「你快起來，我們來了對頭了！」

魏達聞言，忙隨曼娘出洞，伏在暗處一看，那道青黃色光華在鼎湖上面盤旋飛舞了一遍，倏地飛起，又投向別處，移時又復飛來。似這樣飛過了好幾次，好似也在尋找洞穴藏身一般。飛轉了一陣，越飛越近，末後竟往東洞內飛去。

二人見他往面前松林內飛來時，俱捏了一把汗。及至見那道青黃光華並未發現自己，飛入東洞，不見出來，才略為放了一些心。

曼娘道：「我自幼隨師父學劍，頗能分出劍光邪正。來人劍光青中帶黃，定非正派門下，而且他的功行很深，不是平常之輩。此番盜取天書，恐怕棘手。」說時好生難過。魏達便勸慰她道：「事已至此，莫如逕去和來人說明，彼此同謀合力，但能將書得到，大家一同享受，豈不是好？」

曼娘道：「這個萬萬使不得！姑不論來人本領在你我二人之上，他不屑與我等合作，而且他還是異派門下，不講道理，萬一遭他之忌，反生不測。為今之計，只有各做各的，惟力是視，看各人仙緣如何。所幸我們藏在暗處，他注意鼎湖那面，一時不致覺察，說不定因禍得福，拾點便宜也未可料呢。」

魏達素來聽曼娘的話，也就沒說什麼。二人不敢再睡，候到天明，還不見那道青黃光出來。二人吃飽了乾糧，伏在洞前僻靜處靜觀動靜。眼看快到午時，忽然天風大起，鼎湖那邊水聲響亮，遠遠望去，波濤上湧。二人見是時候了，恐怕失卻機會，也不顧眼前危險，逕自商量了一陣，由崖後叢林繞到鼎湖左面山崖上。剛剛尋了適當藏身之處，忽聽一聲破空聲音，那道青黃光華也從東洞飛到湖邊，光斂處現出一個道裝妖嬈女子。

這時湖中如開了鍋的沸水一般，波濤大作，滿湖盡是斗大水泡滾滾不停。猛地嘩嘩連聲，湖水平空往正中集攏，拔起一根十餘丈的水柱，亮晶晶地映著日光，絢麗奪目。那根水柱起到半空，忽然停住，倏地往下一落，如同雪山崩倒，紛紛四散，水氣如同霧索輕綃一般，籠罩湖上。少時湖底又響了一陣，冒起了將才的水柱，一會又散落下來。如此三起三落，落一回，湖中便淺下去一兩丈，到最末一回，湖水竟然乾涸。猛聽道姑嬌叱一聲，手指處一道匹練般的青黃光華直射湖中。

曼娘、魏達順那青黃光所到處一看，湖心一個巨穴金光閃閃，穴中盤石上面正盤踞著一個牛首鼉身、似龍非龍的怪物，長有十餘丈，身上俱是黑鱗，烏光映日。見青黃光到來，把嘴一揚，便吐出一團火球迎上前去。

那道姑一見，收回青黃光，撥頭就跑。妖龍哪裡肯捨，身子微一屈伸之際，四腳騰空，直朝道姑追去，眼看追出去半里多路。那道姑猛地大喝道：「孽畜還不快將天書獻出，你回去已無路了！」說罷，又指揮劍光，上前與妖龍鬥在一起。鬥了片時，那妖龍抵敵不過，回身便想往湖內逃走。那道姑也不追趕，將頭一搖，長髮披散下來，口中唸唸有詞，將手往前一揚，立刻湖邊四圍起了一陣黃煙，直向妖龍捲來。

那妖龍想是知道黃煙比劍光還要來得厲害，重又撥回頭向道姑撲去，與青黃光鬥在一起。由午初直鬥到酉初，妖龍漸漸不支，猛地將身伏地，那團火球便化成萬道烈焰，將牠身子護住。火光中只見那妖龍一陣搖擺，忽然怪叫了一聲，接著便聽軋軋作響。不多一會，火煙起處，皮鱗委地，一條無鱗白龍沖霄便起。

那道姑見妖龍褪皮逃走，更不怠慢，右手起處，飛出兩道綠光，直朝妖龍頭上飛去。隨將左手一指，那道青黃光同時星馳電掣般飛將過去，圍著妖龍只一繞，便聽幾聲慘嘯過去，妖龍兩眼被道姑打瞎，再被劍光這一繞，登時腰斬兩截，從空中墜落地上。這一場人妖惡鬥，只看得曼娘夫妻驚心駭目，哪裡還敢起覬覦天書之想。

那道姑斬罷妖龍，身劍合一，直往鼎湖心裡飛去。去了好一會，重又飛了上來，將手一招，收了湖上黃煙，怒氣沖沖指著毒龍頓了兩足。忽又低頭尋思了一陣，猛地走到妖龍跟前，將劍光一指，橫七豎八圍住妖龍身軀亂繞，只攪得血肉紛飛，攤滿了一地。那道姑又用身佩劍匣在妖龍血肉堆中亂攪，好似尋找什麼東西似的。直到天將近黑，月光上來，仍是一無所得，這才賭氣一頓足，破空而去。

曼娘見道姑手下如此慘毒，暗幸沒有被她發現，滿以為天書已被旁人得去。

道姑走後，夫妻二人垂頭喪氣走了出來，打算回到南洞，取了包裹，準備下山。因道姑已走，無須繞道，便從妖龍身旁走過。只見龍身已被道姑斬做一堆血肉，軟癱地上，只剩剛才妖龍褪下的軀殼堆在旁邊，還如活的一般。

曼娘好奇，近前一看，見那妖龍一顆牛頭，大如栲栳，鼉身四足，俱帶烏鱗，生得甚為長大凶猛。暗想著剛才情形，要是沒有道姑，憑自己本領，也決非妖龍敵手。正在尋思，忽見月光底下有一線紅光閃動，仔細尋蹤查看，正在龍口中發出。連忙招呼魏達，夫妻合力將龍身掀開，便有一道金紅光彩直射到二人臉上。

魏達往發光處一伸手，便摸出一個寬約三寸、長約七寸的玉匣來，上面還有符籙篆文，正是柬帖所說的玉匣天書。想必妖龍年久得道，這一次出洞褪皮，已將天書吞入腹內。適才因鬥那道姑不過，便想將皮褪下，丟下天書逃走，以免敵人窮追。那道姑不曾覺察到此，只在湖中洞穴與妖龍肉身上找尋，枉自費了一番氣力，白白傷害了妖龍性命，並不曾得到天書，反便宜了曼娘夫妻。

曼娘不意而得，喜出望外。隨手將匣上符籙揭去，想打開玉匣觀看究竟。那符籙才揭起，便即自動化為一道紅光飛去。再看那玉匣，竟如天衣無縫，休想打開。一會工夫，忽聽湖中水響，到湖邊一看，湖水已漸漸湧起，回了原來位置。曼娘見玉匣上面金光四射，恐怕引外人覬覦，不敢大意。夫妻二人匆匆回了南洞，取了應用東西，忙即尋路下山。

那山三面壁立，無可攀援，只有西面從下到上橫生著許多矮松籐蘿之類，上來容易，下去卻難。幸得二人早已準備退路，將預先備好的一張桐油布展開，用幾根鐵棍支好，再用強索綑紮一番，做成一把沒柄的傘蓋。夫妻二人各用雙手抓緊上面鐵棍，將必要的兵刃衣服紮在身上，天書藏在曼娘懷中，尋一塊突出的岩石，雙雙往下面便跳。那油傘藉著天風，撐得飽滿滿的，二人身子如凌雲一般，飄飄蕩蕩往下墜落。眼看離地兩三丈光景，彼此招呼一聲，看準落腳之處，將手一鬆，雙雙墜落地上。

二人互相欣慰了一番，因時已深夜，想在仙都附近尋一崖洞棲身，稍微歇息，一早起程回川，再尋高人商量開匣之策。二人高高興興正往仙都峰腳走去，曼娘忽然低低一聲驚呼。魏達回頭看時，天都峰腳下，昨晚下半夜所看到的那道青黃光華，正像流星趕月一般，又飛回鼎湖峰去。

曼娘急對魏達道：「這道姑去而回轉，必然想起忘了搜索妖龍軀殼。她這一回去原不要緊，可恨適才大意走得匆忙，沒有將龍殼還原，又不該將剩的乾糧同一些無用之物遺在峰頂，被她此去看破，必然跟蹤追來。事在緊急，惟有先尋一僻靜地方躲避些時，等她走了再作計較。」二人正在尋覓適當藏身之處，那青黃光華又從鼎湖峰頂飛了下來。偏偏月色也有些昏暗，雖然曼娘夫妻本領高強，在這大敵當前，奔逃於危崖絕壑之間，既要防到後面敵人，又要查看前面路徑，未免有點手忙腳亂。

二人一面往前覓路逃走，一面不時回顧，見那道青黃光華只管盤空飛繞，既不下落，也不飛走，看出是在尋找敵人去路的神情，不禁越發著急起來。所幸二人經行之處盡是些叢林密莽，南方天氣溫和，雖然時近中秋，草木尚未黃落，野麻灌木之類還在繁茂時期，高可齊人，不時又有山石掩蔽，並未被敵人覺察。眼看那道青黃光華在空中盤旋飛舞了一陣，有時竟飛離二人頭上不遠，倏地如隕星墜落一般，仍投向天都山西北方來路而去，轉瞬不見蹤跡。曼娘夫妻如釋重負。待了一會不見動靜，彼此一商量，覺得此間終非善地，仍以離去為佳。

這時山上忽然起了一陣濃霧，颳起風來，大小山巒都看不見一些蹤影。一會風勢越大，吹得滿山樹林聲如潮湧，日影昏黃中，隱隱看出四外濃雲疾如奔馬，往天中聚集。頃刻之間，皓月潛形，眼前一片漆黑。二人知要變天，忙尋崖洞棲避時，忽見前面叢草中現出一道金光，將路徑照得十分清晰。

曼娘仔細一看，那金光竟是從胸前玉匣上發出。起先急於逃走，並未覺察到。這時月黑天陰，所以光華越顯，不由又喜又急。喜的是天籙祕寶竟被自己唾手而得；驚的是強敵尚未走遠，前途吉凶難定，寶光外燭，恐怕勾起外人覬覦之心，前來奪取。知道貼身兩件衣服絕對遮蔽不住，便將魏達包裹打開，將玉匣取出，準備包得厚密一些，以免光華外露。誰知才一出懷，匣上金光便沖霄而起，照得身旁紅葉都起金霞，異彩眩目。曼娘慌不迭地忙將隨身衣服層層包好，又從魏達包裹裡取出衣服等物，嚴嚴密密包了有十幾層，細看毫無形跡，才得放心。

剛剛紮綑停當，適才那道青黃光華又從天都山那邊飛起，這次不似適才在空中盤旋，竟直往曼娘夫婦存身方向飛來。曼娘著了慌，知道這次不易脫逃。猛想起適才取匣時，金光照處，曾見道旁有一崖洞，不如鑽進去躲避些時再說。忙亂中略估計了一下方向，拉了魏達，連跳帶躥，高一腳低一腳地朝那洞前縱去。所幸相隔不遠，快要到時，倏地天空一道電閃照將下來，照得路徑十分清晰。

曼娘見那洞口不過三四尺方圓，洞外草泥夾雜，十分污穢，知是什麼狐豬之類的巢穴。事在危急，也顧不得什麼污穢，且避進去再說。招呼魏達將頭一低，一前一後，剛將身子鑽將進去，接著天上又是一道電閃斜射過來。二人目力本好，藉著電閃之光，見洞並不甚深，幸而裡面還高，可以站立。洞裡黑漆漆地伏著一堆東西，更猜不出是什麼野獸，或是什麼蟒蛇之類。曼娘怕驚動外面追來的敵人，不敢用自己飛劍防身。夫妻二人背靠背站好。

魏達面朝那堆黑東西，將劍拔出，在黑暗中舞動，以防那東西衝將上來。劍剛出匣，便聽外面震天價一個大霹靂，山洞藏音，越震得人頭腦昏眩。接著又聽到洞角那堆黑東西爬動，魏達不知那東西深淺，劍舞越疾。猛覺劍尖上碰著那東西一下，便聽一聲怪叫，黑暗中一個黑影奪門而出。那東西剛才躥出洞去，便聽洞外一個女子聲音喝道：「好孽畜！」說罷，便見洞外一道青黃光華一閃。二人聽出是那道姑口音，俱都捏了一把汗。

這時洞外雷聲大作，電光如金光亂閃。等了一會，不見動靜。曼娘首先掩到洞口，往洞外一看，不由大喜，忙喊魏達道：「敵人走了！」魏達也跟著出洞一看，外面大雨早下將起來，那道青黃光華已飛回東北方原路去了。二人猜那道姑必然住在附近山谷之中，越覺非離開此地不可，也不暇計及雨中山路行走不便，仍然鼓著勇氣尋路逃走。

出去不遠，忽見前面有一團黑影，藉著閃電的光一照，原來是母牛般大的一隻黑山熊，業已腰斬兩截，死在地上。才想起適才定是道姑發現金光，追蹤到此，看見崖旁小洞起了疑心。恰遇見這隻黑熊躥出，以為洞既小，又藏有野獸，不似有人居住；又因天黑雨大，無處尋蹤，才拿這黑熊出氣，悵恨而去。若非黑熊解圍，吉凶真難預定呢！

二人慶幸了幾句，仍往前走。山路滑足，不時有山頂流泉沖足而過，好容易越過了天都峰西面。忽然風靜雨止，浮雲散盡，濃霧潛消，一輪半圓明月，仍舊高懸碧空，清光大放，照得滿山林拋清潤如洗。空山雨後，到處都是流泉，巖隙石縫中水聲淙淙，與深草裡的蟲鳴響成一片，分外顯得夜色清幽。直走到天將向明，才翻越完了崇岡，走上平地。

二人還是足不停留，又趕了有三百餘里途程，日已中午，看見前面山坡下面有一座廟宇。二人昨晚被山雨淋得渾身通濕，所有衣服滿包著那部天書，不便取出更換，身上穿著濕衣疾行了幾百里地的山路，又受了風吹日曬，雖然有功夫的人身子結實，也覺得有點不大舒服。昨晚匆匆中又將帶的乾糧全部放在鼎湖峰上，一夜半天沒進飲食，覺著腹中飢渴，便想到廟中去借頓午齋。

走到廟前一看，廟門上有一塊匾額，寫著「白水觀」三字，雖然牆粉剝落，氣勢甚為雄偉。二人明知這廟孤立山麓曠野，前不挨村，後不挨店，門前冷落，行跡可疑，仗著全身本領，自己是江湖上有名人物，至多遇見同道打個招呼，難不成還有什麼意外？便輕輕將廟門銅環叩了兩下。

待了一會，「呀」的一聲，廟內走出一個小道童來。魏達說了來意。那小道童上下打量了二人兩眼，轉身就走。一會工夫，從殿內走出一個紅臉長鬚的道人，見了二人，施禮之後，便邀到雲房中去落座，一面命道童去準備茶水飯食。

魏達見那道人雖然行動矯捷，身材奇偉，倒還看不出什麼異樣。坐定之後，魏達通了名姓。那道人笑道：「施主原來便是蜀東大俠魏英雄麼？這位女施主想便是當年岷山三女之一的賽飛瓊熊曼娘了。真是幸會得很！」

魏達見道人知道自己來歷，頗為驚異，便答道：「愚夫婦多年業已隱姓埋名，還沒請教仙長法諱，怎生得知愚夫婦賤名？請道其詳。」

那道人道：「二位施主名滿江湖，何人不知，豈足為奇？貧道昔年也與二位施主同道，專以除惡安良，盜富濟貧為事。三年前遇見家師坎離真人許元通點化，來此修道。俗家姓雷，名字不願提起，如今只用恩師賜名去惡二字。我見二位施主行色倉皇，衣履濕痕猶在，必是昨晚在山中遇雨奔馳了一夜。想二位施主都有驚人本領，難道還遇見什麼驚險不成？」

魏達夫妻雖知雷去惡是峨嵋門下，到底人心難測，不便說出真情。只說山中遇雨，忽然想起一件急事，須要趕到前途辦理等語，支吾過去。道人知他二人不願實說，也就沒有往下深問。

一會酒飯端來，二人飽餐了一頓。彼此都是江湖上朋友，不便以銀錢相酬，只得道謝作別。臨行之時，道人對魏達道：「尊夫人晦色直透華蓋，但願是連夜奔走勞乏所致才好。萬一前途遇見凶險，遠不必說，如果鄰近，不妨仍回小觀暫住，不必客氣。」魏達、曼娘聞言，將信將疑，因見道人情詞誠懇，只得口中稱謝而去。

走出去約十里來路，曼娘覺著內急，便叫魏達守在路側，尋了一個僻靜之所。剛剛蹲下解完了手，忽聽身旁樹林內有人說話，連忙將身站起，無心中側耳一聽，原來是一男一女。女的道：「你定說天書終要得而復失，失而又得，被眼前的一雙狗男女撿了便宜逃走，應在此刻得回。按你球象追尋，又一絲影蹤也沒有。」

那男的笑道：「好人兒，你怎麼什麼事都猴急？我的晶球視影，幾時看錯過來？今早我同你重到昨晚放光之處，不是明明看見那土洞裡的男女腳印麼？昨晚已兩次被你心急錯過了機會，再要心急，天書就得不成了，你只依我的話，如得不回天書，你從今再不理我可好？」

曼娘先聽那女的說話聲音，就覺耳熟。再一聽他二人所說的話，不由嚇得膽顫心驚。連忙屏氣凝神，輕悄悄繞道趕回魏達身邊，說道：「禍事到了，快走！」

魏達見曼娘滿面驚慌，不及細問，連忙施展輕身功夫，放出日行千里的腳程，隨著曼娘就跑。走出去還沒有一箭之地，耳聽破空的聲音，面前兩道青黃光華一閃，現出一個道姑、一個紅衣番僧，攔住二人去路。道姑高聲喝道：「大膽狗男女！竟敢撿我的便宜，盜取天書。快將天書獻出，饒你們不死！」

第二章　冰窟雪魂

曼娘知道道姑凶狠，事已至此，只得挺身上前說道：「你這道姑好生無理！為何出口傷人，我同你素昧平生，幾曾見你什麼天書來？我賽飛瓊熊曼娘也不是好欺負的，休得誤會，免傷和氣。」

那道姑聞言，破口罵道：「無知賤婢！還要鬥口，教你知道我神手比邱魏楓娘的厲害。」說罷，手揚處一道青黃光華飛出。

曼娘早已防備，因敵人還有一個番僧，不知深淺，悄悄囑咐魏達，千萬不可上前動手，免遭不測。一見敵人劍光飛來，也將劍匣一拍，運用真氣，飛起一道白光，與魏楓娘的劍光鬥在一起。

魏楓娘笑罵道：「怪不得賤婢執迷不悟，原來偷學了一點劍法，來此班門弄斧。」說罷，將手朝著劍光連指。曼娘雖是正傳，到底功行較淺，如何是魏楓娘的對手，漸漸支持不住。那番僧手上拿著一個水晶球兒正在觀看，忽然臉上現出驚異之容，也不知對魏楓娘說了句什麼，魏楓娘也驚慌起來，將手一招，先將劍光收了回去。

曼娘正要指揮白光上前，猛見敵人將手一揚，飛起一道黃煙。曼娘知道不好，回身想逃已來不及，左臂、右腿兩處中了魏楓娘的黃雲毒釘，噯呀一聲，翻身栽倒。魏達見勢不佳，拚命上前救護時，被紅衣番僧口中唸唸有詞，將手一揚，猛覺一陣頭暈眼花，倒於就地。

魏楓娘還要上前下毒手時，紅衣番僧早一把將曼娘手中包裹取過，看了一看，說道：「天書在這裡了，那廝眼看就到，還不快走，等待何時？」說罷，將手攬著魏楓娘，也不俟她答言，袍袖一揮，一道黃光沖霄而去。

待了一會，魏達醒來，見面前站定一個瘦小道人，說道：「可惜我來遲了一步，不但天書被人奪去，你妻子還受了重傷，雖然仗我靈藥解救，也免不了殘廢。你等她醒來，說那天書現被神手比邱魏楓娘搶去，此人與許多妖孽盤踞川滇交界的青螺峪內。她雖將天書得去，但是沒有上函蝌蚪文註釋，毫無用處。此書尚未到出世時候，你妻子如不死心，即便跑往青螺將它盜回，也是徒勞無功，得不到絲毫益處。我贈她藏香一支，如到緊急之時，只須用真氣一吹，便能點燃，我自會聞香趕救。那魏楓娘天書之外還得了許多道書，妖法厲害，你夫妻決非敵手。能就此罷手最好，如要去盜時，我必助她一臂之力。我此時不便和她相見。你二人可在附近尋一處所，養息些時，再行回川便了。」說罷，一晃眼間，蹤跡不見。

魏達見那道人相貌奇古，身材和小孩童一般，彷彿聽人說過，知是異人解救，朝空拜了幾拜。忙趕過來看曼娘時，業已悠悠醒轉。再一看她臂、腿受傷之處，一片焦黃，雖然不聽喊痛，卻是大半身麻木，轉動不得。

曼娘醒來，見天書還是被人奪去，自己又受了重傷，枉受了許多辛苦顛連，不禁一陣傷心，淚如雨下。魏達見她難受，便用言語去寬慰她，把道人解救才得回生之事說了。曼娘一聽，忙問道人是何相貌。魏達又將道人生得如何瘦小形容了一遍。

曼娘聞言，銀牙一咬，當時便暈過去。魏達著忙，喚了好一會，才得醒轉。曼娘哭訴道：「這妖道便是藏靈子。我嫁你以前，若非誤於他這冤孽，何至今日？我已被他所害，師父所料不差，冤孽注定無法解救。我也不再希罕那天書超凡入聖，誰要他送什麼人情，去幫我盜回？我只和你回去尋一地方隱居，了此一生罷了。」說罷，越想越恨，竟自一手把魏達手中藏香搶過，折成幾段，丟在地上，忿忿不置。

魏達才知那道人便是藏靈子。因聽他說曼娘還須將養，猛想起適才白水觀道人雷去惡行時之言，如今既無處投奔，難得他有此好意，不如就在他觀中將養些時，再作回川之計。當下仍用溫言勸慰曼娘保重身體，半扶半抱地同回白水觀去。雷去惡正在觀前眺望，見二人狼狽回來，問起究竟，十分嘆息。

二人在觀中將養了半個多月，曼娘傷勢雖好，左臂、右腿都失了知覺，運轉不靈。傷心忿恨了多日，也是無可奈何，只得與雷去惡作別回去。從此曼娘才死了心，知道自己仙緣有限，年齡漸老，不再妄想了。她兒子仙人掌魏荃生性至孝，記得母仇，便去拜在雷去惡門下，學習飛劍。雷去惡因自己尚不一定是魏楓娘敵手，勸他不可造次。魏荃哪裡肯聽。因為師父說自己能力不是仇人對手，便改了名姓，去拜在魏楓娘門下，覷便盜取天書，報仇雪恨。

魏楓娘的徒弟大都兼充面首，魏楓娘愛魏荃生得精壯，強逼成姦。魏荃惦著天書同父母之仇，只得忍辱順從。剛從仇人口中探出藏放天書的所在，未及下手，偏巧魏楓娘因弒師作惡，恐師伯師叔們不容，想拉攏異教增厚勢力，帶了魏荃同到華山去見烈火祖師。歸途路上，魏荃便想趁仇人身邊沒有羽翼時節下手。報完了仇，再假傳仇人之命，趕回青螺，盜取天書。不想早被烈火祖師看破，暗地跟來，一劍將魏荃雙腿斬斷。

魏荃下手時節，正在魏楓娘的身後，魏楓娘聽到金刃劈風的聲音，回頭一看，烈火祖師正站身後，魏荃業已中劍倒地。魏楓娘還不知魏荃是要暗算於她，以為自己同魏荃苟且，在九華山被烈火祖師看破，爭風吃醋，下此毒手。當時大怒，便不容分說，和烈火祖師動起手來。

魏楓娘原不是烈火祖師對手，幸而烈火祖師不肯傷她，只用劍光將她逼住，將自己看出魏荃存心叵測，怕她遭人暗算，趕來觀察動靜，正遇他在她身後下手，所以將他雙足斬斷，留個活口，等她自己拷問，信與不信，任憑於她等語說了一遍，便破空而去。

魏楓娘聞言，將信將疑。見魏荃已經痛暈在地，不省人事，到底心存憐愛，不忍當時逼問，反用丹藥給他治傷。等到魏荃醒來，略一試探，魏荃自知活著也是殘廢，此仇終不能報，痛哭大罵，不等魏楓娘盤問，竟將實話說出。魏楓娘原是殺人不眨眼的女魔王，這次竟不但不生氣，反問明他的家鄉，送了回去，並未傷他性命。

魏荃到家不久，便即身死。死前因魏青年紀幼小，自己並無其他子息，只囑咐魏青長大速投名師，並未將兩代仇人姓名說出，以免兒子又蹈自己覆轍，絕了魏氏門中香火。所以魏青只能知道一個大概。魏青的身世既已交代清楚，如今仍回到魏青、俞允中盜取天書一事。

且說藏靈子走後，二人再往四下搜尋魔宮一干人，業已逃走了個淨盡。

二人便在大殿上謹守玉匣天書與厲吼首級，靜等師父回來再作計較。不多一會，怪叫化凌渾走來，笑嘻嘻要過玉匣，口中念誦真言，將手一拂，玉匣便開。裡面原是三層：上層藏著天書的副卷；中層藏著六粒丹藥同一根玉尺；下層才是天書。玉光閃閃，照耀全殿。

凌渾見了，大喜道：「我早知鼎湖玉匣藏有三寶，不想妖孽法力淺薄，只開得第一層，學了天書副卷，自取滅亡。中下兩層俱未有人打開，廣成子的九天元陽尺與聚魄煉形丹，竟無人行過，真是快事！」言還未了，忽然兩道光華穿進殿來，現出兩個佩劍女子，跪在凌渾面前。

俞、魏二人認得內中一個是戴衡玉家中見過的周輕雲，那一個卻不認得。凌渾笑道：「你二人快起來，又是聽玉羅剎饒舌，來要我新得的九天元陽尺和聚魄煉形丹去救鄭八姑，是與不是？」

靈雲、輕雲雙雙躬身說道：「師伯慈悲，仙丹便賜兩粒，九天元陽尺乃天府至寶，何敢妄求，不過借去一用。適才玉清大師傳優曇師伯的話，此尺不但救鄭八姑，如今峨嵋有人遭難，也非此寶不解，還要求師伯多借些時呢。」

凌渾笑道：「我費了多年心血算計，才得到手片時，便借與人，心實不甘。偏偏優曇老婆子會算計我日後有用你二人之處，竟打發你二人來挾制我。」

靈雲、輕雲道：「弟子等怎敢無禮！師伯異日如有使命，赴湯蹈火，在所不辭。如今尚和陽已被弟子等趕走，八姑危在旦夕，請師伯大發慈悲，憐她修行不易，成全了她吧。」

凌渾道：「你們年輕人說話便要算話，日後用你們時休得推委。拿去吧。」說罷，便取兩粒聚魄煉形丹，連那九天元陽尺，交與二人。說道：「此尺乃廣成子修道煉魔之寶，天書上卷有用它的九字真符，如無此符，縱得此寶，亦無妙用，索性傳授你們。回到玄冰谷後，先用此尺掃蕩魔火，再將兩粒聚魄煉形丹與八姑服下，另著一人守護，三日之後便可還她本來，行動自如了。」靈雲、輕雲拜受了符咒，重新叩謝一番，然後朝俞、魏二人點了點頭，作別飛去。

原來靈雲姊弟、紫玲姊妹與朱文五人，會合鐵蓑道人、黃玄極、趙心源、陶鈞、趙光斗、劉泉等在生門上，見魔陣中發動地水火風，地裂山崩，洪水湧起，烈火飛揚，忙遵凌渾吩咐，眾人都在一處聚攏，由紫玲展動彌塵旛，朱文用天遁鏡，化成一幢彩雲，出來萬道霞光，在魔陣上面滾來滾去，一任他雷火烈焰，罡風洪水，毒雲瀰漫，妖霧紛紛，一絲也到不了眾人身上。眾人俱怕妖法污了法寶，只護著身體，不求有功，但求無過。只紫玲的白眉針不怕邪污，百忙中放將出去，魔陣諸妖人根行淺點不知厲害的，挨著便倒。

許飛娘見自己的人紛紛傷亡，又恨又怒，便同毒龍尊者各將劍光祭起，也護著眾人身體，再作計較。看看支持到午時，毒龍尊者怒吼如雷，將毒砂盡量放出，魔陣中轟轟烈烈之聲驚天動地。昭遠寺那邊早催動了子午風雷，發動地水火風，移山倒海而來。毒龍尊者和許飛娘以為敵人傾巢到此，萬沒留神到暗中有人使用天魔解體大法。靈雲等見快到午正，正在準備退去，忽見一道金光如同匹練下射，金光影裡現出凌渾，將手向靈雲等一揮。紫玲知是時候了，一聲暗號，一幢彩雲護著眾人便起。

那不知死活的八魔在半空中瞭望，見谷外一座高峰移動，下有水火風雷簇擁，還以為毒龍尊者見難取勝，又使法術，並沒放在心上。就中五魔公孫武、七魔許人龍離魔陣較遠，忽見對面飛來一幢彩雲，因將才曾見一個小童用此法護持仇人趙心源逃走，便不問青紅皂白，將劍光一指，朝那幢彩雲飛去。其實他二人劍光並不能飛入彩雲中去。偏巧朱文、金蟬都是好事的人，見前面飛來兩道黃光，便從彩雲中將劍光放將出去。兩下相遇，才絞得一絞，兩魔劍光便成兩段。

兩魔見彩雲裡飛出兩道劍光將自己劍光絞斷，知道不好，想逃已來不及，就在這彩雲飛逝疾如閃電的當兒，雙雙各被劍光掃了一下，倒下地去。幸而見機還早，靈雲等又急於回轉玄冰谷，沒有窮追，才得保全性命。二人腳才落地，便聽地裂山崩一聲大震，魔陣上罡風大起，烈焰沖霄，十數道青黃光華紛紛往四外飛去。接著空中無數斷頭斷腳，殘肢剩體，與砂石塵霧，滿天飛舞。

五、七兩魔已震得頭昏目眩，見前面不遠落下兩段殘軀，負痛近前一看，一個只剩半邊手臂，看不出是敵是友，那一個正是二魔薛萍的一顆大頭。正在驚疑，忽聽頭上風響，往上一看，正是祖師毒龍尊者被一個道童打扮的人夾在脅下，如飛往西而去。兩魔一見，魂不附體，知道大勢已去，忙借妖法遁往別處去了。

當時魔陣中人見凌渾二次現形，毒龍尊者和許飛娘二人起初並不甚著慌。及見對陣中許多敵人俱被一幢彩雲擁去，心中大怒。毒龍尊者首先將手指咬破，含了一口鮮血，運用真氣噴將出去。那百十丈軟紅砂，登時火山爆發似地化成百十丈長一股烈焰，朝彩雲追去。凌渾一見烈焰飛出，連忙將身隱去。

這裡魔火剛剛飛起，時交午正，昭遠寺二番僧的天魔解體大法業已發動地水火風，風馳電掣而來。毒龍尊者猛見一座火山發出烈火狂飆，在千百丈洪水上湧著，照得滿天都赤，如飛而至，知道中了別人暗算。眨眼之間，兩面地水火風捲在一起，山崩地裂一聲大震過處，洪水滿地，烈焰燭天。除了許飛娘同幾個本領較大的見機得早預先遁走外，餘者非死即帶重傷，震起殘肢斷體與樹木砂石，在滿空火焰中亂飛亂舞。

毒龍尊者仗有妖法護身，還想作困獸之鬥。忽聽陣前火山上有一披髮道人，手中拿著一面小旛不住招展，旛指處便有一溜五色火光發出，遇著的人非死即傷。定睛一看，正是適才代尚和陽把守死門的樂三官，不由又驚又恨。再回頭一看，自己的黨羽俱已死傷逃亡了個淨盡。把心一橫，重又掐訣唸咒，咬破舌尖，一道血光直朝樂三官噴去。光到處，樂三官從小峰上倒下，滾入火海，死於非命。那火峰失去主持，只在烈火洪水上東飄西蕩。

毒龍尊者還待施展，忽然一道青光從空而下，光影中一個長身道童高聲喝道：「毒龍孽障，還我師兄師文恭的命來！」說罷，手一張，便照出殷赤如血的一道光華，直朝毒龍尊者捲去。毒龍尊者認得來人是藏靈子得意弟子熊血兒，知道不好，想借遁逃走已來不及，被血光捲了進去。熊血兒用紅慾袋裝了毒龍尊者，逕轉柴達木河去了。

熊血兒走後，怪叫化凌渾現身出來，正待設法善後。倏地又是一道金光從天而降，現出一個白髮老尼，對凌渾道：「凌道友大功告成，可喜可賀！貧尼無以為敬，待貧尼替道友驅除魔火吧。」

凌渾認得來人是神尼優曇，心中大喜，連忙稱謝道：「天書雖有煉魔之法，怎奈還得費些手腳。如今魔窟內還有兩個新收的弟子等我，多蒙大師施展佛法相助，感謝不盡！」

神尼優曇道：「其實道友法力勝似貧尼十倍，不過這些異教法寶將來還有用它之處，待貧尼收去保存吧。玄冰谷還有貧尼弟子的一個好友遭難，峨嵋日後也有幾個後輩遭難，全仗道友法寶解救。貧尼尚有他事，只得偷懶了。」說罷，從懷中取出兩個羊脂玉瓶，瓶口發出百丈金光，朝水火風雷捲去。

凌渾笑道：「我道你真幫我忙，原來還有許多用意，索性讓你得個完全的吧。」說罷，將足一頓，也化作長虹般一道金光，朝那水火風雷捲去。二人這一捲一收，不消片時，水火風雷一齊收入玉瓶之內去了。

優曇大師收完了水火風雷，對凌渾道：「道友開闢仙府，這座小峰留在這裡殊為減色，待貧尼仍舊送它回去，異日再見吧。」說罷，口中念動真言，將手一指，那峰便起在空中。優曇大師飛上峰去，朝著凌渾兩手合掌，道一聲：「請！」如飛而去。凌渾也就回往魔宮裡去。

八魔中除二魔、八魔離魔陣最近，被風雷震成齏粉外，三魔錢青選最為奸猾，見勢不佳，先行逃走；四魔伊紅櫻見魔陣被破，向大魔黃驌、六魔厲吼報完了警，也自逃走；六魔厲吼死於允中劍下；大魔黃驌被藏靈子帶回青海柴達木河；五、七兩魔受了劍傷，也各尋路逃命。

鐵桶般的青螺魔宮，還有許多厲害妖人相助，就在這半日之內冰消瓦解。從此青螺便由怪叫化凌渾主持，將魔宮重新改造，在峨嵋、崑崙之外另創雪山派，後來和青海派教祖藏靈子還有許多糾葛。此是後話，暫且不提。

話說鄭八姑自從靈雲等走後不久，便覺心神不定，知道劫數快來，吳文琪、司徒平二人未必是五鬼天王尚和陽的敵手，主要還是得自己小心，便對文琪道：「貧道此刻心神不大安寧，生死存亡，在此一舉。尚和陽十分厲害。司徒道友因恐許飛娘和他為難，必須事先代他尋覓隱身之所。我那粒雪魂珠關係甚重，不但我個人珠存與存，珠亡與亡，還關係日後邪正兩教興衰。少時敵人到來，道友藏在洞底堅守玉匣，無論我受敵人如何欺凌，不可擅動。如見此珠飛回，我的元神便已與珠合一，道友千萬不可存代我報仇之想，只管護著此珠。

「洞外有我預先施的法術，敵人一時找不著門戶，決難進入。真要覺著守護不住，可將此珠捧在頭上，駕劍光逃到峨嵋。敵人決不料到有此一著，此珠自有妙用，倉猝之間，敵人萬難奪取。此乃迫不得已的下策，保全此珠，貧道一身也就無暇計及了。」

說罷，滿臉愁容。文琪、司徒平聽了，都代她難過。文琪道：「既然此珠關係重大，尚和陽又如此厲害，道友何不暫時避往他處，只須一過午時，各位道友便即到來，那時再合力對付敵人，豈不是好？」

八姑道：「道友哪裡知道，一則劫數當前，無可解脫；二則貧道自走火入魔，軀殼半死，血氣全都凍凝，況且隔有多年，縱有天府靈丹，難回本原，敵人魔火正可助我重溫心頭活火。不過他那魔火厲害，與眾不同，時間一長，身子便煉成飛灰。我在谷口所施法術，全為準備多支持些時而已。其實單是他的魔火金幢，還可用雪魂珠去破。聽說他還煉有一柄白骨鎖心鎚，非常厲害。我因要借他魔火暖活周身血氣，所以暫時不能用雪魂珠去破。但是時候一到，我將雪魂珠祭起，他必用白骨鎖心鎚，二寶齊施，那我就要遭劫數了。」

當下再三囑咐了一陣，先將司徒平安置在谷頂一個小石穴之內，用隱形符隱住身形。看看天快交午，忙請文琪到洞底去。獨自一人在石台上坐定，施展法術，祭起濃霧，將頭頂遮了個風雨不透。剛剛佈置完竣，忽見上面濃霧中有十幾道紅綠光閃動。知道快要應劫，單靠自己這點法術，決不能阻止敵人下來。只指望支持一刻是一刻，但能挨過午時，算計救援快到，再讓敵人魔火近身，轉瞬之間便可脫劫。

誰知五鬼天王尚和陽非常厲害，也知時機稍縱即逝，不肯絲毫放鬆。見下面有濃霧擋住魔火，便即口念真言，運用五行真氣，接連朝魔火金幢噴去，化成五道彩焰，飛入霧陣之中，恰似春蠶食葉，彩焰所到之處，濃霧如風捲狂雲般消逝。

八姑也非弱者，見敵人魔火厲害，唸咒愈急，那濃霧如蒸氣鍋一般，從石台上面咕嘟嘟往上冒個不住。尚和陽見上層濃霧才滅，下層濃霧又起，勃然大怒。把心一橫，晃動魔火金幢，怪嘯一聲，將身化成一朵紅雲，飛入霧陣之中，只轉了兩轉，濃霧完全被紅雲驅散。八姑見勢不好，忙將煙霧收斂，緊緊護著石台時，尚和陽業已現出身來，指著霧影中鄭八姑說道：「鄭八姑，依我好言相勸，快將雪魂珠獻出，免我用魔火將你煉成灰燼，永世不得轉劫。」

八姑知他心狠意毒，不獻雪魂珠，還可借峨嵋二雲之力助自己脫劫，即或不然，也有人代自己報仇；如獻此珠，尚和陽也決難饒了自己。便答道：「尚和陽，你在為魔教宗主，竟不顧廉恥，乘人於危。我鄭八姑雖然身已半死，自信還不弱於你。雪魂珠實在我手，我就遭你毒手，你也休想拿去。」言還未了，尚和陽已將金幢一指，五道彩焰直向八姑飛來，頃刻之間，又將八姑護身煙霧消盡。

魔火才一近身，八姑便覺身上有些發燒。一會，魔火將八姑渾身包攏，八姑雖然仗著雪魂珠護身不至送命，已覺渾身和火炙一般，周身骨節作痛，心中又喜又怕。喜的是肉身既已知痛，身子便可還原；怕的是尚和陽比鬼風谷紅衣番僧所用的魔火厲害十倍，時間稍長，身子便成飛灰。本想將雪魂珠祭起一試，又恐尚和陽既知雪魂珠是魔火金幢剋星，竟還敢用此寶，必然別有打算，莫中了他的道兒，將珠奪去。偏偏靈雲諸人還不回來，看看支持不住。欲待捨了肉身，元神飛回洞底，又覺為山九仞，功虧一簣。

正在為難，偏那尚和陽原是明知魔火金幢見不得雪魂珠，起初時刻留神，並未敢於深用，滿想等八姑雪魂珠出手，拚這金幢不要，身化紅雲，搶珠逃走。及至見八姑已支持不住，還不將珠放出來，心疑雪魂珠已被峨嵋方面的人取去。越想越恨，將身一抖，身上衣服全部卸盡，露出一身紅肉，將魔火金幢往上一拋，兩手著地倒豎起來。

八姑一見，剛喊得一聲：「不好！」尚和陽已渾身發出烈火綠焰，連人帶火，逕朝八姑撲來。八姑萬沒料到尚和陽近年魔火煉得如此厲害，見來勢危急，不暇再作尋思，心一動念，雪魂珠化成一盞明燈一般，銀光照耀，從八姑身上飛起。

尚和陽一見此珠出現，又驚又喜，正待化身向前搶奪。就在這一轉瞬間，忽聽空中大聲說道：「無知妖孽，怎敢無禮！」言還未了，三聲霹靂過處，數十道金光直射下來。同時飛下一個妙齡女尼，手中拿著兩面金光照耀的金鈸，雷聲隆隆，金蛇亂竄，直往魔火叢中打去。只震得山鳴谷應，霰起雪飛，響個不住。

尚和陽不知雪魂珠經八姑多年修煉，已與身心相合，妄想奪珠逃走，未曾想到來了剋星。起初看見雷火金光，認得此寶是神尼優曇的伏魔雷音鈸，已知不妙。及見來人是玉清師太，又恨又怕，不肯功敗垂成，仗著多年苦煉，還想拚命支持，並不逃走。將身就地一滾，重又赤身倒立，旋轉起來。

果然尚和陽魔火厲害，一任雷電金光將他包圍，並不能將魔火紅雲震散，尚和陽反在火雲中指著玉清大師不住地辱罵。玉清大師正待另想別法制他時，正趕上靈雲等駕著彩雲飛回，一見八姑只剩軀殼，在石台上面毫無動作，二目緊閉，玉清大師正和尚和陽相持不下。

朱文便將寶鏡祭起，放出百丈光華，照入紅雲之中。紫玲姊妹忙喊：「諸位留神魔火污了飛劍，待愚姊妹取妖魔性命。」說罷，彌塵旛晃處，姊妹雙雙飛入魔火紅雲之中。寒萼手起處，一團紅光首先打去。紫玲也將白眉針祭起。

尚和陽正在火雲擁護之中耀武揚威，忽見彩雲散處，現出適才在魔陣中所見的一些男女敵人，便知魔陣已破，對面敵人添了這許多生力軍，決難討好。誰知還未及盤算進退，內中兩個女子又將小旛取出一晃，化成一幢彩雲飛來，魔火紅雲竟阻擋不住，已知不好。剛要想法脫身時，那兩個女子才一照面，一個發出一團紅光，一個發出兩道銀線般的東西，朝自己打來。知道再延下去，定有性命危險，將牙一錯，猛地將身一滾，化成一溜火光，沖天而去。就任他跑得怎樣快，到底還中了紫玲一白眉針，日後另有交代，這且不提。

話說眾人趕走尚和陽，過來拜見玉清大師，靈雲便問八姑如何。

玉清大師道：「恩師知她遭劫，憐她苦修不易，特地命我帶了雷音鈸趕來，已經晚了一些。八姑不知尚和陽魔火厲害，不該妄自以身試火，不早將雪魂珠放出抵擋，弄巧成拙。如今除她心頭一片有雪魂珠護持未曾受傷外，其餘全都被魔火所傷，三個時辰以內，全身大半都要化成灰燼。她因拚命支持，元神消耗，適才趁我來到，身與珠合，飛入洞內，仗著寶珠還不至於大損。只是時間緊急，稍遲便不能還原如初。

「恩師說，如要救她，非有凌真人新得的九天元陽尺與聚魄煉形丹不可。凌真人雖非異派，我們晚生後輩不易尋他說話。恩師算出他日後創立門戶，有用峨嵋二雲之處，命我傳諭靈雲、輕雲兩位妹子，急速前去求藉此寶一用。去時可對真人說明，仙丹只要兩粒，元陽尺暫時不能歸還，還要仗它解救峨嵋被困之人。此話必須說得得體，不可忘記。」

靈雲、輕雲聞得峨嵋又有人被難，大吃一驚，事在緊急，不敢怠慢，連忙駕起劍光，直飛青螺。二人去後，因玉清大師說要俟丹藥取來，才能去喚出八姑與文琪。二雲未回以前，眾人有好些俱是初見，不免彼此問訊閒談。紫玲姊妹見司徒平不在外面，以為也是隨著文琪避往洞底。及見那隻獨角神鷲也不來面前，適才空中也未相遇，好生奇怪，當時也未在意。不多一會，二雲將九天元陽尺與聚魄煉形丹取回。

玉清大師先用法術將石台移開，叫朱文持著寶鏡引路，到了裡面一看，文琪一人雙手捧著玉匣，守在洞內。文琪忽見彩光射入，見是玉清大師，心中大喜，忙即過來相見。玉清大師接了玉匣，一同出洞。文琪見寒萼面帶驚異之容，知是為了司徒平未到。

當下大家都要看玉清大師如何解救八姑，也未及先說。及至玉清大師問明了九天元陽尺用法，囑咐靈雲舉尺對準石台，如見雪魂珠飛出，便將此尺指著珠下黑影，引八姑真靈入竅。說罷，將玉匣交與輕雲捧住。取了兩粒聚魄煉形丹，走到石台前面，先將靈丹分置兩手，掌心對準八姑湧泉穴，輕輕貼按上去。閉目凝神，將真氣運入兩掌，由八姑湧泉穴導引靈丹進去。

眾人只見玉清大師兩手閃閃發光，一會工夫，撤手下來一看，兩粒靈丹已不知去向。玉清大師忙走過來，從輕雲手中要過玉匣。命餘人各將法寶劍光祭起，將谷口封了個風雨不透。然後招呼靈雲注意，自己盤膝坐在靈雲前面，手捧玉匣低聲默祝，然後口誦真言。片刻之間，金光亮處，從匣內飛出一盞明燈似的光亮，照眼生輝，熒熒流轉。光亮下一團黑影冉冉浮沉，行動非常遲緩，並不往石台飛去。

靈雲更不怠慢，早將九天元陽尺指定金光明燈下的黑影，心中默誦九字靈符。尺頭上便飛起九朵金花，一道紫氣，簇擁著那團黑影，隨著靈雲手指處引向八姑軀殼。看看黑影將與身合，玉清大師倏地化成一道金光飛將過去，將珠收入玉匣。頃刻之間，便見八姑身上直冒熱氣，面色逐漸轉為紅潤，迴不似以前骷髏神氣。

玉清大師才命靈雲收了元陽尺，對眾說道：「八姑雖仗靈丹法寶，得慶更生，暫時尚不能復原，須有人在此守護。如今峨嵋有事，除了趙、陶、劉、趙諸位道友須往青螺，鐵蓑道人與黃道友須往東海，其餘諸位道友均須即刻回去，由我守護八姑便了。」

靈雲等聞得峨嵋有事，早已歸心似箭，巴不得即時就走。正要請紫玲將彌塵旛取出動身時，文琪笑道：「諸位師姊師弟只顧回家，也看看我們的人短不短呀！」一句話將眾人提醒，一點人數，只不見了司徒平。

靈雲忙問文琪道：「昨日議定，原恐許飛娘與司徒道友為難，曾請八姑用隱身之法將他藏好。現在八姑尚未還陽，你既留守在此，當然看見八姑施為，快指出來同走吧。」

文琪正要還言，玉清大師忙趕過來說道：「我忙著解救八姑，還未及對諸位說司徒道友的去向。適才我未到以前，八姑知魔火厲害，恐怕玉石俱焚，將司徒道友藏在崖上雪凹之中，用隱形符咒封鎖，本來極為穩妥。偏偏正邪各派以外，新近出了一個極厲害的人物打此經過，他見下面濃霧瀰漫，知道有人施法，下來一看，隱形法須瞞不了他。這時尚和陽業已到來。此人素來抱定人不犯我，我不犯人的主意，並未上前干預。他見司徒道友資質不差，非常心喜。他知魔火厲害，下面的人決非尚和陽敵手，好意將司徒道友帶往廬山靈羊峰九仙洞。眾位道友回到峨嵋，不出一月，司徒道友便會回轉，這倒無須多慮。

「惟有秦道友坐下仙禽因為秉性不馴，素來喜事，自從諸位到了魔陣，牠便不時盤空迴旋，往來於青螺與玄冰谷的高空上面，總想覷便立功。那人解了八姑隱形之法，要將司徒道友帶走時，牠正從青螺飛回，救主心切，立刻排雲下擊。幸得我同家師趕到，知道那人手狠，決非敵手，家師恐仙禽受傷，並且不久還有用牠之處，意欲就此將牠帶回山去，用靈丹化去牠的穿心橫骨，以備日後之用。恰好牠被那人祭起烏龍剪，正在危急萬分，被家師暗施法力，將牠救下，連烏龍剪一起收去，命我師妹齊霞兒騎了牠回山等候去了。大約至多一年，即可物歸原主。那時牠的橫骨已化，比現在還要通靈得多。二位道友不致介意吧？」

紫玲姊妹聞言，才放了心，少不得稱謝幾句。當下眾人與玉清大師等作別，仍由紫玲用彌塵旛帶了寒萼、靈雲姊弟、輕雲、文琪、朱文等，化成一幢彩雲，直往峨嵋飛去。不提。

第三章　古洞藏珍

話說本書前文提到的裘芷仙，自從靈雲等走後，李英瓊、申若蘭二人也跟著要騎了神鵰趕往青螺，只芷仙一人在峨嵋留守。

芷仙因為凝碧崖雖說洞天福地，洞上還有靈雲等法術封鎖，但是如今正邪各派勢成水火，自己學劍入門不久，本領低微，萬一發生事變，如何得了。再加上姊妹們在一起熱鬧慣的，一旦都要遠去，只剩她一人，影隻形單，又孤寂又害怕，好生不願。

知道英瓊雖然年紀最小，因她得天獨厚，生具仙根仙骨，仙緣又好，最得眾姊妹敬愛，平日性情堅定，何況她去志甚堅，更難挽回。自己百不如人，怎好勉強她不走？想起若蘭情性最為溫和，便去朝她委婉訴苦，求她轉勸英瓊，聽大師姊的囑咐，不要前去。滿以為只要若蘭為她所動，英瓊一個人鼓不起勁，便可無形打消。誰知若蘭也和英瓊一樣心理，好事喜功，不好意思當面拒絕，卻去推在英瓊身上。

芷仙勸阻無效，自己又不敢學她二人的樣，背了靈雲一同前往。無可奈何，只得由若蘭傳了木石潛蹤藏影之法，又贈了一面雲霧牅，以備萬一防身之用。眼望著英瓊、若蘭歡歡喜喜騎鵰飛去，一時顧影蒼茫，不禁傷心起來。後來想了一陣，自己又寬慰自己：「假使不遇妖人，至多不過與夫婿完婚，終老人世，哪裡能到得這種仙山福地，與這些仙姊仙妹盤桓，學習飛劍？又承眾姊妹不棄，並不因自己失身妖人，天資平常，本領低微，意存輕視。少年喜事好勝，人之常情，自己既無有本領跟去立功，哪能強人所難，硬留別人陪伴自己？何況英瓊、若蘭還再三勸勉，彷彿怪過意不去似的，走時又承若蘭慇勤傳了法術，贈了法寶，豈不更為可感！」

想到這裡，不再煩悶，鼓起勇氣，在外面先練了一回劍術，又將若蘭所傳法術演習了一回，然後入內打坐練氣，雖然覺得有些孤寂，倒還不怎難受。初意以為英瓊、若蘭必定是隨了靈雲等同回，最早也得過了五月端午以後，算計還得好幾天。她們在山，還可隨便到洞上去滿山閒遊，如今既剩自己一人，責重力微，哪敢大意。除了在凝碧崖前練習劍術外，一步也不敢遠走。連猩猿袁星上去採摘花果都恐生事，都再三囑咐早去早回。

到第二天，芷仙做完了功課，一時無聊，喊了袁星，一同走到凝碧崖那一個壁立飛泉的小峰下面。因這小峰孤峰獨峙，飛湧成瀑，聲如仙樂，連那太元洞對面的小峰，都被眾人商量取了名字，一個叫仙籟頂，一個叫玉響石。眾人無事時，常時喊開金蟬，飛身到仙籟頂上寒泉凹中洗澡。

這時正值暑期將近，越顯洞天福地，境界清涼。芷仙平時見眾人飛上飛下，隨意沐浴，好生羨慕。自己因本領不濟，又有許多心事，素常不似眾人活潑，隨意說笑，不便也和眾人一樣將金蟬喊開；總是趁眾人都在前崖練劍玩耍時，悄悄喚了袁星去給她望風，獨自一人跑到太元洞對面玉響石，於僻靜之處脫了衣服，臨流照影，獨浴清波。仙籟頂上一次也未去過。這時剛走到峰下，袁星對芷仙道：「裘姑娘，你在此玩，我趁主人們不在，上去洗回澡去。」

那袁星雖是個母猩猿，自從通了人言以後，處處都愛學人的動作，一樣也知羞恥。芷仙無事時，又給牠改做了幾件衣服穿上，牠越發知道愛好。除主人李英瓊外，對芷仙最為盡心，芷仙也非常愛牠。有一次牠見眾人俱往仙籟頂洗澡，牠也想學樣，被英瓊看見，犯了小孩脾氣，說牠一身毛茸茸的，怪牠弄髒了水，喊將下來，便要責打，多虧芷仙同眾人笑著講情才罷。

芷仙今日見牠又要上去洗澡，便笑牠道：「你又忘了上次不是？你主人回來，她打你，我可就不勸了。」

袁星道：「我知姑娘人好，不會告訴的。我對姑娘說，洗澡還是小事，哪裡都可以洗。不過我雖是畜類，到過的山水很多，見的奇怪景致也不少，從沒有見過我們凝碧崖這座小峰和太元洞前澗中那一塊石頭那麼奇怪的。尤其是仙籟頂這座小峰，孤立在懸崖平頂的上面，流泉飛瀑，永遠不斷，卻無一人知道它這泉源從哪裡來的。上次我上去時，看見頂上只是一個三四丈方圓的淺凹，深才三四尺，四面還有二尺許寬的邊沿，好似天生成的一個浴池。

「那水又甜又清，我拿手腳在池底摸了個遍，一個小洞也沒有，並且還是平底，只中間稍微陷下去一點，又是實實的。那水本從崖旁那塊龍石上流到池中，再由池裡分濺出數十道細瀑布往下流的。我又縱到那塊龍石上一看，更奇怪了。那龍石從下面看去，好似與凝碧崖相連。到了上面一看，不但完全兩不相干，而且石頭的顏色都不一樣。凝碧崖石頭是灰白色同儲色的，龍石卻是上下墨綠綠的，連一些深淺都不分。這還不說。再看那水，也是和下面浴池一樣的淺深，只東角缺了一塊，水從那角流出，變成一股兩三丈粗的飛瀑，落到下面浴池內，再往四外飛濺。

「我正尋找水源，佛奴便去告我主人，將我喚下來罵了一頓。我先不明白佛奴為什麼要告我，我又不懂牠說話。過了兩日，我漸漸懂了佛奴的鳥語，問牠那一次何必害我挨打？牠先不肯說，我問了多少次，牠才說這峰連那太元洞前的玉響石，有許多講究，現在連主人都不能說，將來機緣到來，自會知道。牠以前隨白眉老禪師在此住了多年，所以知道得清楚。還說上次我上去，雖然告訴主人，主人並未打我，牠還覺不解恨。牠奉有白眉老禪師法旨，第一是保護主人，第二便是守護這峰。我再如偷著上去，牠也不再告訴主人，定要用牠的鳥爪子將我抓死。我自知敵不過牠，牠的一雙眼睛又尖，以後就沒敢上去。

「我每晚常見那塊龍石和仙籟頂上寶光衝起，大家都以為是水光和月光相映閃出來的光彩。據我看來，決不是什麼水月光華，倒有些和莽蒼山那座石洞相仿。你說沒有寶貝，四面石壁自發光明，黑夜就如白晝；你說有寶貝，我主人曾命我兒子兒孫同那許多馬熊，把那石洞找了個遍，也找不出絲毫影子。別人不說，金蟬大仙生具一雙慧眼，竟沒留神到那仙泉的來歷古怪。

「我本想對主人說，我又氣不過佛奴那樣強橫霸道，事事牠都要佔先。總想得一個機會，尋出仙源根抵，看看到底發源之處藏有寶貝沒有。查看真實了以後，再由姑娘去對我主人說，既不傷佛奴的面子，還討主人同各位仙姑的喜歡。難得她們都不在家，意欲跑上去看個明白。在沒有將寶貝尋出以前，就是她們回來，也請姑娘不要提起才好。」

芷仙聽袁星一說，也動了好奇之心，便想一同上去。袁星長於縱躍攀援，自不必說。就連芷仙自經眾人指點用功之後，雖不能馭氣飛行，輕身之法已經有了根抵。何況仙籟頂又只有十幾丈高下，雖然龍石要高得多，有袁星相助，想來上去也非難事。凝碧崖又不會有外人闖入。當下便和袁星將上下衣服卸去。

芷仙只穿了一身貼身衣褲，從飛瀑噴泉中穿到仙籟頂峰下，由袁星扶掖著，半爬半縱地到了峰頂一看，果然和袁星所說一點不差。起初還以為仙籟頂的淺池是經龍石上掛下來的那一條瀑布積年沖激而成的淺凹，再一看那四周池邊寬窄勻圓，四面如一，宛如人工製就一般，才覺有些稀奇。當下先在池中寬了貼身衣服，跑到挨近飛泉落處，沖洗了一陣。又張口去接了些泉水來吃，果然甘芳滿頰，清涼透體。

那袁星卻志不在浴，只管伏身下去，用手足到處摸索。停了一會，站起身來對芷仙道：「這裡尋不出端倪，我們到那發源之處龍石上面去吧。」

芷仙這時正披散著頭髮，迎著飛泉，眼望著龍石上那條瀑布如玉龍飛掛，倒瀉銀河。自知力弱，還不敢站在瀑布下面，只相離兩三丈以外，已覺飛珠噴玉，頂沐寒泉了。一面洗浴，一面觀賞四外仙景，耳聽瀑聲轟轟隆隆，與數十道細瀑瀉落在峰下石頭上面發出來的琤瑽繁響相應，真如仙樂交奏一般。正在得意忘形，袁星語聲被泉瀑之聲一亂，都不曾聽見。直到袁星過來拉她，連說帶比，才明白了牠的意思。仰頭一看，從龍石下面看去，與仙籟頂倒還若斷若連。到了上面，才知兩下裡相隔還有七八丈遠。只瀑布發源之處，如龍石一般，平伸出在仙籟頂上。

那龍石四面壁削，佈滿苔蘚，滑不留足，不似仙籟頂雖然上豐下銳，還有著腳攀援之所。再加上那道三四丈粗的飛瀑從天半倒掛，銀光閃閃，聲如雷吼，令人看了眩目驚心。再要逆著瀑布飛身數十丈上去，不禁有些膽怯，把初上來的勇氣挫了一多半。

袁星見芷仙為難，便說道：「要從這裡上去，慢說姑娘，連我也上不去。我不過是陪了姑娘先到這仙籟頂上看一看，龍石上面的情形更奇怪呢。姑娘要上去看時，且在這裡等候，待我下去，繞道從凝碧崖上面縱將過去，再用山籐援接，只要避開這大瀑布，上去就不難了。」

芷仙聞言，笑著點頭。袁星便縱下仙籟頂，興沖沖尋了一根長的山籐，跑到凝碧崖頂上，與龍石相距只有七八丈遠。袁星帶著山籐只一縱，便飛渡到了龍石上面。在瀑布左近擇了適當地方，把長籐垂將下來。芷仙連忙縱身一把抓住籐梢，攀援而上。到了上面一看，那發源之處卻是一泓清水，光可鑑人，石形如半片葫蘆相似，水便從葫蘆柄缺口處往下飛墜。下面的飛泉，聲如雷轟；上面的水卻是停停勻勻的，若非缺口處水流稍疾，幾乎不信這裡是發源之處。再看面積，並沒有仙籟頂大，水卻稍微深了一些，其冷透骨。

那袁星到了上面，一刻也不曾安靜，手腳並用地在水中東找找，西尋尋。芷仙便問牠找些什麼。袁星道：「姑娘怎麼一絲也不在意？你看這裡是幾丈粗的瀑布發源之處，水卻這般停勻，池底石頭如碧玉一般，連一個水穴都無有。如果這裡頭沒有藏著寶貝，姑娘將我兩眼挖去。」

芷仙笑道：「就有寶貝，這樣大一座石峰，比仙籟頂還要高大，寶貝藏在裡面，怎麼取出來？這兩座峰又是這裡的仙景，慢說無法奈何它，就有法子想，既不敢把它弄毀，以免受大姊她們責罰，教祖怪罪，還不是空想？」

袁星道：「話不是這樣說。但凡洞天福地中，所藏仙佛留下的寶貝，看去雖難，真要仙緣湊巧，得來卻極容易。且不用忙，我早晚總要尋出它的根柢來才罷。倘若得到一兩樣寶貝孝敬我主人同姑娘，也不枉我跟隨一場，受主人和姑娘許多恩義。」說罷，又往水中去摸索，算計天將近夜，仍是一無結果。

芷仙浮沉碧波中，工夫大了，漸漸覺得足底有些寒意，便催袁星下去。好在下去比上來容易，只須從龍石上飛越到凝碧崖便可，無須再取路仙籟頂。當下仍由袁星先飛過去，芷仙緊抓山籐蕩到對崖。覆命袁星回到仙籟頂上取了貼身衣服，一同入洞換了乾衣，重新出洞，坐在崖前。

袁星又去取了些果子出來，一面吃，一面談說。正在得趣之際，忽見一朵彩雲從空中飛墜。芷仙從未見過這種彩雲，慌得口誦真言，正要用木石潛蹤之法隱過一旁。彩雲斂處，現出四女一男。男的正是金蟬。四女當中，一個是李英瓊，一個是申若蘭，業已萎頓不堪；還有兩個不認得，俱都生得儀態萬方，英姿颯爽。才定了心神，上前相見。

金蟬先喊芷仙道：「若蘭姊姊同英瓊師妹都中了妖法的毒了。這二位是新入門的秦紫玲、秦寒萼師姊。你快和袁星幫助二位師姊，將她兩人扶到洞裡頭去吧。我還要去尋芝仙要生血呢。」說罷，也沒和芷仙引見，急匆匆自往後崖便走。

芷仙高叫道：「蟬師兄快回來，芝仙不在後崖，適才我見它獨自現形出來，在玉響石上面拜月呢，你到那裡去尋它吧。」金蟬聞言，才回轉身來，往太元洞前跑去。

袁星一見主人受傷，早已急得不可開交，眼淚汪汪地隨在紫玲姊妹與芷仙身後，到了太元洞中二人的房內。此時英瓊、若蘭俱都牙關緊閉，面如烏金，兩雙秀目瞪得老大，不發一言。

紫玲知道事在緊急，將申、李二人分別扶上石床之後，便問芷仙道：「這位姊姊想必就是靈雲大師姊所說的裘師姊了。李、申兩位受毒已深，非烏風酒不救。她們現在已不能出聲，師姊可知烏風酒藏在何處？」芷仙未及答言，袁星聽得非烏風酒不救一句話，早已跑進內屋，去將烏風酒取出奉上。紫玲接將過來，叫寒萼去站在門外，以防金蟬闖了進來不便。

寒萼道：「你怎麼喊我？我還有事做呢。」芷仙便叫袁星到門外去。袁星含淚道：「好姑娘，你去吧，我要看我主人如何呢。」芷仙知牠為主心切，只得站了出去。

紫玲早知這裡有這麼一個通靈的猩猿，名叫袁星，卻不料牠如此忠義，十分感嘆。當下先將申、李二人上下衣服一齊卸去。才一打開烏風酒瓶，立刻滿屋都充滿了奇臭。寒萼道：「這仙酒怎麼這般臭法？」

紫玲道：「這原是以毒攻毒，留神濺在手上，最好取個什麼布條來才好。」

袁星聞言，忙將身上衣裙撕下一大片來交與紫玲，飛也似地跑到洞外，頃刻尋來了一根樹枝。紫玲剛將布條紮在枝上，袁星便要去把英瓊扶起。紫玲知牠心意是想自己先救英瓊，看牠含淚著急神氣，甚為嘉許，便對牠道：「你快將她放下，我自會先解救你主人的。」說罷，果然先走到英瓊榻前，將樹枝上布條蘸了些烏風酒，給英瓊全身除前後心外俱都抹了個遍。那烏風酒擦在英瓊皮膚上面，先冒了一陣藍煙，知是往外提毒，忙叫寒萼上前施救。

寒萼便將寶相夫人的靈丹取出，口運真氣，在英瓊前後心滾轉。一會藍煙散盡，烏金色的皮膚漸漸轉了紅潤。忽聽英瓊大喊一聲：「燒煞我了！」接著一聲響屁過處，尿屎齊下，奇臭無比。

這時金蟬早已取來芝仙的生血候在屋外，紫玲見是時候，慌忙跑到室外取來芝仙生血，分了一半與英瓊灌將下去，囑咐袁星在旁看守。然後同寒萼去救若蘭，也是如法炮製。不多一會，英瓊、若蘭先後醒來。

芷仙也進來看視，見二人雖然精神疲憊，臉上病容已減，才放寬心。紫玲便對芷仙道：「她二位業已起死回生，再須將養些時，便可復舊如初了。適才見外面瀑布，最好給她二位洗沐一番。這屋子也須汲些清泉洗掃呢。」

金蟬在室外聞言，知是又要自己迴避，便朝室內高聲道：「我到崖頂看看去，二位姊姊走時不要忘了叫我。」紫玲還言答應之後，金蟬逕飛身上崖去了。

英瓊醒來，見自己與若蘭俱都身臥污穢之中，想起不聽大師姊之言，果然吃了虧回來，又羞又氣。一眼看見袁星笑嘻嘻站在自己榻旁，嬌叱道：「你不去打水來洗屋子，在這裡笑些什麼？我吃了虧，你倒高興！」說罷，伸手便要打去。

寒萼忙攔道：「你休要錯怪好人。剛才我們初下來時，牠見你那危殆神氣，眼淚汪汪，急得什麼似的；如今見你醒來，才破涕為笑。牠那毛臉上眼淚還沒有乾呢。」英瓊聞言，對袁星臉上看了一眼，便不再言語。

畢竟若蘭性情溫和，醒來見已回了凝碧崖，便把一切委之劫數。因自己雖然比英瓊修道年深，根基、稟賦、仙緣都沒她厚，不敢大意，只顧閉目靜養，一聽英瓊在責罵袁星，忍不住睜眼笑道：「瓊妹妹就這般性急，什麼都是劫數使然，這有什麼吃虧不吃虧的？秦家二位姊姊嘉客初來，又救了我們的性命，沒有什麼好款待，洞天福地倒給我兩人鬧得一團糟，滿屋子臭烘烘的。也不說請芷仙姊姊陪她二位到別屋去坐，或者陪到外面看看仙山風景，卻犯什麼小孩脾氣呢？」

紫玲姊妹早聽說凝碧崖仙景無邊，日後又是自己修道之所，適才下來雖然救人心切，只見一斑，已覺是平生見的仙山之中從未見過。被若蘭一句話提醒，急於見識見識，估量金蟬此時定然避開，便答道：「此地是愚姊妹將來附驥修道之所，倒不必急在一時，只是二位師姊姊必須沐浴一回。我看適才崖下瀑布就好，何不到那裡去呢？」當下又和芷仙分別見禮問訊。

英瓊、若蘭聞言，便要起床，紫玲忙說此時還不可過勞。當下仍由紫玲姊妹分扶李、申二人，芷仙在前引路，同到仙籟頂下。

紫玲姊妹聽芷仙說此仙泉甚好，不禁見獵心喜，只留芷仙一人在下邊，各人卸了衣服，扶著李、申二人，喊一聲：「起！」飛身到了上面。洗了一會，紫玲姊妹又往四下觀賞了一陣，果然是洞天福地，仙景非常，讚不絕口。等到洗完下來，業已到了寅卯之交，袁星早將李、申二人衣服取來穿上了。

李、申二人本想跟著紫玲同返青螺，及至駕劍光試了試，竟是非常吃力，駕馭不了。又經眾人苦勸，才答應在山中休養。因紫玲姊妹初來，離破青螺還有餘閒，便命袁星去請金蟬下來一同陪著，全山遊了個遍。紫玲是喜在心裡，寒萼更喜歡得眉開眼笑。又聽眾人說起平常在一起用功之樂，恨不能立刻破了青螺，來此居住，把那舊居紫玲谷早忘記在九霄雲外去了。

大眾談說了一陣，又往洞中走去。英瓊見袁星不在身旁，便問若蘭道：「我說袁星被芷仙姊姊慣壞了不是？你看我回來，牠都不在旁邊，也不知跑到哪裡去頑皮去哩！」正說之間，已經入洞，到了英瓊所居室內。

英瓊怕臭，首先摀著鼻子，正要讓紫玲等到別屋裡去，忽見袁星捧了一個英瓊初到峨嵋時，李寧製下的一個舊木桶出來。

英瓊正要喝問，若蘭往室內探了探頭，忽然撲鼻一股異香。往裡一看，忙轉身對英瓊道：「我說你專門錯怪好人不是？我說袁星上哪裡去呢，就這麼一會工夫，牠見用不著牠，已將我們屋子打掃乾淨了。我們進去坐吧。」

寒萼也聞見香味襲人，直喊好香。

眾人進屋之後，若蘭又拿鼻子聞了聞，笑道：「這東西真可惡！竟將我從福仙潭桂屋中帶來的那盒千年桂實製成的冷豔香，都給偷出來用了。」

大家說說笑笑，重新坐下，紫玲才細看二人所居之所。原來是兩間極大的石室，四壁光潔如玉，裡面石床、石几、石桌、石墩之類，俱如羊脂玉一般細潤。再加上若蘭愛好天然，把洞外奇花異卉移植了不少進來，更顯得幽靜之中，別有一種佳趣。轉覺紫玲谷富麗中帶了俗氣。再加這太元洞內千百間石室，自分門戶，到處都是金庭玉柱，宏大莊嚴，光華照耀，亙古通明，真稱得起洞天仙府，此為第一。流連觀賞，正不捨就去，當不住金蟬惦著青螺，再三催走。

紫玲也想起那邊正在用人之際，好在不久便要再來，當下別了英瓊、若蘭、芷仙三人出洞。

三人送至凝碧崖前，英瓊又再三叮囑神鵰佛奴，如用牠不著，可請靈雲大師姊命牠先回。紫玲點頭告辭，叫寒萼、金蟬站在一起，展動彌塵旛，化了一幢彩雲，直往青螺飛去。

紫玲三人剛走不多一會，忽然一道金光閃處，飛下一個道人、四個幼年男女。若蘭知道峰頂有法術封鎖，外人不能擅入，忙作準備時，那道人已遠遠招呼，說道：「貧道劉泉，奉了家師淩真人之命，將秦紫玲道友在途中所救的于建、楊成志、章南姑、虎兒四人送到仙山，請諸位道友暫時收留，候齊靈雲道友回來自有交代。貧道尚奉師命，還有他事，改日再行領教了。」說罷，手中拿著一面符籙一揚，便化成一道金光，沖霄而去。

這時于、楊二童與章氏姊弟早跑到若蘭、英瓊等面前跪下，請求收錄。李、申二人連忙喚起，略問了問他四人經過，便命袁星帶入太元洞，去安置他四人的住所，再行出來談話。

于、楊二童還不怎樣，南姑姊弟見袁星生得那般猙獰高大，不免有些膽怯。芷仙看出他二人臉上的神氣，便拉著南姑的手說道：「牠叫袁星，乃是那位李姊姊用的仙猿，雖然牠形態生得怕人，卻是面惡心善。你們初來害怕，還是我領了你們去吧。」說罷，便要袁星在前領路，自己帶了四人隨後跟著。

芷仙因聽南姑說過經過，不由起了身世相同之感；又加南姑聰明伶俐，談吐清朗，雖是初來，竟挨在芷仙肘下一同行走，如依人小鳥一般，非常親熱，愈發加了些憐愛。便把她一人先安置在自己一起，等靈雲回來再作商議。將于建、楊成志與章虎兒也安置在金蟬房內。並對四人說道：「峨嵋高寒，這裡雖然四時皆春，上面卻奇冷難耐。現在夏季還不要緊，你四人俱沒有多的衣被之物，等大師姊回來，再給你們想法吧。」說罷，依舊領了四人，出洞來見李、申二人。

英瓊笑道：「我兩人中毒太深，雖然被秦師姊救醒過來，身上還不大舒服，所以沒陪他們進洞去看住所。裘師姊你將他四人安置在哪裡哩？」

芷仙笑道：「我看南姑這一點年紀怪可憐的，她又不能和她兄弟同住一屋，別的屋我恐她害怕，我先將她安置在我屋內。她兄弟和于、楊二位與小師兄同居，等大師姊回來再說吧。」李、申二人點了點頭。大家又在崖前坐談了一會，李、申二人各自回洞靜養用功。

芷仙無事，便領了于、楊二童與南姑姊弟，帶了袁星滿崖遊玩，又把以前經過說與他四人聽了。四人見自己能在這般洞天福地居住，喜歡得個個眉開眼笑。

芷仙平日和眾人在一起，本領最為有限，遇事都羞於出面，總是隨在眾人身後。這時見于、楊等四人均係初次入門，又見李、申二人因為病後養息，不暇顧及招待，便以識途老馬自居，領了這四個人一路走一路說，越來越高興，不知不覺又從凝碧崖繞到太元洞西面。那裡是一片山崖，滿壁盡是些奇花異卉，碧嶂排天，並無上去的道路。

芷仙正要招呼眾人轉身回去，忽見袁星攀蘿附葛，手足並用，捷如飛鳥一般，已上去有十多丈高下。南姑等四人幾曾見過這種奇景，不由拍手歡呼起來。

芷仙剛喊得一聲：「袁星下來！」

忽聽袁星大叫道：「裘姑娘快來，在這裡了！」說罷，直往下面招手。芷仙初學了輕身功夫，一時見獵心喜，估量十幾丈高，上去還不甚難。便捨了四人，將腳一墊，直往崖上縱去，屏氣凝神，施展壁虎遊行的輕身功夫，毫不費事地到了袁星面前一看。

原來袁星站立之所，是一塊光滑滑瑩潔如玉的石板，有七八尺見方。這崖數十丈以上，終年有白雲遮蔽，看不見頂，並且看上去是越往上面越難走。四周雖然盡是些香草奇花，除了這塊可以坐臥的白石，一切都與下面所見一樣。便問袁星：「喊些什麼？」

袁星道：「姑娘，你看這是什麼？」

芷仙順著袁星手指處定睛一看，那塊白石前面，薜蘿香草密佈中，隱隱現出一個洞穴，洞門上還有字跡。這時袁星已用手腳將蘿草之類扒開，芷仙往前一看，那座洞門就在這半山崖上，因為終年被藤蔓香草封蔽，所以平時不曾見到。袁星上來時一腳踏虛，才行發現。當下再一看洞門上字跡，竟是「飛雷祕徑」四個篆字，朱色如新。洞門只有一人多高，三四尺寬廣。洞內深處，隱隱看出一些光，裡面轟轟作響。

芷仙知道這裡是洞天福地，洞中決不會藏什麼猛獸怪異之類，再加袁星已首先進去，便隨在牠身後往前行走了數十步。洞內寒氣襲人，濤聲震耳，到處都是光滑滑的白玉一般的石壁，什麼都沒有。及至走到盡頭，忽然不見了袁星。正在奇怪，猛聽袁星在下面高叫道：「姑娘快下來，我在這裡呢！」

芷仙低頭一看，原來洞壁西邊角上，還有一個三尺多寬的深溝，溝下面有兩三層三尺高下的台階。下面銀濤滾滾，聲如雷鳴，也不知從什麼地方發來的泉水。便跟著下去一看，石階盡處，又現出一條石樑，折向西南，有一眼五六尺高的小洞。才將身鑽了過去，便覺一股寒氣撲面侵來。抬頭一看，玉龍似的一條大瀑布，從對面石壁縫中倒掛下去，也看不清下面潭水有多深。只見下面瀑布落處，白濤山起，浪花飛舞，幻起一片銀光，再映著山谷回音，如同萬馬奔騰，龍吟虎嘯，聲勢非常駭人。再看自己存身之處，僅只是不到尺許寬的一根石樑，下臨絕壑，背倚危節，稍一失足，便不堪設想。

正有些驚心駭目，袁星又在前面呼喚。芷仙好奇心盛，仗著近來膽力、輕功都有了根抵，不怕失足，屏氣凝神，跟著過去，誰知前面越走越亮。把這十餘丈長的一條獨石樑走完，折向南面，忽然面前現出一片石坪，迎面兩間石屋。信步走了過去，裡面竟和太元洞中諸石室一樣，石床丹灶，色色俱全。猛見石壁上有光亮閃動，袁星忙喚芷仙道：「姑娘留神，石壁裡面定然藏有寶貝哩！我是畜類，未得祖師傳授，不敢去拿，姑娘何不跪下禱告禱告？」

芷仙聞言，一時福至心靈，果然將身跪下默祝道：「弟子裘芷仙誤被妖人攝去，多蒙教祖妙一真人接引，收歸門下。只是仙緣淺薄，資質平凡，將來難成正果。適才聽袁星說石中藏有寶物，弟子肉眼難識，想係以前本洞仙師所留。如蒙仙師憐念弟子一番向道苦心，使寶物現出，賜與弟子，弟子從此當努力向道，盡心為善，以答仙恩。」說罷，站起身，剛要過去，哧哧幾聲過去，石壁忽然中分，石穴中現出兩長一短三柄寶劍插在那裡。

芷仙大喜，忙跑過去一看，劍下面還壓著一張丹書柬帖，上面寫著：「短劍霜蛟，長劍玉虎。贈與有緣，神物千古。大漢光武三年四月庚辰，袁公歸仙，以天府神符封此三劍，留贈有緣。去今三十二甲子同年月日，石開劍出，得者一人一獸。寶爾神珍，以躋正果；恃此為惡，定干天戮！」

這數十個大字似篆非篆，筆勢剛健婀娜，如走龍蛇。

芷仙雖曾讀過多年書，幾經辨認，還細繹上下文氣，才行認出，不由喜歡得心花怒放。雖不知袁公來歷，估量定是漢時一位得道仙人。重又跪在地下，虔誠默祝，叩謝一番。起來再一細算日期，今日正是柬帖上所說石開劍出的那一天。既說是「得者一人一獸」，那有緣者必是指著自己和袁星了。

不過人獸雖各一份，劍卻有三口，柬帖上又未指明哪個該得長的，哪個該得短的。長劍短劍雖然同是寶物，內中哪一口比較好些也不曉得。捧著這三口劍，看看這個，看看那個，不知要哪一口好？

猛一回頭，看見袁星站在身旁，瞪著一雙大紅眼，望著自己手上這三口寶劍，大有垂涎之意。暗想：「為人不可自私。今天如非袁星發現這洞，招呼自己跟了進來，哪裡能遇見這種千載一時的機會？況且柬帖上明明寫出牠也有一份。我只顧歡喜，還沒有看看這三口劍的內容，何不拔將出來看個明白，再行分配？」

當下先將兩口長劍交與袁星捧著，也沒對牠說明來歷。先將短劍托在手中仔細一看，這箭長有二尺九寸，劍匣非金非玉，綠沉沉直冒寶光，劍柄上有「霜蛟」兩個字的朱書篆文。將手把著劍柄只輕輕一抽，一道寒光過去，劍已出匣，銀光四射，冷氣襲人毛髮。便走出石室，在外面石坪上，按照靈雲所傳劍法略一展動。一出手，劍上面便發出兩三丈長的白光，斗大的崖石稍微掃著一下，便如腐泥一般墜落。

芷仙因為地勢甚狹，恐怕損壞了洞中仙景，連忙將劍還匣。再將長劍從袁星手中拿了一口過來。這劍通體長有七尺，劍柄上刻著半個老虎。再和袁星手上的一口一比，劍柄上也刻有半個老虎，果然是一雙成對的長劍。

芷仙見這劍大長，便命袁星抓著劍匣，自己手拿劍柄輕輕一抽，一道青光隨手而出。拿到手中，先並不覺甚重。及至略一舞弄，覺著吃力，那劍又太長，佩帶不便，知道自己無福享受。又聽靈雲等平日說，各派飛劍以金光為上，白光次之，青光又次之，黃光還要次些。再把袁星手上那一口拔出一看，發出來的光華竟是黃的，越發覺得兩長不如一短。

正要開口和袁星說知就裡，袁星已忍耐不住，說道：「恭喜姑娘！平空得了三口好寶劍。我只奇怪這三口劍都好似在哪裡見過似的。」

芷仙聞言，猛想起：「留劍的仙人名叫袁公，牠又叫袁星，本是猩猿一類。昔日越女曾與袁公比劍，靈雲師姊還說過越女劍法同袁公劍法不同之點。袁星又說此劍牠曾經見過，莫非袁公便是牠的祖先？難得牠生得又高又大，此劍想必比我用來要順手得多，自己仍取那口短的為是。不過雖說仙緣湊巧，又有仙留柬帖，說石開得劍者便是有緣之人，但是自己依人宇下，還未正式得過師傳，凡事當由大師姊作主，豈可自己隨意處分？這層務須對袁星言明，劍雖是牠的，只可暫時由牠佩帶，正式歸牠，還得等靈雲師姊回來，稟明了經過，由她作主，想必也不會不允，袁星與自己的地位也站得住些。」

當下對袁星道：「活該你這猴兒有造化，這兩口長劍是你的呢！」便把柬帖上袁公遺書同自己等靈雲回來作主的意思一一說了。

袁星聞言，喜得直跳道：「這一來，我也快學做人了。姑娘你知道留劍的袁公是誰嗎？我聽我祖宗說過，他老人家還是我們的老祖宗呢。自從商周時煉成了劍仙，只因在列國時候同越女比劍吃了虧，便躲到深山之中隱居修道，不履人世。聽姑娘所說柬帖上言語，定是在那個漢朝時候才成的仙。我的一雙眼睛最能看得出寶貝藏的地方。適才見姑娘一下得了三口寶劍，雖然喜歡，卻沒料到我還有份。只要齊大仙姑一回來，就成了我的，從此再也不怕佛奴看不起我了。我看這洞既是袁公當年修道的地方，也許還藏有別的寶物。姑娘左右沒事，何不把它走完，看看還能得到什麼仙緣不會？」

芷仙被牠說動了心，也存了希冀之想，便笑著點了點頭，將那口短劍佩在身旁，吩咐袁星仍在前面先走。袁星夾著兩口長劍，高高興興地覓路，再往前進，從石坪過去。

第四章　力闢仙源

且說芷仙和袁星從石坪過去，又見迎面現出一所石室，兩扇石門半開半掩。芷仙跟著袁星側身而入，見裡面像是一條石甬道，不透天光，甚是黑暗。芷仙便將霜蛟劍拔出試了試，劍才出手，好似一道電閃一樣，黑暗之中，比適才外面所見還要顯得光亮。心中大喜，藉著劍上光芒，覓路又往前走，越走路越顯得狹窄。走到後來，也不知走了多少里路。

忽然走到盡頭，迎面好似被山石堵死，到處一找，並無出路。不禁大為失望，便埋怨袁星道：「都是你這猴子得了這樣好的寶劍還貪心不足，白走了多少冤枉路，害得外面幾個人在那裡死等。還不快些往回走呢！」

說罷，正要舉步回身，忽見有一絲青光從對面石頭縫裡一閃。芷仙知自己劍光是白的，先懷疑是袁星也將劍拔出。及見袁星夾著雙劍站在那裡，口中直喊奇怪，不住朝那盡頭山石上看視，才覺出有些奇怪。

此時那一絲青光已從石縫中連閃了好幾下，芷仙也學袁星往那發光之處看時，並看不出所以然來，那一絲青光也不再現了。正想問袁星可知什麼緣故，袁星已經輕聲說道：「姑娘，據我看，這洞我們並未走完，這盡頭處的山石和洞中石頭並不一樣，定是被人將去路用山石堵死。適才見那一絲青光來得奇怪，我們何不將這山石打開看個明白？說不定裡面還藏著寶物呢！」

芷仙聞言，貪心又起，便道：「雖然這盡頭處山石是此洞出路，但是這是一塊整石頭，又看不出它有多深多大，我們兩個又不會法術，豈能容易打通，還不是空想麼？」

袁星道：「我還有點蠻力，只要這石頭沒有被人用法術封鎖，我就能弄開它。好在打不通我們再回去，也還不晚。」說罷，將手中長劍交與芷仙，用兩隻長臂按在石頭上面，奮起神力，狂嘯一聲，朝前推去，連推幾下，並無動靜。

芷仙仍將長劍交牠道：「我說白費牛力不是？這大山石如何能推得動？我們還是回去吧。」

袁星道：「姑娘別忙，我末後一次用力，好似覺得這山石稍微動了動，定然沒有法術封鎖。據我猜測，這石至多有二三丈方圓，推它不動，想是被這洞口夾住。等我想個法子弄開它再說。」

芷仙總覺有些徒勞，不住叫袁星接劍回去。袁星猛見芷仙手中劍光直閃，忽然心中一動，跳起身來，喜叫道：「有了！我們有這麼好的開山利器，怎麼不會用哩！」說罷，接過長劍一抽，一青一黃兩道劍光同時出匣。手一抬，直向山石上刺去，只聽嚓嚓幾聲，劍到石開，磨盤大的石塊紛紛往下墜落。喜得袁星越發起勁，運動一雙長劍，上下左右亂刺起來。不消一會，早將山石穿通了一個三四尺方圓、丈許深的孔洞。

芷仙見牠時而用劍連斫帶刺，時而又騰出手來去搬那石頭，有時海盌大的石頭迸落到牠身上，也不在意，仍是興高采烈，猛力進行，只激得大小碎石滿洞飛迸。自己恐被碎石打著，也不敢上前相助。似這樣又過了頓飯時間，猛聽墜石紛飛中袁星歡呼起來。近前一看，牠已將這兩三丈深的石壁洞穿，洞外面天光直射進來，便聽到洞外濤聲震耳。袁星接連又是幾劍，竟開闢出一個可以過人的小洞了。

芷仙自是喜歡，便隨著袁星從這新闢的石穴中走了出去。到了外面一看，哪裡有什麼寶物，自己存身之處卻是一片伸出的平崖，有數畝方圓地方。一面是孤峰插雲，白雲如帶，橫亙峰腰，將峰斷成兩截。雖在夏日，峰頂上面積雪猶未消融，映著餘霞，幻成異彩。白雲以下，卻又是碧樹紅花，滿山如繡。一面是廣崖聳立，寬有數十百丈。高山上面的積雪受了陽光照射，融化成洪濤駭浪，夾著剩雪殘冰，激盪起伏，如萬馬奔騰，洶湧而下。中間遇著崖石凸凹之處，不時激起丈許高的白花，隨起隨落。直到崖腳盡處，才幻作一片銀光，籠罩著一團水霧，直往百丈深淵瀉落下去，澎湃呼號，聲如雷轟，滔滔不絕。

再往對面一看，正對著這面洞門，也是一片平崖，與這邊一般無二。平崖當中，現出一座洞府，洞門石壁，有丈許大的朱書「飛雷」二字。原來自己已經到了洞外，對面飛雷洞彷彿聽靈雲等說過似的。正算計過崖與否，忽聽碧霄中一聲鶴唳。抬頭一看，一隻仙鶴在斜日陽光下閃動著兩片銀羽盤空摩雲而來，眨眼工夫，落到對崖上。這才看出仙鶴背上還爬著一個白衣道童，看年紀不過十五六歲，身子半騎半躺在仙鶴背上，一隻手攀定仙鶴背頸，一隻手抓緊仙鶴的左翼，仙鶴降地，兀自還不下來。那仙鶴忽地朝著對面洞裡長鳴了兩聲。

不多一會，便從洞裡又跑出一個青衣道童，年紀和先前道童不差上下，口中直說：「師兄，你怎麼受傷了？」一面忙著將那道童從仙鶴背上扶了下來，正要往洞裡走去。

芷仙猛聽背後一聲嬌喊道：「燕哥哥慢走一步，我來了。」言還未了，早從芷仙身後飛起一團黑影，縱向對崖，把芷仙嚇了一大跳。定睛一看，見是英瓊，便猜若蘭也來了，再回身一看，果然若蘭也站在身後。

原來芷仙同了袁星入洞之後，好半天不見出來，南姑等四人在崖前等得心焦，依了于、楊二人，便要跟蹤尋了去。

南姑道：「慢說這樣又高又陡的山崖不好走，就是能走，裘仙姑並沒有叫我們跟去，豈不叫她見怪？莫如還在這裡等著吧。」

四人正在議論不定之際。英瓊與若蘭本是中毒以後，精神疲倦，才回洞去打坐養息。

及至按著峨嵋真傳用了一回內功以後，二人彼此互問真氣運行如何。若蘭首先說氣不歸元，非常吃力。英瓊雖然稍好一些，也說沒有往日自然。若蘭便對英瓊道：「這次若沒秦家姊妹相救，我兩人還不知要吃多大的虧呢！」

英瓊忿怒道：「這些妖僧妖道真是可惡！我平生還沒吃過這種虧呢。只要有那一天，若不把這些異派妖人斬盡殺絕，我便不是人！」

若蘭笑道：「不羞，一來就說生平如何，你總共今年才多大歲數？打量都像你似的，小小年紀，一出世便遇見許多仙緣，自然湊合？你以為修成仙人容易嗎？修內功，積外功，吃盡辛苦不必說，哪一個不經過許多災難？像我們吃了一點虧苦，不但有多少人解救，還有人替我們報仇出氣，總算便宜而又便宜的了。那些不但吃了別人的虧，並且因而送命的，還不知有多少呢！」

英瓊笑道：「算了吧，這種丟臉又吃虧的便宜，你下次多撿幾回吧，我是不想再撿的了！」

若蘭道：「你倒會打如意算盤，劫數到來，由得你嗎？況禍兮福所倚，福兮禍所伏。我二人遭此一難，焉知不是我二人心狂氣盛，自恃本領，不聽大師姊囑咐，教祖想玉我們於成，特意警戒警戒我們，想教我們異日不奉師命，不准輕舉妄動嗎？這都不說。我兩人身體還未復原，用不得功，真急死人。適才因為急於進來用功，也沒顧得招呼遠客。看神氣，那來的四人不一定將來便和我們一樣，但是我們到底是主人，不該怠慢人家，免得叫人家以為我們逞能，看不起人才是。」

英瓊道：「我也並不是看不起他們，也不是怕羞，向來我不大愛理生男人，從小就是如此。我同他們不熟，又加人沒有復原，不知不覺就變成不和人家投緣了。好在芷仙姊姊也是主人，有她代我們款待，不是一樣麼？」

若蘭說道：「說起芷仙姊姊，真是可憐。人極向上，偏她本領又低，根行又比別人稍淺，直到如今，除我送她一面護身的小旛外，連劍都沒有一口。最難得她又自己事事都甘居退讓，從不上前，只把大師姊教她一點初入門的本領拚命練習。有時教得難點，她練不上來，便去背人哭泣，越發苦練。對於眾同門，更是無論哪一位，她都一樣誠心結交，從沒絲毫大意。你別看她資質不如我們，孔夫子說得好：『參也，以魯得之。』我看她將來成就還不一定在你我之下呢。

「就拿這次到青螺去說吧，大家都想立外功，人前顯耀，獨獨把她一人丟在山中看家，當然是又害怕，又不願意，可憐她連你都不敢當面說，還託我講情。我已幾乎被她感動，想不去了。偏你這位小姊姑姑執意不肯，一定要去，白受了許多罪回來，才真冤哩。」

英瓊聞言，秀眉一聳，推了若蘭一下，笑說道：「我頂恨你專一愛做好人。照你一說，彷彿我好欺負老實人似的。去青螺不是你頭一個願意的嗎？芷仙姊姊跟你商量，你不願做惡人，卻推到我的頭上。我又不會作假，只好和她實話實說。這會又是我不對了。還有這位芷仙姊姊，同門姊妹在一起，大家又情投意合，比骨肉還要親切，有什麼話不可說，用得著什麼客套？心裡頭有什麼事就說出來，能辦就辦，不能辦放過一旁，也不會有人怪你。老那麼謙恭，雖不作假，倒顯得不親熱了，這是何苦！」

二人正在談笑辯難之際，忽見芝仙從外面捧著兩片其紅如火的草葉進來。自從芝仙被移植之後，英瓊、若蘭、金蟬三人無事時，都愛抱著它玩。靈雲因這樣要妨害它的道行，時常勸阻，三人仍是不聽。芝仙也最愛三人抱它。這時它高高興興跑了進來，若蘭先和它道謝捨血相救之德，英瓊已搶著將它抱在膝上。還未及張口逗弄，芝仙已將一片朱草直往英瓊口中便塞，嘴裡咿咿呀呀說個不住。

英瓊見那朱草通體透明，其紅如火，一葉三歧，尖上結著珊瑚似的一粒紅豆，清香透鼻，知道是一片仙草。見它往自己口裡亂塞，便問道：「這是一片仙草，你想給我吃是不是？」芝仙「呀呀」兩聲，點了點頭。

英瓊先將那葉上紅豆吃進嘴裡，覺得又甜又香，索性連葉子也吃下去，竟是甘芳滿頰，甜香襲人，頓時神清氣爽。正在咀嚼餘味，芝仙已掙脫了英瓊的手，跑回若蘭身旁，將那一片也遞給若蘭。

若蘭見英瓊吃了朱草之後，滿口通紅，正要笑她，忽見芝仙來教自己也吃，便笑道：

「你還是請她吃吧！這草吃下去，把嘴鬧成個猴兒屁股，不擦胭脂自來紅，才羞死人呢。」

英瓊笑道：「你休要辜負芝仙好意。這不知是什麼仙草，我吃了下去，覺得神清氣爽，身子復原了一大半哩。」

若蘭也聞得朱草香味，再聽英瓊一說，不由也學了英瓊的樣，將朱草吃了下去，果然芳騰齒頰。英瓊見她讚美，正要取笑，那芝仙倏地掙脫了手，跳下地去，往門外便跑。

英瓊直喊：「回來！」那芝仙回頭朝二人將小手招了招，仍往外頭跑去。若蘭道：「芝仙朝我們招手，想必是領我們去採那仙草呢。」

英瓊聞言，一面點頭，便同了若蘭，跟在芝仙後面追去。那芝仙跑得甚快，放開其白如雪的兩條嫩腿，出了太元洞，便往西面崖旁飛也似跑去。

南姑姊弟與于、楊二人正在崖前等得心焦，忽見遠遠跑來一個精赤條條尺許高的小人，其疾如飛，後面追的又是英瓊、若蘭，楊成志喜事，便迎著小人攔了上去。偏偏那裡是一條窄徑，那小人跑得正疾，猛不防前面有人兜攔，口裡「呀呀」直叫，一時收不住勢，又無處避讓，眼看要被楊成志擒獲。

英瓊、若蘭二人本是和芝仙追趕著玩，一眼看見有人攔住芝仙去路，眼看就要將它捉住，頭一個英瓊就不願意，嬌叱道：「快些閃開！不許攔它！」接著腳一點，飛身縱將過去。說時遲，那時快，芝仙早一縱丈許高下，從楊成志頭上縱過，往崖上一跳，晃眼之間不見蹤跡。

同時英瓊也飛到楊成志跟前，埋怨道：「你這人怎麼這般不知輕重？這就是我們的芝仙，大師姊費了多少事，當初說了多少好話，才從九華將它移植到此，救過好些同門的命，又是我們的恩人。你初來到此，什麼都不知道，也該問一聲。實對你說，連大師姊和全體同門都極愛它，雖然常和它跑著玩，誰也不敢動它一根寒毛，你倒冒冒失失地攔他。它最怕生人，你要嚇著了它，小師兄回來，看他饒你哩！」

若蘭也從後面趕到，看得清楚。見英瓊粉臉通紅，指著楊成志沒頭沒臉地亂說。楊成志被她說得頰紅臉漲，一句也不敢作聲。覺得怪僵的，便勸解道：「這也是他遠來初到不知就裡，好在芝仙現在也不怕人嚇了，算了吧，不要說了。我們找芷仙姊姊去吧。」

英瓊道：「真怪，芷仙姊姊不是帶這四位遠客出來遊玩嗎？她跑到哪裡去了呢？差點沒闖出禍來。」

這時南姑姊弟同于建也走了過來，因為同來的人出了亂子，都嚇得不敢言語。這時見問，虎兒到底年紀還輕，便指著西崖上說道：「適才那個大猴仙跑到崖上，把裘仙姑也叫了去，他們鑽到山裡面去有半天了。」

若蘭道：「這事休怨這幾位遠客，都是芷仙姊姊同袁星把他們丟在這裡不管，也不知到崖上去有什麼好玩。這崖我們都去過，崖頂也沒什麼出奇之處，他們到哪裡去了呢？」

南姑才接口道：「裘仙姑同袁星並未到頂上去。先是袁星上了崖半腰，後來喊裘仙姑去看，裘仙姑才上去。袁星便將上面籐草一分，想必是現出什麼洞穴，她二位進去就沒出來。」

英瓊、若蘭聞言，都動了好奇之心。英瓊便對四人道：「你們都守在這裡，先不要走動。再見那芝仙出來，千萬不可再去嚇它。我們去找她兩個出來。」四人自是一一點頭遵命。英瓊、若蘭又問明了芷仙、袁星去處，雙雙將腳一點，便到了上面。

洞口籐草已被袁星分開，那洞顯得明明白白，二人便相隨入內。過了瀑布、石樑，到那石室中一看，空空洞洞，什麼也沒有。出室尋路，上下曲折，又走了不少路。二人藉著劍光，一路在洞中飛行，一路觀察，頃刻間便走完那通飛雷洞的甬道。忽聽潮音盈耳，聲如雷轟。出洞一看，見了四外奇景，不禁驚異。同時見芷仙、袁星向著對崖眺望。順眼一看，正遇那道童從洞內跑出來，扶那鶴背上的同伴。

英瓊見是熟人，不由心中大喜，忙不擇地一面喊著，早飛身過去，和那道童相見。那道童也認得英瓊，連笑帶說道：「李世妹怎得到此？師伯呢？我師父不在家，師兄前些日與一個小女賊交手，是我幫他將女賊打走。今天師兄一人出洞閒遊，好久沒回來。適才聽得鶴師兄叫喚，他已受了傷回來。幸而師父還有丹藥，我們扶他進洞再說吧。」

英瓊聞言，便喊若蘭、芷仙、袁星都過崖來，先引見那道童道：「這是我從前和你們說過的周師伯的門人趙燕兒世兄，不知怎地會做了仙人的徒弟。我們有好多話要說，我同若蘭姊姊得晚些回去，芷仙姊姊同袁星先回家去吧。都是你們要走開，新來的四個淘氣鬼差點把我們芝仙嚇壞了呢。」說罷，便請芷仙和袁星快回。這時若蘭已略聽芷仙說起她得劍大概。

英瓊忽然看見芷仙、袁星各捧寶劍，因為急欲要和燕兒述說別後之事，顧不得細問，只略略介紹了姓名，便催芷仙、袁星回去。芷仙因聽英瓊說，因自己走開，新來四人生了事，早著了慌，忙不迭地同了袁星回洞去了。芷仙走後，趙燕兒便扶著先前道童，請英瓊、若蘭進洞。

英瓊、若蘭一看這座飛雷洞，又和別處洞府不同。洞門像是人工製就的兩扇石門，入門便踏著數十層石級往下走。到了洞底，便見迎面八根鐘乳凝成的石柱直撐洞頂，分兩行對面排列，如同水晶柱一般通體透明。尤其難得的是，八根水晶柱都是大小勻圓，粗細如一，位置齊整。當中一座丹爐。迎著丹爐，放著五個蒲墊，估量是燕兒師徒用功之所。穿過水晶柱走幾步，又是大小粗細不等的百千根鐘乳，自頂下垂數十丈，凝成一座水晶屏，恰好將前後隔斷，只兩旁留出大小如一，寬約三尺，高約八尺的門戶。

再由門中進去，便見無數根鐘乳結成的水晶牆隔成大小十數間屋子。從洞頂到下面，高有三十餘丈。也不知哪裡來的光亮，射在晶牆、晶屏、晶柱上面，照得合洞光明，到處都是冰花幻彩，照眼生纈。再加上洞中石床、石几之類似晶似玉，瑩滑朗潤，越顯得氣象莊嚴，寶光四射，明潔無塵，氣象萬千。

燕兒將那道童扶到盡裡面石室中石床上面臥倒，便請英瓊、若蘭隨意稍坐，急匆匆去尋丹藥去了。英瓊、若蘭見那道童身上並無血跡，只是牙關緊閉，面如金紙，瞪著雙眼，不住流動，好似要說什麼話說不出口似的。

一會工夫，燕兒取來丹藥和一片蓮葉相似的草，若蘭認得那藥草正是福仙潭的烏風草，忍不住問道：「趙世兄拿的這烏風草，乃先師紅花姥姥福仙潭之物。當初齊靈雲師姊取到此草，同我行至中途，正要往衡山覆命，遇見一位騎鶴的前輩師叔將此草要去，齊師姊曾說那位真人便是峨嵋門中的髯仙李師叔。今見此草，莫非這裡便是李師叔的洞府麼？」

燕兒一面忙著救那道童，一面口中答道：「家師正是髯仙李真人。當初將此草送到衡山，交與白師伯轉交金姥姥，救了頑石大師。白師伯說，此草乃並世難尋的靈藥，如今各派劫數到臨，異教中妖術邪法甚多，異日大有用它之處。可惜除福仙潭外，沒有地火之處俱都不能栽植。再三算計，只有東海天風窟和九華掌教真人的別府，同這飛雷洞三處可以移植。便將那數十株烏風草分了一半與東海三仙送去，將餘下的一半親自送往九華移植，又從中分了二株與家師，吩咐好好護持。家師自得此靈藥，曾救過不少的人，所以我知道用法。」

說時那道童經燕兒給他服了髯仙李元化煉就的仙丹，又用烏風草在渾身拂試，面色業已逐漸好轉。燕兒知道無有妨礙，便說道：「我雖不知我師兄被什麼妖法所傷，他既能騎鶴歸來，必然受毒還淺。家師在洞時常常囑咐，說此草以毒攻毒，非常厲害，不到萬分危急，不可妄服，所以不敢造次。此草既是這位仙師姊仙山所產，想必知道功效，請看我師兄有無妨礙呢？」

若蘭道：「我看令師兄服了仙丹，臉色雖然漸好，還不見醒，恐怕不是中毒，也許被什麼妖法所迷吧？當初先師對於各派妖法均極精通，妹子也學得一二。看他神氣，好似中了敵人的香霧迷魂砂似的。我也拿不準是不是，待我來試試看。好在若是救不轉，還有別的法子可想。只是趙世兄休得見笑。」

英瓊道：「你幾時也學會這些囉唕？趙世兄又不是外人，適才既認出這位師兄被妖法所傷，就該當時下手才對，偏要挨到這時，白叫人等著心急，一肚皮的話沒法先說。」

若蘭道：「我沒見你這急性子。各異派中妖法千頭萬緒，我的學歷又淺，將才我也沒看出來。後來見烏風草在他身上連拂，聞見一股子邪香，才猜是香霧迷魂砂。對不對，還要救醒轉來才知道呢。你就愛埋怨人，真討厭！」

英瓊還要再說時，若蘭已將頭髮披散，從身上取出一個羊脂白玉瓶兒，說一聲：「趙世兄休得見笑。」將瓶口對準道童，口中唸唸有詞，一陣奇香過處，那道童臉上倏地飄起幾絲粉霧。燕兒見那香黛人欲醉，正在驚異，若蘭手中瓶口早閃出一兩絲五色火花，射向道童臉上。剛把那幾絲粉霧吸進玉瓶之內，便聽那道童口中喊得一聲：「好香！」立刻醒了轉來，一眼看見旁邊站定兩個絕色少女，大喝一聲：「賤婢竟敢到此！」便要上前動手。

言還未了，燕兒知道誤會，忙喊：「師兄休要莽撞！這兩位是我世姊，來救你的。」說罷，忙與二人介紹見禮，匆匆又各說了一些來歷。那道童名叫石奇，乃是人家一個棄兒，從小就被髯仙救到山中收為弟子，本領資稟都不在燕兒以下。一聽英瓊、若蘭是妙一夫人門下，本是同門，又加二人英姿颯爽，秀骨如仙，想起適才冒昧，好生過意不去。

大家坐定之後，英瓊忙與燕兒細談經過，才知李寧出家，英瓊遇見許多仙緣，眾同門凝碧崖練劍；以及燕兒隨周淳到成都路上，因叫門投宿不應，周淳縱身入內，遇見七星手施林；燕兒一人在門外等候，險些葬身蛇口，多蒙髯仙救度上山，收歸門下學習劍術；後來髯仙等破了慈雲寺，從成都回來，才知周淳已被嵩山二老中的追雲叟收歸門下等情節。彼此聽了，都十分感嘆忻幸。

英瓊久聞髯仙之名，便問燕兒：「師叔哪裡去了？」

燕兒道：「師父是往九華去的，曾說過了年才回來。如今離過年還早。」言還未了，忽聽一聲鶴唳。燕兒猛然想起，向石奇道：「我只顧和李世姊說別後之事，還忘了問師兄，師父未回，你被女賊所害，鶴師兄怎得將你救了回來？」

石奇道：「說也慚愧。我自那日在洞前見那女賊來偷飛雷澗瀑布中的逆魚，因為是個女子，只要她有本領從千百丈洪濤中將魚取去，先並沒有和她計較。因她不時拿眼看我，我被她看得臉紅，便躲進洞來。第二天，那女賊又帶來了一個小的，還是明目張膽地偷魚，我也沒管她。誰知那小女孩竟趁著大女賊飛落水中取魚之際，忽然偷偷縱過崖來向我說：『這位哥哥在這峨嵋山後居住，你看見過一隻大的黑金眼鵰麼？』說時滿臉驚慌愁苦，好似怕那女賊聽見似的。

「我還未及和她說話，那大女賊已偷了十幾條金眼細鱗的逆魚上來，看那小女孩和我說話，便罵著縱了過來。忽然又對我打量了兩眼，笑了笑，也不再罵那個小女孩了。想是要在我面前賣弄，一手夾著她的同伴，駕一道青色劍光飛去。我也沒有在意。第三天，女賊一人又來同我糾纏，我氣她不過，和她動手，多虧你出來相助，才將她趕走。

「今早我又到洞外去觀瀑，看那金眼逆魚力爭上游，偶爾有一條僥倖沖瀑而上，便化成翠鳥飛去。正想修道人也和牠一樣，只要心專不怕難，早晚有成就的一天。想著想著，忽然聞見腦後一股子奇香，回頭一看，正是那女賊笑嘻嘻掩在我的身後。我還未及放出劍去，便已暈倒，只覺身子被人夾在空中，好一會才落地。又彷彿有人扶著我到了一個地方放下。

「不多一會，便聽得鶴師兄在耳邊叫了兩聲。我心中雖然明白，怎奈身如火焚，軟綿綿地動轉不得。又一會，便覺鶴師兄將我背起。彼時我已越來越昏迷，心中又癢又麻，兩手恨不能拚命抓緊一樣東西，一會便不省人事了。醒來已回了家，別的我就不知道了。」

英瓊聽那女孩問人可曾見過一隻金眼大黑鵰，不禁心中一動，暗想：「我從莽蒼山得劍回來，得著余英男留書，說她師父廣慧師太圓寂以後，原打算搬到後崖來，和她同居作伴。不想遇見已經脫離崑崙派的女劍仙陰素棠，將她逼走，帶往棗花崖而去。不知怎麼的，她總覺陰素棠太厲害，同她不甚投緣，希望英瓊回來，千萬請神鵰佛奴到棗花崖陰素棠那裡將她背回。

「當時我本想開闢了凝碧崖之後，就派神鵰前去接她。偏巧靈雲深知陰素棠根柢，又知她自從脫離崑崙派後，常和異派勾結，助紂為虐，新近煉了兩樣法寶甚是厲害，難得有這麼一個人在她門下，正好窺探她一些虛實。英男本是三英之一，異日峨嵋門下的健者，因緣早已注定，更不愁她會由此被外人網羅了去。陰素棠雖然外行不義，劍術已得崑崙真傳。她對英男定是看出她資稟過人，才執意強迫收她為徒，並無惡意，樂得藉此讓她學些本領。有了這幾層原因，便主張不要忙著去接。」

英瓊素來極敬服這位大師姊，雖然心中不無戀戀，經靈雲一再開導，又加與眾同門住在這種洞天福地，日常用功習劍，樂事甚多，日久也就淡然若忘。這會聽石奇說了這一番話，再一問容貌裝扮，越發斷定那小女孩定是英男無疑，越想越覺自己對不起人。

起初英瓊以為她學劍倒還不怎樣，現知英男在那裡受人欺負，想必盼自己如望歲一般，豈可再袖手不管？但是棗花崖地方從未去過，石奇被那女賊擒去時，因在昏迷之中，並未認明路徑，到底是不是棗花崖也還不一定。石奇初交，又非對方敵手，自是不便相煩。燕兒雖係世交，聽他語氣，雖比自己得師早，本領還未必有自己大。自己在青螺吃了苦頭，長了點閱歷，知道凡事不可冒昧。想起昔日金蟬曾同朱文騎著神鵰追尋英男，到過一個所在，不知是那棗花崖不是。現在既然用石奇、燕兒兩人不著，不如先回洞去與芷仙、若蘭二人商量，等神鵰回來，再邀若蘭同去，見機行事。

當下便和燕兒道：「我們要回去了，本想約二位師兄到凝碧崖去遊玩一回，因為我還有點事須要與這位申師姊商量辦理，好在如今飛雷捷徑打通，彼此均可常來常往，過了一二日後，我再來邀請二位師兄過那邊去吧。」說罷，便起身告辭。

若蘭先前聽到石奇之言，因和英瓊常談，也早疑那小女孩是余英男，當著生人亦未及多問。一見英瓊沉思了一會，忽然起身說要回去有事與她商量，更猜料中八九。剛張口要問時，見英瓊朝她看了一眼，知她不願當著多人說出，便不再問。及至石、趙二人款留不住，彼此定了後會，二人往回路走時，若蘭忍不住問英瓊：「那小女孩到底是不是英男，為何當著人不肯說出？」

英瓊便將自己的心思說了。若蘭道：「我當你有什麼高明心思呢，你真聰明得糊塗。我因沒去過棗花崖，便想等神鵰回來，我們一塊去。你卻把眼面前認得路的忽略了去。」英瓊忙問何故。

若蘭道：「李師叔那隻仙鶴不是把石師兄背回來的麼？從前英男信上說她在棗花崖，焉知現在還在那裡不在？神鵰去的地方到底對不對？以前既未再三追尋，如今怎能便一定？我看還是去接她，省得跟異派人在一起落不出好來。不過那陰素棠我曾聽先師說過，總算是有名人物。石師兄說那女賊絕非本分人，我們也不可輕敵。最好查清楚了地點，算準了日期，悄悄前去將她背回。陰素棠如果不服尋上門來，那時端陽已過，我們的人全都回來，便不怕她反上天去。」

英瓊聞言，喜歡道：「你說的話真對。不過總得在大師姊未回時去接，省得她和上次一般又來攔阻。」

若蘭道：「你可錯了。大師姊當初因為要知陰素棠虛實和讓英男學點外人本領，所以才命暫緩去接。如今英男既然盼你相見甚切，石師兄又說她受女賊責罵神氣害怕，平日虐待可知。大師姊如知她遭遇不好，豈有袖手之理？你難道還不知你們這幾個號稱三英、二雲的，與本教昌明所關甚大麼？」

英瓊聞言，雖覺若蘭言之有理，到底還是快去接回才放心。當下站定略微商量，仍回身返回飛雷洞，去向燕兒說，最好借髯仙仙鶴一騎，先去認明路徑，再作計較。誰知才出洞門，便見一青二白三道劍光鬥在一起，難解難分。再一細看，那使白光的正是石奇和燕兒兩人。使青光的是一個女子，裝束鮮豔，容態妖燒，眉目間隱含蕩意，口口聲聲要石奇和她回去。要論這三道劍光，都差不了多少，只因是兩打一，所以佔了上風。

那女子見不能取勝，一面指揮劍光迎敵，一面將長髮披散，從身後取出一個尺許長的拂塵，口中唸咒，正要施展妖法，恰好英瓊、若蘭二人趕到。英瓊一見，便要動手。若蘭忙道：「你須等一等。這女賊又施展妖霧迷人，雖是邪法，收起來異日與人取笑也是好的。你只須如此如此，我們便可搶過它來。」英瓊依言行事，看若蘭如何。若蘭早將那白玉瓶兒取出，仍和先前一樣披髮唸咒。

那女子並未留意身後來了兩個勁敵，剛剛將拂塵轉動，飛起一團彩霧，猛聽身後一聲嬌叱道：「不識羞的賤婢，敢用妖術迷人！」急忙偏身回頭一看，原來是一個十三四歲的小女孩，身材容貌和自己師妹余英男不相上下，不過比英男還要來得英朗，佩著一柄長劍站在那裡，指著自己辱罵。

就在這一轉瞬間，還未及張口，猛覺手上一動。再一回頭，一道青光閃處，另一個年紀稍長的女孩手中拿著一個白玉瓶子，瓶口發出五色火花，收自己發出去的香霧，另一隻手卻將自己的拂塵搶了逃走。也不知她用什麼法術隱身，竟飛到自己面前，俱未覺察，直到她將自己寶貝搶走，才行看清。不由又驚又怒，正要另施妖法報仇，這時又聽先見的小女孩喝道：「石、趙二位師兄收劍回去，待妹子取這無恥賤婢！」

那女子正愁敵人太多，雙拳難敵四手，一見石奇、趙燕兒真個將劍收回，正待指揮飛劍去追若蘭，忽見一道紫巍巍劍光如同神龍一般飛到。先前搶寶女子卻收了劍光，站在前面，拿著自己拂塵，笑嘻嘻觀陣，並不上前助戰。

第五章　萬里孤征

那女子本來識貨，一見這道紫光，便知不是尋常。暗想：「世上用紫色劍光的，只聽前些年師父說過，並未親見，不想在此相遇。這兩個女子不知是什麼來歷，小的已經如此厲害，大的更不用說。」不由恨怒之中又有些害怕起來。偏偏自己平素好勝，仗著來時帶了許多法寶，還不甘心就走。誰知就在她這一轉念的當兒，那道紫光已與青光相遇，才一接觸，便感不支。那女子知道不好，欲待收劍已來不及。

英瓊的紫郢劍自經用峨嵋真傳煉過，益發神化無窮，哪容敵人收回，兩下相遇，只絞得兩三絞，便將那女子青色劍光絞碎，化為萬點青螢，墜落如雨。接著英瓊將手一點，那道紫光如長虹一般，直朝那女子頭上飛去。

這次那女子見機得早，一見飛劍被毀，雖然切齒痛恨，已知危險萬狀。再見紫光飛來疾若閃電，無法抵禦，不敢再作遲延，連忙取出一樣東西迎風一晃，化成三溜火光，分三面沖霄而去。英瓊還待追趕，轉眼之間已不見蹤跡。那女子逃後，四人重又相見。

若蘭道：「那女賊並非善者，她適才逃走，用的是三元一體坎離化身之法。從前先師也會此法，可惜我未學到。若非得過異派能人真傳，決難有此本領。只可惜沒顧得問她名姓來歷，便將她嚇跑了。」

英瓊道：「只顧我們說話，還忘了問趙世兄，李師叔的仙鶴既能將石師兄背回，必然通靈，知道那女賊的去處。現在我和申師姊要借牠引路，到女賊那裡去救一個人回來，不知可否？」

燕兒道：「師妹早不說。鶴師兄原是奉師父之命，回洞取一樣東西。就便帶來柬帖，說峨嵋新闢凝碧崖太元洞，不久便要光大門戶，已為各異派所知，遲早就要前來侵犯。飛雷洞是要緊所在，凝碧崖的後路鎖鑰，叫我和石師兄隨時留意，設法將通凝碧崖的道路打通，連成一片，以便互通聲氣等語。我已將合洞捷徑被師姊師妹們打通的事兒寫了一封信，托鶴師兄帶去回覆師父，如今鶴師兄已經走了。」說罷，又問英瓊援救何人。

英瓊把自己借鶴引路去救余英男之事，一一對他說了。果然石、趙二人俱問要自己相助可好。英瓊道：「現在還談不到請二位師兄幫忙。鶴師兄已走，我們認不得路，且待神鶴回來，騎了牠去試試看。如不行，只好等青螺諸同門回來再說了。」又略談了一會，當下仍和石、趙二人告辭，從原路回轉。

剛回到太元洞前，一眼看見芷仙同那新來四人拿臘肉逗鵰玩呢。英瓊喜得連忙跑了過去，抱著神鵰頸子，騎到鵰背上去。那神鵰見主人無恙，好似非常高興，不住點頭往英瓊身上挨貼。倏地舒展板門般的兩片鋼羽，離地三四尺，滿崖低飛起來。只看得新來四人個個臉上帶出驚喜神氣。

飛了一會，英瓊招呼神鵰落下。芷仙又將和袁星入洞得了三口寶劍之事說了一遍。袁星早已手捧長劍跪在一旁。英瓊、若蘭將這三口劍分別抽出看了一看，果然寒光耀目，冷霧凝輝。知是前輩劍仙用的至寶，非常代芷仙、袁星高興。也主張除芷仙不算外，袁星的兩口長劍，須等靈雲回來稟過，再行定奪。暫時仍由袁星佩帶，囑咐不許生事妄用。袁星自是唯唯應命，起來恭侍一旁。

英瓊便和若蘭、芷仙二人商量，依了英瓊，恨不能當時就去救回英男。若蘭說：「現在天已不早，外面比不得凝碧崖永遠通明，這幾晚又沒有月色。還是算計外面尚未明前再行動身，趕到那裡已是日裡，也好尋找。」三人商議了一陣，各自回轉太元洞，由芷仙領了新來四人，分別先去安歇。

英瓊、若蘭練了一會功夫，命袁星出去將神鵰喚來。英瓊問道：「鋼羽，你從前不是背著朱師姊、小師兄二人去追我英男姊姊麼？後來他二人回來，說你飛到一個地方便往下落。帶去英男姊姊的陰素棠，是不是便藏在那洞內？你還認得麼？」神鵰聞言，不住長鳴點頭示意，英瓊心中先自歡喜。

到了丑寅之交，芷仙跑來問二人可是真要出去，有無話說。英瓊道：「我們無非去接了她就回來，至多不過一個整天。洞中之事，仍煩芷仙姊主持。最要緊的是不要讓那四個新來的孩子離開你，省得出事就是了。」

若蘭道：「你這人太小心，自己又多大，老氣橫秋，口口聲聲喊人家孩子。人家初來，不知輕重，見我們追芝仙，以為我們是要真去捉它，才好意上前相攔。你一點不怕人害臊，一絲情面不留，說了一頓也就是了。人家都那麼大了，受了教訓還闖禍嗎？我就可憐那南姑姊弟，適才你騎鵰飛著玩時，她不住地陪小心，請我轉求你不要怪他四人。她兄弟虎兒口口聲聲直說沒有他的事。他姊弟彷彿同來的人惹了亂子，連他們也帶累上似的。偏你又不大愛理他們，他們心裡又越發不安了。」

英瓊道：「誰還再怪他們？我不過是囑咐芷仙姊，他們初來不知深淺，多留點神罷了。又因為忙著聽芷仙姊得劍的事，又忙著商量接英男姊姊回來，他們又拘束不說話，難道我無話想話說麼？我也不知什麼緣故，南姑姊弟還可，那于、楊二人，我一見面就不大高興。可見一個人有緣沒緣真是難說哩！」

若蘭見英瓊言多矛盾，知她童心猶在，說話率直慣了的，便不往下再說。算計天已不早，英瓊、若蘭便和芷仙作別，準備去救英男。

二人剛出了太元洞，若蘭猛想起昨日聽趙燕兒說，髯仙李元化的飛鶴傳柬之事，便問英瓊：「石、趙二人曾願相助，這種事固然人少為妙，不過也得通知他們一聲。還有通飛雷洞捷徑不比凝碧崖上有法術封鎖，髯仙李師叔還專為此事飛鶴傳柬。大師姊他們未回來時，我兩人責任很重，雖不一定在我們走這一會工夫就出事，但是也不可大意。反正是一樣走，莫如我二人仍從後洞出去，見了石、趙二位，把這層意思對他們說了，派袁星把守洞門。我昨天見牠新得的兩口長劍竟比我的飛劍還好，雖然未經修煉，不能與身相合，能發能收，即此也非尋常異派所能抵禦。一旦有警，再加石、趙二位相助，我再留下到緊急時封鎖洞門的法術，也就不妨事了。」

英瓊聞言，也以為是，便帶了神鵰，逕從後洞出去。這時天色只東方略有微明，正是石、趙二人用功之時。英瓊等一出洞，便見石奇站在洞前石坪上，燕兒站在旁側孤峰半腰上，各用劍光互相刺擊，你來我往，在滿天星光下面，時如白虹下瀉，時如閃電飛掣，銀蛇亂竄。再加上左側廣崖上波濤洶湧，匯為洪瀑，谷應山鳴，聲若雷轟，越顯得當前人物的雄奇壯闊，不禁叫起好來。

石、趙二人聞聲，見是李、申二人，便收了劍光，上前相見。李、申二人說了來意。燕兒一眼看見神鵰和袁星，昨日只聽英瓊說了個大概，非常羨慕，便又問長問短。英瓊笑道：「燕世兄，我們回來再說吧，還有事呢。」石、趙二人也知防守責任重大，便不再說相助的話。

若蘭又笑道：「其實以二位師兄本領來說，原不怕有人來此侵犯。不過師叔既事前警告，總得謹慎一些。妹子還會一點障眼法兒，乃先師所傳，準備妹子深山修道，防入侵害之用。意欲傳與二位師兄，作個萬一之助，如何？」說罷，取出九面寸許長的小旗，那旗雖小，上面卻畫著無數風雲雷雨，山精水怪，及蚯蚓般的怪符。

若蘭給大家看了看，按九宮方位口中唸咒，朝洞前石坪上分擲過去，九點紅光落地，沒入地中不見。然後說道：「此名乾坤轉變潛形旗。如遇敵人厲害，只須口誦真言，避入陣內，自有妙用。此法頗為神妙，先師曾制服過多人。只當初因盜烏風草，被峨嵋教祖長眉真人破過一次外，並無一人破得。直到先師歸真以前半個月，才傳授給妹子作防身之用。此旗只能防守，不能隨時取出應用，非先期佈置不可。今將用法傳與二位師兄，萬一有事，不要忘了攜帶袁星。」又將用法咒語傳給石、趙二人，然後同了英瓊飛上鵰背，各與石、趙二人道別，喊一聲：「起！」直往棗花崖飛去。

神鵰飛行迅速，二人穩坐在鵰背上。上面是星明斗朗，若可攀摘；下面是雲煙蒼莽，峰巒起沒，大小群山似奔馬一般，直從二人腳底倒退過去。

這時遙矚天邊，東方已微微有了明意。倏地起了一陣烏雲，把天際青光遮成一片漆黑，連下面雲山都在微茫杳靄之中若隱若現。英瓊剛說得一聲：「怎麼天還不亮，許要變吧？」一言未了，若蘭忙叫：「瓊妹快看奇景！」

英瓊側轉頭一看，先是東南方黑雲蹤中閃出兩三絲金影。一會工夫，又見有數畝方圓的一團紅光忽而上升天半，彩霞四射；忽兒沒入雲層，不見蹤跡。若金丸疾走，上下跳動，滾轉不停，要從天際黑雲中掙扎而出。以後紅光越來越顯，越轉越疾，倏地往下一落，又沒入天際，便不再現，只東南半天現出了魚肚色。頭上的星也隱去了好多。

二人在鵰背上，迎著天風，憑虛飛行，一路談說，一路看那朝日怎樣升天。倏地瞥見正東方紅影一閃，霎時半輪畝許方圓火也似紅的太陽，已經端端正正地從地平上湧起。那些黑雲也都不知去向，乾乾淨淨的天，只紅日出處有半圈紅影。滿天只剩數十百顆疏星，光彩已暗，搖搖欲墜，越顯天高。再低頭一看，下面是雲潮如海，咕咕嘟嘟簇擁個不住，把腳下群山全都隱沒，只剩那幾個高山的尖兒如島嶼一般，在雲海中隱現。上面卻是澄空若洗，一碧無際。

英瓊笑對若蘭道：「我們山上觀日出，也不知看過多少次，卻沒想到這日出前的幻影，越到高處越好看。起初錯把東南方日光反射的幻影，當作日出的所在，又在說話，直到日已升起了一半才看出來，真是好笑。」

若蘭還未及答言，那鵰忽然回頭長鳴了一聲，兩翼微收，倏地一個偏側，直往下面雲層裡飛去，登時連人帶鵰都鑽入了雲層之內。一片片白雲直朝二人襟袖飛進飛出，覺著臉上濕潤潤的。二人猜是到了目的地，顧不得再說閒話，聚精會神，準備見機而作。轉眼之間，那鵰已背著二人穿過雲層，飛落在一座山上。

二人飛身下鵰一看，這山崖上下到處都是參天棗樹，時當五月，金黃色的細碎花朵開得正盛，襯著岩石上叢生著許多不知名的紅紫野花，好似全山都披了五色錦繡，絢麗奪目。再加上上有飛瀑，下有清溪，泉音與瀑鳴，琤琮轟發，交為繁響。濃陰深處，時聞鳥聲細碎，偶一騰撲，金英紛墜，映日生輝。真個是山清水秀，景物幽奇，雖比不上凝碧仙府，卻另有一種幽趣。

英瓊急於要接英男，也無心觀賞風景。因聽金蟬、朱文二人說過，這山崖上有一個石洞，便和若蘭留神四處尋找。若蘭主張不可輕易涉險，囑咐神鵰先去橫空下矚，聽候招呼。自己和英瓊尋到洞旁，覓一僻靜所在潛伏。英男如在此山，決不會不出來，但得相遇，便悄悄引她回轉峨嵋，比較穩妥。真不能相遇，再作計較。

二人議定之後，上崖走不多遠，又過了一片棗林，果然看見前面有一石洞，洞門上寫著「玉女洞」三個篆字，石門關閉，並無人影。二人先在洞旁岩石後面潛伏，靜候有人出來，相機行事。等了個把時辰，並無動靜，英瓊心急，未免不耐。若蘭久聞師父紅花姥姥說起陰素棠的厲害，再三囑咐不可造次。

英瓊無奈，又等了有個把時辰，仍是無有影響。便對若蘭道：「這牢洞緊閉，也沒個人出來，別說英男姊姊，連這裡頭到底有沒有人都不知道。似這樣死等，等到什麼時候是了？我看這事決難平安無事將人接回，還是尋上門去問個明白。如果英男姊姊在這裡，我們就說是她朋友，特來看望，先和她見了面再作計較。如果不在，也好另作打算，省得在這裡乾等著急。」

若蘭拗她不過，只得說道：「尋上門去，我等力薄；何況陰素棠原本要的是你，更為不可。我以為英男既在此山，決不會不出洞門一步。如怕洞中無人我們空等，我倒可以過去觀察一下。」說罷，囑咐英瓊不要走開，自己飛身到了洞旁，略一看視，回來說道：

「真怪極了！這裡棗花如此茂盛，又加神鵰曾經來過，地方又與小師兄所言相符，當然是棗花崖無疑。適才我去看那洞門，不但緊閉，還曾經人從外面用法術封鎖。虧我識竅，沒有冒昧挨近洞前。換了別人，早著了她的道兒，脫身難呢。看這神氣，洞中人業已他去。她既用法術封鎖，決不捨離此地，必要回來，不過日期和時間就說不定了。」

英瓊聞言，跳起身來說道：「如果洞中的人封洞而去，英男姊姊定在洞中無疑了。」

若蘭問：「何以見得？」

英瓊道：「據你們看，那女賊既不是陰素棠本人，必是陰素棠的寵信門徒或同道的黨羽，石、趙兩位師兄曾說她對英男姊姊不好。英男姊姊既怕她，又急於想和我見面，見人便打聽神鵰的下落，此種情形日子久了，豈不被女賊她們看破？當然防範她一定很嚴。照前後的情形看來，定是陰素棠不在這裡，只女賊和英男姊姊在此修煉。那女賊吃了我們的虧，估量自己能力不濟，到別處去請別人幫忙，或者就是去請陰素棠也說不定。她恐怕英男姊姊逃走，又不願帶她同去，所以才用法術將她封鎖在洞內。若我們能打開這個牢洞，便可將她接走。你說我猜得對不對？」

若蘭聞言，深覺言之有理。便答道：「如果真在洞內，這事倒好辦。她那封鎖門戶的法術雖然厲害，只是不知道的人誤走進去要吃虧，若是事先看破，並不是沒有破法，進洞不難。不過人家不在家，攻破人家洞府，不論正派邪派，都覺理上說不過去。莫如我們還是再等一會，到了日落不見人回，再行下手。你看如何？」

英瓊氣忿忿地道：「這些邪魔外道，專門害人為惡，同她講什麼理？我只要我的英男姊姊，好歹將她接了回去才罷。」說罷，便起身往洞前飛去。若蘭恐怕有失，連忙飛身追去時，剛喊得：「瓊妹且慢！」英瓊的紫郢劍已化成一道紫色長虹，疾如閃電，飛向洞門，只一衝射之間，便將洞門衝斷。倏地一陣煙霧過處，由洞口射出數十道火箭。英瓊更不怠慢，朝著劍光一指，道一聲：「疾！」只見紫電森森，略一盤旋，便將那些火箭掃蕩得煙消雲散。

若蘭雖知英瓊紫郢劍是仙傳至寶，還沒料到上起陣來竟是百寶不侵，所向無敵，好生歡喜。見妖法已破，忙招呼英瓊住手，自己先飛身入洞，仔細看了看，在地下拔起三面三角小旗。說道：「我只知她洞口暗藏煙雲符籙，洞內必有埋伏，卻不料她還藏有三面火星旗。瓊妹的紫郢劍真是靈異極了！」

一面說著，英瓊早跟著一同入內。這洞在外面看去，以為裡面甚大，其實只有七八間石室，佈置陳設極為華麗，迥不似出家人修道之所。若蘭道：「看她洞中陳設，便知這裡主人是個旁門左道。」正說之間，忽見一個小女孩的影子在側面石室旁邊一晃。二人連忙追將過去時，英瓊一眼瞥見地下有一張紙，好似寫著「英男」字樣，順手拾起。

若蘭已飛身上前，將那小女孩拉了過來。英瓊一看，那女孩只有十三四歲，年紀雖小，卻是明眸皓齒，容態嬌豔，眉目間隱含蕩意，見了生人並不害怕，一面掙扎，一面問：「你們兩人是怎麼進來的？是不是尋我的大師姊？」

英瓊剛要張口，若蘭朝她使了個眼色，笑問那女孩道：「我們正是找你的大師姊同那余英男，你可知道她二人往哪裡去了麼？」那女孩聞言，臉上好似有些驚異，說道：「那不知好歹的賤丫頭余英男，她沒有朋友呀，你們尋她則甚？」

英瓊一聽那女孩罵英男是賤丫頭，早已生氣，不等說完，上前一把將她抓住，喝道：「我便是余英男的好友。你既然背後罵她，想必她平日受你們的虐待。快快說出她住什麼所在，領了我們前去便罷。」言還未了，那女孩一聲冷笑，倏地掙脫了英瓊的手，腳一頓處，起了一道青煙，便想逃走。

若蘭笑道：「這些障眼法兒，也來賣弄。」說時，早飛身上前將她捉了回來。對英瓊道：「這裡是出口。我不認得英男，你先快去別屋尋找。待我問這丫頭，我自有法子，不愁她不說實話。」英瓊聞言，便把全洞尋了個遍，並無一人。又尋到一間房內，有英男昔日穿過的幾件衣服。出來一看。

那女孩被若蘭用法術禁制得兩眼淚汪汪，已經說了實話。原來陰素棠自犯了崑崙教規脫離正教，便處心積慮想獨樹一幟，與崑崙對抗。同赤城子二人同惡相濟，到處物色門徒，不論男女，一律兼收。又開闢了幾處洞府，作她門人修道之所。她門下原有四個得意門徒，三男一女，分帶了這些新收門徒散居各地。同時又命他們各地留心，物色收羅有根基的男女幼童。

棗花崖只是別府之一，起初原住在這裡。新近在巫山十二峰中尋了一座好洞府，便帶了兩個得意門人移居過去，只留下她最寵愛的第三門徒桃花仙子孫凌波和余英男在此居住，並命英男先跟孫凌波學劍。

起初陰素棠物色英瓊不著，無心中用強收了英男，對英瓊並未死心，還想利用英男和英瓊交情，將英瓊也收羅了去。後來聽人說起英瓊在莽蒼山得了紫郢劍，業已歸入峨嵋門下。各異派又把英瓊所遇種種仙緣奇蹟，說得錦上添花，都說長眉真人有「三英二雲」預言，將來必為各異派的隱患。

陰素棠好生後悔，埋怨赤城子太不小心，不該將英瓊丟在莽蒼山中，讓外人收羅了去。先對英男極好，本打算將自己崑崙嫡傳用心傳授。誰知英男自小清修，又加天資穎異，根骨優厚，竟看出陰素棠種種敗壞清規劣跡，將來必無好果。又加想起亡師之言，自己與英瓊情若骨肉，萬分難捨，每日除了學劍之外，總是愁眉苦臉。

陰素棠看出她貌合神離，對師父對同門都不親熱，已經不快。沒過多時，又有人提起長眉真人預言，英男名字正犯諱，幾次占卜都與自己將來不利，只因英男質地太好，不捨得就逐出門牆。偏偏孫凌波一向得寵慣了的，初見英男時，一聽師父說此女根基稟賦俱在眾門人之上，恐怕將來英男得寵，傳了師父衣缽，好生忌恨。一見師父起了疑慮，便乘虛而入，時進讒言。日子一多，英男漸漸失寵，常受孫凌波的欺侮。

英男絕頂聰明，一看情形不對，言行加了許多謹慎，仍是挽回不了她師徒們的歡心。既念亡師，又懷好友，每日背人欲泣，好不傷心。幸得洞外閒眺，還未禁止，英男便借練劍為由，每日站在洞外，眼巴巴望著空中，盼望神鵰飛過，便可帶她去與英瓊見面。誰知兩眼望穿，也不見神鵰飛來。只知英瓊在莽蒼山，想尋了去，又不知路徑，更無法下山，只是心中愁苦。

自陰素棠移居巫山，在孫凌波掌握之下，更成了刀俎上的魚肉，雖未遭受毒打，常常受到辱罵，已覺難堪；又加上孫凌波在重慶物色了一個破落戶的女兒，拜在陰素棠門下，算是小師妹。那女孩便是若蘭、英瓊所見的那一個，名叫唐采珍，年紀雖小，已解風情，又刁猾，又能說笑，會巴結人，深合孫凌波脾胃。又加是她自己物色來的，來日不多，已傳了好些小妖法。

這唐采珍看出孫凌波厭惡英男，益發助紂為虐。這還沒什麼。有一次，孫凌波竟從山下勾引了一個姓韓的少年入洞淫樂，嚇得英男更加憂驚氣苦，覺得此間決非善地。幸虧孫凌波醋心甚重，姓韓的與英男、唐采珍說話都不許，才略放了點心，只是求去之心愈切。

前些日孫凌波不知聽何人說峨嵋後山飛雷洞澗中逆魚味美，明知那裡是峨嵋派劍仙窟宅，仗著自己妖法劍術，竟大膽前去偷了兩次，無人干涉，得著甜頭。第三次又去，遇見石奇，覺得比姓韓的又強得多，本就活了心。回來又趕上那姓韓的一味和英男兜搭，被英男戟指痛罵。不由醋心大發，把姓韓的大大排揎了一頓，總算看清不是英男的過錯，只略微說了幾句挖苦話便罷。次日又想去偷魚，就便相機勾引石奇，恐怕姓韓的在家作怪，便把英男帶了同去。

英男見孫凌波又去偷魚，本就怕姓韓的又來向她囉唕，一聽帶她同去的地方又是峨嵋，愈加合了心意，高高興興隨她到了飛雷洞。一眼瞥見石奇英姿勃勃站在那裡，猜他不是壞人。此來原是想得便打聽英瓊下落，知道問本人必定不易知道，那金眼鵰又大又出奇，必為人所注目，只須問出鵰的地方，便可尋得一些蹤跡。趁孫凌波穿瀑偷魚之際，連忙飛身過去，問石奇可曾見那隻神鵰？

正說之間，被孫凌波上來看見。她原見石奇一臉正氣，既住在這種仙靈窟宅所在，必有大來頭，雖然心癢難搔，還不敢造次下手，準備多來幾次，他自來上鉤。一見英男貿然上前搭話，錯會英男也有了意，不由醋心又起。追過去剛要責罵，對面一見石奇，更顯他儀表非凡，丰神挺秀，越看越愛，不願將潑辣之態給他看出。又嫌英男在旁礙眼，不便和人家調情，決意明早再來，這才住口，將英男帶回。她只防英男，卻忘了唐采珍天生淫根，平日見了孫、韓兩個浪蕩情形，早就動了邪心，趁她走這半天，再被姓韓的一勾引，便苟合起來。孫凌波回去也未看出，只把英男辱罵了一頓。

英男被屈含冤，越想越難受，覺得再住下去，一定凶多吉少。又聽石奇說並未見過那鵰，猜定英瓊是在莽蒼山未回，不曾見過自己留的那封信，所以不來接她。在此既無生路，不如冒險前去尋她，還可死中求活。因聽陰素棠說過，莽蒼山在本山的西南方，有好幾千里。雖然不認得路，事到如今，只好瞎撞，也說不得了。

正在心中盤算不定，偏偏孫凌波心中迷定了石奇，英男在家雖不放心，也不管了。第二日又去藉著偷魚勾引，卻被石奇、燕兒兩下夾攻，將她趕了回來。她因昨日見石奇對英男說話溫溫和和的，錯認為容易上手，走時匆忙，除隨身飛劍外，所有法寶俱未帶去，差點吃了大虧，這才知道對方不是可以軟求的。回來遷怒於英男，罵了幾句。越想越難割捨。

第二日，孫凌波又將師父留在家中的法寶取了些帶在身上，趕到飛雷洞，恰好石奇在背手觀瀑，正好下手，便悄悄掩了過去，暗用迷魂香霧，將石奇抱了就走。回到洞前，遇見唐采珍趕上來悄悄說道：「師父同了一位客人在裡面呢。虧得我先前和韓大哥在外面玩耍，不在洞內，沒有被她撞著。現在我將韓大哥藏在崖旁隱祕之處，我抽空到外面來等你好幾次了。」

孫凌波雖知師父也和自己是一般喜玩面首，不過門下的人明目張膽地在洞中私藏男女還沒有過，不能不避諱一點。便將石奇交與采珍，命她擇地隱藏。入內一看，那客人正是赤城子，連忙上前相見。陰素棠問她適才何往。孫凌波並未說出峨嵋之事，只支吾了幾句。

陰素棠道：「我那雲南舊府，自從因想收那姓李的女孩子，已有好久沒有回去了。你二師兄新近為了一個女子，吃了一個小賊和尚的大虧，差點送了性命。那小賊禿名叫笑和尚，是苦行頭陀的孽徒，年紀輕輕，又狠又壞。你大師兄得信往救，去了多日，不見用信香報信，我打算回去看一看。如今峨嵋新出許多小妖孽，非常刁惡。本派根基尚未大定，最好暫時緊閉洞門，不要招惹他們，白吃虧苦。我同赤師叔路過這裡，順便下來囑咐你們。英男天資雖好，對我信心不堅，你要隨時開導教誨於她。采珍也還不錯，只稍微浮蕩一些。我無暇多留，你遇事留神。如有急難，可將信香焚起，我自會前來解救。」說罷，又命孫凌波取了兩件應用的法寶，逕同赤城子往雲南老巢飛去。

孫凌波同余英男、唐采珍送走陰素棠後，孫凌波忙問唐采珍將人藏在何處。唐采珍領了前去一看，那人已不知去向，猜是被他同伴趕來救走，好生可惜。只得權且仍拿姓韓的解悶取樂。到了翌日，又趕往飛雷。她走之後，那姓韓的和唐采珍正剛上手得趣之時，哪裡忍耐得住，竟自在別的室內淫樂起來。

英男原本在洞口悶坐閒眺，盤算去留。無心中入內取劍，出來練習，撞見二人正在苟且，不由失聲驚呼起來。姓韓的本就不安好心，見被英男撞破，索性一不作，二不休，想拖了英男一起下水，赤著身子，上前便撲。

英男武藝本就高強，陰素棠所傳練劍之法雖然只教了半截，經她下功苦練，已有了根抵。姓韓的不過是川東小盜，如何是她的對手。先見這一雙狗男女的醜態，已經又羞又怒；再一見他還要沾染自己，隨手用劍一揮，將姓韓的攔腰斫成兩截。

英男悶氣雖出，猛想起自己闖了大禍，少時孫凌波回家，一見心上人被殺，豈肯干休？當時把心一橫，指著唐采珍說道：「我不殺你這個臭丫頭，我如今走了。少時孫賤人回來，不准你對她說我去的實在方向。你如說了實話，她只要將我追回，我就對她說出你同那賊子的醜行，她也饒不了你！」說罷，匆匆取了紙筆，寫了兩句自己因拒姦殺了姓韓的，此去不歸，行再相見等語，便自下山走去。

孫凌波二次吃虧回來，一見姓韓的身首異處，因為日久愛疏，心已他移，並不動心，只用化骨散化了屍體，連眼淚也沒滴一點。倒是英男出走，師父知道必定見怪，何況又為自己行為不端而起，決定追上前去，殺以滅口。這次因為惹了峨嵋門下，恐人家跟蹤尋來，不敢大意。問明英男去的方向，囑咐唐采珍不要外出，將洞門用法寶埋伏，法術封鎖，逕駕劍光追趕英男去了。

那唐采珍到底年輕，果然怕孫凌波將英男追回問出實話，於自己不利，明見英男往南，卻說往北。孫凌波背道而馳，如何追趕得上。這是英男年來經過情形，暫且不言。

話說若蘭、英瓊由唐采珍口中得知英男一些大概，只知她避禍出走，還不知是去莽蒼山尋找英瓊。只後悔遲來了半天，英男業已他去，所寫紙條也沒留去處，茫茫天涯，何處去找尋她的蹤跡？又恐她孤身逃走，萬一遇見什麼異派歹人，豈不是才出龍潭，又入羅網？好生代她憂慮。因為那女孩年紀太小，便饒了她。英男既不在此，無可留戀，便走了出來。那時神鵰仍在空中飛翔，見主人出來，倏地長鳴一聲，逕自飛下。

英瓊猛想起英男還不會御氣飛行，雖然事隔大半天，想必也不曾走遠。自己雖然無法尋找，神鵰神目如電，排雲下觀，針芥不遺；牠又深通靈性，普通劍客並不是牠對手：何不命牠沿路追去探看，一旦相遇，便可將她接回，豈不是好？想到這裡，忙對神鵰說道：「前回在峨嵋常由你護送到解脫庵去的那個英男姊姊，與我情同骨肉。如今她被惡人逼走，往西南方逃去。我意欲同若蘭姊姊順路追去，只恐查看不到。請你先飛在前面查看，我同若蘭在後面分頭追尋，好歹要追她回來才好。」說罷，那鵰長鳴一聲，首先朝西南方飛去。

英瓊和若蘭又商量了幾句，正準備各駕劍光低飛，順著西南山路追尋，忽聽破空的聲音，從東北方箭也似疾地飛來兩道青光，轉眼落地，現出兩個女子。才一照面，內中一個才喝得一聲：「便是這兩個賤婢！」立時有兩道青光朝英瓊、若蘭頂上飛到。

英瓊眼快，早認出內中一個正是飛雷洞敗走的桃花仙子孫凌波，一拍劍囊，紫郢劍先化成一道紫虹，迎上前去。若蘭也跟著將劍光飛起迎敵。來人中一個紅衣女子一見紫光飛來，大吃一驚，慌不迭地首先收回劍光。

那孫凌波原是追趕英男，追了半天未追上，便猜英男狡獪，故意說東卻往西走，唐采珍不曾弄清。卻沒想到反是唐采珍怕她知道詳情，於自己不利，故意給她當上。她既追趕不上，便想回洞，再細問唐采珍，英男是怎生走法，好歹要將她追回，殺以滅口。反正英男不會御劍飛行，只要中途不被別人引去，無論她如何走得快，也決逃不出自己的手。

她想到這裡，無心中往上面一看，已經追離峨嵋甚近。想起近日相遇石奇之事，心中一動，不由啐了一口。剛要往回路飛行時，忽見東南方下面山凹中，一道青光直向自己飛來，近前一看，正是自己的好友姑婆嶺黃獅洞金針聖母的女兒千手娘子施龍姑，心中大喜。二人見面之後，施龍姑便邀孫凌波到下面洞中去盤桓些時。

孫凌波和施龍姑原是十年前在姑婆嶺採藥打出來的相識。彼時金針聖母還未遭劫，她雖然身入旁門，卻已改邪向善多年，見龍姑蕩逸飛揚，知道將來難成正果。自己只有這個女兒，並無門徒，未免有些溺愛。便對龍姑說道：「古時修道的人，男子煉劍防身，女子煉針防身，一樣可以煉得飛行絕跡，致人死命於千百里之外。可惜飛針久已失傳，自漢唐以來，女子也都煉劍，沒有煉針的。我早年未生你時，不該一時錯了腳步，身入旁門，結下許多孽緣。如今雖然改善行為，杜門思過，恐怕將來也絕無好果。

「五十年前，我也是煉劍，並不知飛針如何煉法。因為同人比劍吃了大虧，又氣又恨，日夜尋思報仇之計，無心中在廣西勾牙山山寨深處得到一本道書，備載煉針之法。是我晝夜苦修，九年之後，將九九八十一根玄女針煉成。尋找仇人報仇之後，又過了有十幾年，剛生你不滿三歲，你父便遭了天劫。我觸目驚心，看破世情，隱居此山，一意潛修，不再去惹是非。近年悟透因果，知我生平作惡已多，多年挽蓋，也難於自贖。幸虧回頭得早，轉劫之後，還不致性靈俱昧，可以重入輪迴，再修來世。

「我的劍法並不足奇，惟有玄女針非比尋常。目前各派煉有飛針的人雖然不少，但是除了已遭劫的天狐寶相夫人自身眉毛煉的白眉針另有妙用外，餘人所用飛針皆非此針之比。本想將我平生本領傳你，偏偏你受了你父親遺傳，生具孽根，將來必定步我早年後塵，有了此針，反倒助你為惡，不但你無好收場，連我也牽連造孽受累；欲待不傳，我又無有傳人，太覺可惜。意欲趁我還有幾年氣運，想一個兩全之法，將針法傳你。現在有兩條道路，不知你願走哪一條，應得一條便可。」

龍姑想學飛針已非一日，一聞此言，忙問：「是哪兩條道路？」金針聖母見她志在學針，對自己生身母親不久遭劫毫不在意，不禁嘆了口氣道：「第一條是要你從傳針起，立誓不妄傷一人，並不能藉此助自己達到不論什麼慾望，只能在性命關頭取出應用；未傳之前，還得與我面壁一年，不起絲毫雜念。」

龍姑聞言，連第二條也不問，慌不迭地應允。金針聖母道：「你不要把此事看容易了，還得先面壁一年呢。」說罷，便取了九粒辟穀丹，與龍姑服下，吩咐先去面壁，一年之後傳授針法。

第六章　刻骨相思

話說龍姑服了丹藥，逕到後洞，以為修道的人，這面壁還有什麼難處？哪知頭一天還好，坐到三天上，各種幻象紛至沓來，妄念如同潮湧，一顆心再也把握不住。私心還想：「心裡頭的事，母親不會知道，只須挨過一年，就算功行完滿。」偏偏那幻景竟如真的一樣，越來越可怖。有時神魂顛倒，身子發冷發熱，如在水火之中。不消多日，業已坐得形消骸散，再也支持不住。還待強撐，金針聖母已經走來相喚道：「癡孩子，這頭一條道路你是走不成的了，另外再想妙法吧。」龍姑還想口硬時，擋不住金針聖母把她在幻景中許多醜態都點了出來，這才啞口無言。

金針聖母道：「這比不得煉劍時打坐修內功，每日有一定時間修煉，況且那個是著相的。這種面壁功夫最難，是不著相的。比如你想學飛針，已動一念，再想此念不應有，便由一念化億萬念，哪能不起妄想和幻景？慢說是你，連我也未必能行。你如真能一年面壁，不起一念，你已成了道，我還有什麼不放心處？因為你雖有遺傳惡質，天分卻是上等，我望你過切，才叫你試試。萬一你在一念初起時能夠還光內視，轉入空靈，豈不大妙？

「那日我話未說完，見你也不問明如何坐法，急於嘗試，滿腔僥倖之心，那樣心氣浮躁，便知這條路走不通了。這都怨我們作父母的不好，先給你留下孽根，不能怪你。第二條路，是想叫你答應我屏絕世緣，學我閉門修道。這幾日一想，這還是不行。一則你學成之後，絕不能安分，學而不用，學它何為，你豈肯心甘？如今之計，只有趁你天真未鑿，給你覓一佳婿。你雖浮蕩，如果夫婿才貌雙全，樣樣合你心意，你夫妻恩愛情濃，也不會再去尋別人的晦氣了。」

當時龍姑聞言，覺得母親竟看出自己將來不知如何淫賤似的，好生心中不服。但是一想起幻景中經歷，不禁面紅耳熱起來。便答道：「不管如何，反正得將飛針傳我。」

從此，金針聖母為了這事，又二次帶了女兒出山，到處物色乘龍快婿。知道凡夫俗子，決非女兒所喜。各大正派雖然對於門下弟子，一任他緣法根行，不禁婚姻，但是教規極嚴，像自己女兒這樣的必然不允，徒自丟人，甚或鬧出事來。自己正悔誤入旁門，又不願在旁門中去尋求。為難了多時，才想起藏靈子新創青海派，他雖非正教，也非旁門，介於邪正之間，教規也還不惡。便帶了女兒趕到雲南，隨即登門領教。先和藏靈子結為朋友，然後觀他門下弟子，只有一個熊血兒，不但資稟特異，品貌超群，而且是個童身，樣樣都中自己的意。於是先徵求了龍姑意見，然後向藏靈子委婉求親。

藏靈子早知熊血兒尚有塵緣未了，該有這一段孽緣，毫不遲疑，點頭應允。不過說熊血兒學業未成，要三年之後，才能與龍姑正式結為夫婦。成婚以後，如要夫婦同居，只能住在柴達木河畔；否則，熊血兒每年只有兩個月住在龍姑那裡，其餘十個月，是要在柴達木河授業的。

金針聖母雖然道法高強，卻未料出藏靈子別有深心，以致後來出了多少變故，弄巧成拙，結局異常之慘。又加上龍姑與熊血兒本有孽緣，一見傾心，只求得嫁此人，任何條件均可應允。

當時兩下訂了成約同完婚之期。金針聖母帶了龍姑，喜孜孜地回轉姑婆嶺，盡心盡力將九九八十一根玄女針傳授了龍姑。龍姑本來絕頂資質，不消一兩年，已將飛針運用得出神入化。到了第三年上，金針聖母送女兒到柴達木河畔，與熊血兒完婚。

龍姑生具孽根，婚後愉快，自不必說。誰知三朝以後，熊血兒便入宮聽講，雖然晚間回來，竟是同床異夢。過了幾日，龍姑實實忍耐不住，便問丈夫何故如此薄情。

熊血兒道：「我師父是五百年童身，照他老人家所修的道行，原可肉身成聖。誰知前些年往仙霞採藥，無心邂逅孽緣，壞了道基，須經一次兵解，才成正果。這才知道無論多大本領，強不過緣孽數運。重又改定教規，不禁門下弟子有婚姻之事。我與你本有前緣，所以岳母當時一提便即應允。夫妻恩愛，我豈不知。只因當初我和師文恭師兄俱是承繼師父道統之人，可惜師師兄為人剛愎，喜歡同許多異教中人來往，未免在無心之中造了許多孽因，師父說他前途十分難料，由此對我囑望更切。

「本門道法最為難學，欲要精通，非數十年苦功不可。我入門才只十餘年，離學成還遠，偏偏只剩數十年光陰，師父便要兵解。師父想在兵解以前，將道法全數傳授於我。每年只有八月底至十月初是歸藏時期，不練功夫。除此之外，每天都得加緊苦修。現在正是三月還好，一入五月，不但不能和你恩愛，有時你我雖在一處，連面都不能見了。

「我因破了色戒，將來也得和師父一樣，經過兵解才能修真。再在煉法期中動了情感，一個走火入魔，不但不能承繼師父道統，連身子都化成飛灰了。當初師父和岳母說，每年只有兩個月與你同住姑婆嶺者，就是為此。我想人如同朝露一般，你如能暫時容忍，等我將道法學成，豈不天長地久，何計這片刻歡娛呢！」

龍姑因他說得理對，無法駁他，心中好生不快。其實熊血兒也非常貪愛龍姑，只是師父一向嚴厲，言出法隨，不得不遵罷了。龍姑雖然後來十分淫賤，當時還是少女初婚，丈夫又是自己看中，不能埋怨母親，並且也羞於出口，只是氣悶在肚裡。

那金針聖母見愛女愛婿一雙兩好，看去非常恩愛，又加同住在柴達木河畔，在藏靈子卵翼之下，不但不愁人欺負，還可從女婿學一點道法，愈加安心。屈指一算，自己劫數快到，明知無法躲避，到底免不了僥倖之想，作一事前準備，即使不能脫劫，也可作一個身後打算，便在女兒婚後十天回山去了。臨行之時，藏靈子看她可憐，囑咐了一些取巧道兒。金針聖母聞言大喜，再三感謝而去。因為從了藏靈子高明主意，走時再三囑咐女兒，此番別後，無論如何，千萬不可回山看望，至早都要在三年零七個月之後。否則，回去便會害她遭受天劫，永墮輪迴。

龍姑見母親走時，光景淒然，只說是惜別，卻沒料到別有用心，並未注意。她是住慣了名山勝景，洞天福地的人，因為貪戀男人，住在這種窮山惡水，枯燥無味的柴達木河畔，日子一多，本就不慣；又加丈夫只是口頭溫存，毫無實惠，比較薄情的還要來得難受。藏靈子教規又嚴，拘束繁重，越忍越不耐煩，漸漸對於熊血兒由愛中生出恨來。幾次想稟明藏靈子回姑婆嶺去，一則母親行時再三囑咐，回去便是害了她，最重要原因還是貪戀新婚時滋味。雖然有時把丈夫恨入骨髓，一想到轉眼入秋以後，便是任意快樂時候，又高興起來。每日眼巴巴像盼星星一樣，好容易捱到夏去秋來，入了歸藏時期。

有一天，熊血兒喜孜孜回到家中，說是師父給了兩月恩假。只是這裡同居，當初新婚之日原是勉強，如今日子一多，好些不便，意欲同她尋一好的山林快活兩月，再同回來。

龍姑聞言，真是喜出望外，卻故意笑臉含著嬌嗔，說道：「誰希罕住在你們這種窮荒無味的地方？我守了幾月活寡也守夠了。既然師父給了假，還是回到我們家裡去住吧。」

血兒聞言，連忙搖手道：「我聽師父說，岳母大劫將臨，我們回去便是害了她，千萬不可。」龍姑也想起母親別時之言，便問何故。血兒只推師父所說，不知究竟。龍姑何等聰明，猜是血兒知而不言，再三盤問，也問不出所以然來。當時注意歡娛，便放下不提，又商量往何方去好。

血兒道：「如今天已寒冷，我們冷固不怕，但去的所在如果木葉盡脫，滿目蕭森，有何趣味？聽師兄說，雲南莽蒼山綿亙千百里，峰巒巖岫不下萬千，山中藏有溫玉。有幾處山谷內不但景物幽奇，四時皆春，而且奇花異草，溫泉飛瀑，到處都是。那樣好的地方，只近數十年來才有人注意，前去隱居學道，仍有好些地方沒有人跡。我意欲同你到莽蒼山，擇那風景極好，有溫泉花木，從無人跡之處，找一巖洞，小住兩月，每日浴風泳月，選勝登臨，席地幕天，樂一個夠多好？」

龍姑聞言，歡喜得直跳，忙和血兒去辭別藏靈子，動身前往。藏靈子並未見她，只喚血兒囑咐了幾句。

二人到了莽蒼山，擇了一個溫谷住下，每日盡量歡娛，只是時光易逝，轉瞬兩月期滿。龍姑如渴驥奔泉，好容易得償心願，這久曠滋味，更勝新婚，一聽說要回去，急得幾乎哭了出來。熊血兒畢竟是有根骨的，雖然一樣貪歡，卻怎敢違背師命，不知費了多少好語溫存，才勸得龍姑如喪考妣地隨了回去。從此又是十個月的活寡。

龍姑雖然難耐，血兒心志堅定，不敢違抗師命，也是無法。每日無事時，只練習飛針、飛劍、法術，消遣煩愁，只盼到了第二個假期，再去快活個夠。二人之間由愛生恨，由恨轉愛，也不知多少次，雖各有一身驚人本領，卻是各不相謀。

龍姑對血兒，是好容易盼他回來，簡直顧不了別的，只去一味挑逗。有時怨恨夫婿薄情，一個小反目，便是數日不理血兒。血兒用功心切，勝於畫眉，樂得她不來糾纏，自去做自己的功課，非等龍姑回心轉意，決不遷就。和美的時候很少，縱有，也是美中不足，把光陰都從軟語溫存，輕嗔薄怒中混過。血兒又是奉著青海派戒條，本門道法萬能，不屑剽竊別一門戶中的能耐，除了夫妻見面談話外，不見面時，都是各用各的功。及至到了每年兩月的假期，卻又歡愛情濃，無暇及此。

雖然有時各人施展本領，彼此炫耀，也只不過藉以取樂逞能而已。血兒是不要學別人的。龍姑一則貪著歡娛，二則知道青海派法術哪一樣都須經過一番苦修和相當的年月，好容易盼到這種寶貴假期，豈肯拿來空空度過。因此他二人夫妻一場，誰也沒把誰的本領學了去。

時光易過，轉瞬過了三年零七個月。龍姑見離假期還早，正好趁此時機，回山看望母親一番，省得在此悶氣。她自婚後去見藏靈子好幾次，都被藏靈子加以拒絕，一賭氣，也就從此不去見了。這次因為要回去，明知藏靈子不見，不得不稟明一聲，便托血兒致意。

誰知這次竟大出意料之外，血兒回來說，師父聽說她要回去，著她即刻就去覲見，有緊要話說。

龍姑一聽，連忙遵命前去。參見之後，藏靈子淒然說道：「你母親因避大劫，想在大劫未降臨前兵解而去。恐你在她身旁不知就裡，遇事妄自上前，反壞她的事，所以請我約束你不准回去。後日便是應劫之期，她期前已約好一個崑崙派劍仙半邊老尼在姑婆嶺比劍，以便借她飛劍兵解。你如現在動身，趕了回去，還可見她一面。你母親早年雖種下不少惡因，與崑崙派卻無嫌隙。這次比劍，是她這三年中故意與半邊老尼門下為難，想引得人家尋上門來，好借這次兵解免去大劫。

「主意原是不錯。不過前日有一位道友對我說，你母親尋人兵解，這種事本極平常，換了別人，除了本門弟子同親生不能用外，不論尋一個稍微有本領的人，便可借他兵解而去。無如你母親早年作孽太多，仇人太眾。一則自負一世英名，不肯喪在庸人之手；二則對方用的飛劍須要剛剛煉成，從未傷過生物的，才不致損及自己道行。因為這樣求全求備，費了多少心血，才打聽出半邊老尼新近煉了七口青牛劍，準備將來傳給門下七個得意弟子崑崙七姊妹，尚未用過。她便故意去尋這七姊妹的晦氣。仇不大，半邊老尼當然不會尋上門來。如用不相干的法術，又制不了敵人。

「她打聽出七姊妹中的照膽碧張錦雯、姑射仙林綠華、摩雲翼孔凌霄三人奉半邊老尼之命，領了新入門的縹緲兒石明珠、女崑崙石玉珠姊妹，到張錦雯修道的廣西臥獅山頂上天池萬頃寒潭底下泉眼裡浸練筋骨，她便趕到那裡去挑釁，連用玄女針傷了林綠華、孔凌霄；又用她生平第一件法寶五火赤氛旗的陰火，將石明珠姊妹燒得閉過氣去。

「臨走之時對張錦雯說道：『我只是警戒你們，不屑與你們計較，我那玄女針傷人不比飛劍，三天一夜之中，準死無救。我用赤氛旗燒你們，也只是用的陰火，她二人雖然氣閉，並不妨事。我如今分別與你們留下解藥，照服之後，立時復原。如不服氣，可叫你們師父明年今日，到姑婆嶺去尋我。』又說了多少挖苦話而去。

「張錦雯見四個師妹命在旦夕，知道你母親所留丹藥準能解救。如要稟過師父再用，一則相隔太遠，不忍見她四人多挨痛苦；二則半邊老尼性情古怪，決不肯用仇敵留的丹藥；又知玄女針厲害，萬一師父不能解救，豈不誤了她四人性命：即使逼於無奈用了，自己代師父丟人，到底比師父丟人強些。便擅自作主，將藥與四人服下，果然當日痊癒。只顧救人不要緊，這種情形太揭了半邊老尼的臉皮，比殺了她徒弟還苦，半邊老尼何能忍受。後來知道，把張錦雯大加責罵一頓，立誓非報此仇不可。

「此尼為人不但性情古怪，嫉惡如仇，而且手段又狠又毒。我前日聽那道友說起，恐怕你母親用意被她猜透，到時兵解不成，反著了她的道兒。我又不便出面，曾托她前去暗覷動靜。如見勢危，可出其不意，暗用飛劍助你母親兵解。她原本也與半邊老尼同門，因為成道以後犯了教規，脫離出來，本也不願露面，因她有求於我，不能不去。她的飛劍雖已傷害無數生物，於你母親煉魂聚魄稍有妨礙，總比墮劫強些。

「不過你要認清楚，那半邊老尼生得奇形怪狀，一望而知。你此番回去，見她和你母親比劍時，無論如何危急，千萬不可上前。你母親如死在她的劍下，那就再好不過。因為這是你母親願望，要她如此，無須認她為仇。倘若她尋你為難，你只高呼奉母命，謝她成全。她知道是中了你母親道兒，也必醒悟而去。

「如果她二人相持不下，就是已被半邊老尼識破真相，故意看你母親遭劫，以快心意。挨到大後日午時，西方飛來一朵紅雲，便是你母親遭劫之期，必有一個年輕道姑，等那紅雲未到前，將你母親用飛劍刺死。這道姑名叫陰素棠，便是我請去給你母親備萬一的，休要會錯了意，以恩為仇。那時紅雲業已飛到，你可急速避開，少時再去收拾你母親的遺骸同法寶。從此無須回到我這裡，每年著血兒到姑婆嶺，使你夫妻團聚兩月，將來我尚有大用你之處，務須自愛，急速回去吧。」

龍姑聞言，想起慈母之恩，也不禁心如刀割，心慌意亂地趕回姑婆嶺。到時天已昏黑，時當月初，滿天繁星閃爍，地面上到處都是黑沉沉的。剛剛轉到自己洞前，相隔半里之遙，忽見一片青光紅光在洞前空地上閃動。正要飛近前去看個動靜，忽從斜刺裡飛過一條黑影，朝龍姑撲來。

龍姑吃了一驚。正待準備動手，那人已低聲說道：「來的是施龍姑麼？」說罷，現出一個道裝女子。龍姑猜是藏靈子約來幫忙的陰素棠，忙答道：「小女子正是施龍姑。來者莫非是陰仙長麼？」

那道姑一面答應，一手早拉了龍姑走向崖側僻靜之處，說道：「你既知我名姓，想必藏靈子已對你說了詳情。那半邊老尼也是我的同門師姊，非常厲害，現在正與你母親鬥法之際，你千萬過去不得。我已來了半日，她二人從日未落時交手，鬥到現在，不分勝負，看神氣，或許半邊老尼尚未覺出你母親用意。這半日工夫，半邊老尼同你母親各人俱損壞了幾樣法寶，直到如今，未分勝負。你母親大約是想等半邊老尼將那新煉的青牛劍放出，然後借它兵解也說不定。」

龍姑總是想見母親一面，因為陰素棠再三勸阻，便和陰素棠說，打算近前看個仔細，並不出手。陰素棠不便相攔，只囑咐仔細小心，不可冒昧動手。龍姑口中答應，也顧不得再說別的，便從側面崖後繞到洞前，相隔三五丈之內，覓地潛伏。回看陰素棠並未跟來。

此時龍姑心亂如麻，並未在意。相離較近，自然越發看得清晰。只見那半邊老尼真是生得奇形怪狀。年約五旬以上。一顆頭只生得前半片，又扁又窄。下面赤著一雙白足，瘦得如猴子一樣。兩隻長臂伸在僧袍外面，一手拿著一個青光瑩瑩，亮晶晶的東西，一手指定一道青色劍光，和金針聖母的紅光絞作一團。身背後背著一把花鋤，上面還繫著一個葫蘆，紫煙縈繞，五色繽紛，估量是個厲害法寶。正看之際，忽聽金針聖母道：「半邊老尼，我要獻醜了。」

半邊老尼罵道：「不識羞的潑賤！左右還不是那一套不要臉的妖法，你快使出來吧！」言還未了，金針聖母將身一抖，渾身赤條精光，頭朝下腳朝上，先是倒立起來。然後兩時貼地，兩手合掌，口中唸唸有詞，將手一搓，往前面一揚。立刻綠沉沉飛起一團陰火，星馳電閃般直朝半邊老尼飛去。

龍姑知是魔教中摩什大法，非常厲害。再一看半邊老尼，好似有了防備，也是盤膝坐在地上，眼看陰火包圍上來，先將劍光收了回去。然後將手一起，手中那團活瑩瑩的青光，早飛起護住她的全身，一任那陰火包圍，全沒放在心上。

金針聖母佔了上風，反倒是一臉愁容，十分焦急。先是不住將手搓動，那陰火越聚越濃，連半邊老尼全身都被遮沒，只見綠火煙中青光瑩瑩，閃爍流動。似這樣相持了個把時辰。金針聖母忽然揚手朝前照了一照，綠火漸漸稀散了些，仍不見敵人動靜。金針聖母好似智窮力竭，急得滿頭是汗。倏地又站起身來，著好衣服，自動收了法術，指著半邊老尼道：「半邊道友，你我本無深仇，我原是想領教你的神通和你所煉的七口青牛劍，才約你來此比劍鬥法。你為何只是防守，並不還手，莫非見我不堪承教麼？」

半邊老尼聞言，哈哈笑道：「不識羞的妖孽，想借我青牛劍兵解麼？實對你說，論你生平行為，我早就想給你一個報應。後來聞得峨嵋掌教齊道友說，你潛藏此山，頗有悔過之意。我因你造孽已多，早晚必遭天劫，所以沒來尋你。不想你竟上門找我的晦氣，再不給你點厲害，情理難容。特地在你應劫頭一天趕到此地，監臨你應那天劫，省得我不來時你又另想詭計，超劫後再稟著你天賦的戾氣，為禍世間。據我推算，你至多還有幾個時辰氣數，這是你自作之孽，無可挽回。如想藉著同我鬥法，拿我煉成的青牛劍成全你兵解，休要作此夢想吧！」一面說，先前那道青光又飛將出來，與金針聖母紅光鬥在一起。

金針聖母聽罷這一番話，頓足咬牙罵道：「人誰無過？我近三十年來業已痛悔前非。就說我尋你徒弟為難，也是情急躲劫，出於無奈，並未傷她們一根毫毛。不想你這賊禿竟如此狠毒，乘人之危。如今我離天劫還有好幾個時辰，焉知我不能超劫出難，就這等欺人太甚？起初我因此次釁自我開，所以不肯下手，著著退讓。如今你既識破機關，你我已成仇敵，難道哪個真怕你這賊禿不成？」說罷，手起處九根玄女針化成五色光華，直朝半邊老尼射去。

半邊老尼哈哈大笑道：「無知淫孽，你只不過這點伎倆，死到臨頭，還要賣弄。」說時，早將身後花鋤上繫的一個葫蘆取到手中，唸唸有詞，喝一聲：「疾！」葫蘆口邊五色彩煙接著一團黃雲飛將起來，對著玄女針迎個正著。

金針聖母一見五色彩煙中的黃雲，便知此寶是怪叫化凌渾的妻子白髮龍女崔五姑採取五嶽雲霧煉成的至寶「錦雲兜」，不但能收極厲害的飛刀飛針，如被用寶的人將這五雲精華運用真氣催動起來，還能將數人裹入煙嵐之內，消滅五行真火，氣閉骨軟而死。不過此寶不用時原像一團彩雲，裝在崔五姑的七寶紫晶瓶之中，怎會由敵人葫蘆之內飛出？懊悔當初見她這討飯葫蘆上五色煙霧有異，不曾留神，被她瞞過。知道此寶厲害非常，九根玄女針已被彩雲裹住收去，自己縱有別的寶貝，也不敢再為嘗試。若不見機逃走，勢必被她用五色雲嵐圍住去路，脫身不得，坐待天劫慘禍。

想到這裡，眼睛都要急出火來，把牙一錯，便想藉著遁光逃走。誰知半邊老尼早已防到此著，將手一揚，立刻在金針聖母身前身後身左身右現出四個幼年女子，各人手上拿著一面小旛，一展動間，立刻滿山都起了五色煙嵐包圍上來，將金針聖母困在中間。

龍姑見眼前不遠飛起一片彩霧，母親便失了蹤跡，知道凶多吉少，不顧死活利害，便往前闖。誰知那彩霧竟與平常雲霧不同，龍姑闖到哪裡都是軟綿綿的，像絲網一般，將身攔住，休想近前一步。只見五色雲嵐影裡，一條紅影左衝右突，恰似凍蠅鑽窗紙一般走投無路。龍姑又憤又怒，便想尋一兩個敵人出氣，暗下毒手，偏偏半邊老尼和那四個幼年女子只在彩雲未飛起時現得一現，便隱在五色煙霧之中不見蹤影，無法下手。

龍姑情急，便將玄女針和飛劍覷準適才敵人站立的地方，四面放將出去，眼看飛劍、飛針紛紛沒入雲霧之中，如石投大海，哪裡有一點影子。只急得龍姑含冤呼號，不住往彩雲層裡亂闖，一陣急怒攻心，不覺暈倒在地，不省人事。

過了好一會，龍姑彷彿聽得耳畔震天價一聲大震過去，便甦醒過來，見滿山彩雲全都消逝，自己身子已不在原處，卻在陰素棠扶抱之中。遠望適才戰場上，金針聖母卻好端端趺坐在地。不顧別的，連忙掙脫身子，飛身過去，往金針聖母身上便撲。一聲「娘啊」還未喚出，覺得身於似抱在一團虛沙上，同時看見金針聖母身軀紛紛化成灰沙，散坍下來。定睛一看，不知被什麼法寶所傷，全身業已被三昧真火化成灰燼。再一回看敵人，早已不知去向。不由大叫一聲，二次暈死過去。

等到陰素棠用丹藥二次將她救轉，又慘叫兩聲，頓足號啕，大哭起來。陰素棠再三勸住，說道：「你母親雖然身軀遭劫，僥倖在天劫未降前兵解而去，絕處逢生，豈非幸事，哭她何來？」龍姑聞言，含淚細問究竟。

陰素棠道：「可見凡事不能盡如人謀，我只以為只須挨到天劫未降臨前，暗用我飛劍將你母親兵解。誰知那半邊老尼好不厲害，命她四個弟子用隱形法埋伏，四面俱用雲嵐封鎖。還算我未冒昧近前，惹她笑話。後來你母親被困雲層，我明見你在雲外情急衝突，不得進去，白白送掉許多法寶飛劍，好不令人可憐可惜，只無法近前去解救。起初你親見事已至此，再三向半邊老尼跪哭求饒，均沒得到效果。

「那五色彩雲真個厲害，在內的人不能出來，在外的人想闖進去一樣要被雲霧捲入陣中。我正奇怪你闖了半天，雖未闖了進去，為何不見將你捲入？忽然對面峰嶺上一道金光射入彩雲之中，光到處五色雲霧如長鯨吸水一般，颼颼地吸向峰頭。我以為你母親來了救星，往對峰一看，正是此寶的主人白髮龍女崔五姑，用七寶紫晶瓶將錦雲兜收了回去。隨後便聽崔五姑在峰頭對半邊老尼高聲說道：『半邊道友，她雖咎有應得，姑念她悔過多年，難得她女兒秉著遺孽，還有這點孝心，道友也收拾她得夠了，就此成全了她吧。』說罷，先是崔五姑飛走。半邊老尼也帶了她四個女弟子回山。

「我見你母親端坐在地，近前一看，太陽穴上有一小孔，業已兵解。知道用飛劍的人是個行家，並未傷著她煉的嬰兒，好生代你母親忻幸。這時業已將近午時，我正要回身將你喚醒，猛見西方天邊有一朵紅雲移動，知是玄都陰雷，你母親應劫的剋星。恐怕波及，連忙抱持你躲到遠處。那紅雲轉眼之間，疾如飄風般飛到，只聽一聲響過處，那紅雲只往你母親身上照得一照，便即無影無蹤，你母親周身也化成了灰了。」

龍姑一聽，重又大放悲聲，哭哭啼啼跑到金針聖母遺骸之前，又哭了一陣。陰素棠說尚有他事，只囑咐龍姑不要傷心，好好將金針聖母遺骸劫灰用玉匣盛起埋葬，作別而去。

龍姑因母親雖是氣數劫運所限，以前生離竟成死別，又加上許多重要法寶全部失去，好不傷心，不管兵解是誰成全，把半邊老尼恨入切骨。送走陰素棠之後，回到洞中去取盛殮之物。一進去，便見石桌上有金針聖母留的遺囑，急忙打了開來。上面大意是說：

自己以前造的淫孽太多，近年改悔已來不及，幸喜向願已了，才放心去尋避劫之法。用盡心思，還是無法避免，只有借用兵解去修地仙。因此故意去和崑崙派中的半邊老尼挑釁，在應劫前一日約她比劍鬥法。期前虔誠默祝，反光內視，算出到日先凶後吉，甚為心喜。

遺命叫龍姑要用情專一，夫妻恩愛，不許無故與人結怨，多事殺戮，以免將來步她後塵。此次專為兵解，本不想將自己平生所愛法寶帶在身旁。無如卦上有先凶後吉的跡兆，所以除飛劍外，另帶了九根玄女針同常用的幾件法寶。另外有一部道書同兩件得力的法寶，還有餘下的七十二根玄女針，均在洞底一個玉匣之內，外有符咒封鎖，可按遺囑去取了出來。這些法寶，俱非平常之物，尤其那玄女針更為厲害，勝似她所煉十倍。在本人應劫時分，藏靈子必命她回來，如在期前趕到，必有囑咐，母子決不會在生前見面。

如見本人兵解以後，一不可驚慌悲慟，二不可尋對方報仇。因為咎不在人，而且對方有成全之德，只要不在事前發生變故，除飛劍不可知外，法寶、飛針因防玄都陰雷損壞，必在兵解以前用法術運開。半邊老尼決不會撿這種便宜，可在崖前南北兩方仔細尋找，定能找到。此別至少得在百年以後，嬰兒才得煉成。只要操守堅定，照所學道法加緊用功，不為非作歹，說不定還有相逢之日。目前去的所在，乃是在一處洞天福地，多年前業已覓妥，並已作好嚴密佈置。只等本人嬰兒回去，便將洞門封鎖，內外隔絕，不到日期不能出來。即使尋了去，也無法入內相見，所以不說明地址等語。

龍姑看完這封遺囑，好不心傷。且喜母親還給自己留下幾件法寶、飛針。正打算去取了出來，就用裝法寶的玉匣埋葬屍骨，忽見一道青光穿洞而入。龍姑法寶雖失，尚學會了許多驚人法術，一見青光來路不對，一手掐訣施法，正待抵禦，來人已高喚：「奉命還寶，休得誤會。」說時青光斂處，現出一秀眉星眼，長身玉立的青衣女子。龍姑忙問來意。

那女子答道：「我名張錦雯，奉家師半邊大師之命，憐你孝心，將適才所收令堂之法寶，除九根玄女針要留作紀念外，餘下飛劍、法寶，一齊送還，請你收下。」說罷，將足一頓，化道青光，穿洞而去。

龍姑尚想回來人兩句話，飛身趕至外面，只聽破空的聲音由近而遠，無可奈何，只得回至洞中。見石桌上面橫著一口小劍、一個天瘟球、一把雙龍剪，還有三面小旗、一張紙條。只這小旗沒見母親用過，不知用法，餘下的俱是母親煉就的法寶飛劍，便把來收下。

再看那紙條大意，說是半邊老尼因憐她一番孝思，又因白髮龍女講情，所以仍將第七口青牛劍將她母親兵解。彼時本想將所收的飛劍、法寶一齊還她，因見她未甦醒，急於回山；又見陰素棠在側，此人是崑崙門下逃出來的敗類，其結果比她母親還慘，恐她心存覬覦，才帶回山去。現在命大弟子張錦雯親自送還。命她此後好好潛修，上天與人為善，必得正果。如果秉承乃母遺性，淫惡不法，金針聖母便是她前車之鑑等語。

按說龍姑見了此信，又有金針聖母遺囑說明經過，應該感激才是。誰知她天生惡質，不但不知畏謹，反怪半邊老尼起初把她母親擺佈了個夠；末後著人還寶，又把最得力的玄女針，以及她母親還有一樣厲害法寶，名叫「九轉輪」的，吝不發還；那還寶的女弟子張錦雯，說話又那般狂傲，越想越生氣。她並不知九轉輪是被別人趁空偷去。當下先到後洞將法寶取出，用玉匣將她母親屍骨遺灰盛殮，就在姑婆嶺擇好了地方，用法術叱開山石，埋葬之後，在墳前痛哭了一場。立誓按照她母親所傳的法術、法寶同那本道書練好本領，親去尋找半邊老尼報仇，要還那兩樣法寶。

第七章　難遣春愁

龍姑剛回山時，因新遭大故，心有悲慟，雖然寂寞，還不覺得怎樣。十天以後，漸漸心煩意亂起來。想起柴達木河畔雖然惡水窮山，每天總還有丈夫為伴。一旦離群索居，跟孤鬼一般獨處洞中，好生不慣。又因來時熊血兒再三囑咐，說師父有命，本人要練功夫，不叫她回去看望，不便前往。再加上她所練的功夫俱是旁門，不似各正派中注重由靜生明，沖虛淡泊。練到好處，心如止水，不起微波，煩悶無聊時，還可藉以排遣。只有時情慾一動，想起與血兒在假期中的恩愛，簡直無法遏止，好不難受。

起初因金針聖母生前告誡，死後遺囑，還有些顧慮，並未胡為，只一心盼到了假期，丈夫回家團聚。

轉眼秋深，熊血兒果然如約而至，龍姑好不喜歡。血兒又去金針聖母墓前憑弔一番。兩人恩恩愛愛住守兩月，血兒又要回去。龍姑知道挽留不住，只得揮淚而別。由此每年必有兩月聚首，血兒也從未爽約。只是少年夫妻，似這樣別時容易見時難，也難怪龍姑難堪。

頭一二年，龍姑還能以理智克制情慾。第三年春天，龍姑獨個兒站在洞外高峰上閒眺，算計丈夫回山還得半年，目送飛鴻，正涉遐想。忽見姑婆嶺東邊懸崖半中腰有一個女子行走，其捷如飛。那崖壁立千仞，上面長滿花草，苔蘚若繡，其滑如油，就是猿猱也攀援不上去。那女子竟如壁虎一般上下自如，時而用手去採摘些花草之類，放在身後籃中。採了些時，倏地化成一道青光，破空而去。

龍姑暗想：「怪不得身手如此矯捷，原來她還會劍術。只是山有頭，地有主，我母女住此山中並非一年半載。她既來此採藥，不知此山有主也還罷了，適才她駕劍飛行，自己同她相隔甚近，她連招呼都不打一個，未免太已妄自尊大。可惜把她放過，沒有給她看點顏色。」正在尋思，猛想起那女子的劍光非常眼熟，雖然青光中隱含雜色，頗和那還寶女子張錦雯一個招數，莫非此女也是崑崙門下？不禁勾起前仇，決計明日留神候她再來，先和她見個高下。如不是仇人門下，只羞辱她一場，警戒來人下次；如真是半邊老尼徒弟，且先拿她出口怨氣，也是好的。

第二日一早，帶了全身法寶，隱伏崖側。等到午後，果然那女子又駕青光到來，輕車熟路般逕往懸崖上飛去。龍姑知道那懸崖上並無貴重藥草，何以值得她如此跋涉？想先近前去看個究竟，再和來人動手。便隨著那女子身後飛了過去。到了地頭，兩下相隔不過兩三丈遠近。龍姑見那女子所採的是一種野花，名叫「暖香蓮」的。這藥草之性奇熱，倒是只有姑婆嶺懸崖之上才生得有。

龍姑志在和人對敵，便喝道：「大膽ㄚ頭，竟敢到本山偷盜仙草！」說時，早將飛劍放了出去。那女子見龍姑隨在身後飛來，已經留神。見劍光飛到，連忙縱身，先駕劍光飛到峰頂。

龍姑如何肯捨，便趕了過去。那女子是怕懸崖上動手將那一片藥草糟践，並非怯敵，一見龍姑追來，忙飛起劍光迎敵。鬥了一陣，不分勝負。龍姑見不能取勝，先喝問來人姓名來歷，以便暗下毒手。那女子原也想知道本山主人來歷，因一上手龍姑逼得太緊，只得聚精會神迎敵。及至龍姑發問，彼此通了姓名，龍姑才知那女子正是陰素棠的得意弟子桃花仙子孫凌波，俱都不是外人，立刻停兵罷戰。

龍姑巴不得交個朋友來往解悶，殷殷勤勤地揖客入洞，兩人談得非常投機，便結了異姓姊妹。原來陰素棠因為有一件事對不起龍姑，再加上不敢見半邊老尼的面是丟臉的事，所以回去並未提起。直到龍姑說起前情，孫凌波恍然大悟，師父前數年所得的九轉輪原來是龍姑之物，怪不得從不見提起此事。龍姑又打聽半邊老尼的下落。

孫凌波道：「妹子，你的仇目前恐怕難報呢。那半邊老尼早先在崑崙派中是首屈一指的人物。前年武當派的心明神尼因為不久圓寂，自己兩個得意弟子，一個名叫伍秋雯的誤入歧途遭了兵解，一個名叫蘇玉衡的又嫁了人，餘下門人雖多，俱都傳不得衣缽。想起當初頭代教祖張三丰成道時，沒有指定何人繼承道統，以致後來武當門下各收各的徒弟，各有各的教規，各不相下，濫收男女門人，縱容他們為惡，當師長的還加護庇。本是一家，卻分成許多門戶，勢同水火，日久每況愈下，竟互相仇殺起來。

「心明神尼和師弟靈靈子見照此下去，不但鬧得太不成話，將來武當派還有滅亡之虞。兩人商議一番之後，知道各長老同門間結怨已深，非片言可了。恰遇教祖顯靈，在石室底層覓到那部煉魔劍訣，兩人合力躲到貴州黔靈山，煉成了九柄太乙分光劍。然後將同門五長老約到武當聚會，就在教祖法座前痛陳利害及縱容門下為惡之不當。

「內有一個比較正派的，首先在教祖牌位前認了過錯，情願帶了門下避居北海，懺悔三十年。這便是六十年前，北海斬鯨，命喪漁人彭格之手的郝行健。五長老中還有兩人，一個是林莽，一個是魔臉子李琴生，這兩人不但不聽勸誡，反和靈靈子翻臉，動起手來。這一次武當清理門戶，大開殺戒，林、李二人同他們門下許多敗類，全都死在九柄太乙分光劍下。

「雖說那三個長老犯了清規，咎有應得，到底還怨師長不能先事防範之過。鑑於前車，想來想去，想起眾弟子中只有新收的褚六妹根基尚好，只可惜她年紀太幼，入門不久，功行太淺，不足以孚眾望。沒奈何，只得把她生平至好半邊老尼請來，商量了好些日子。最後在教祖座前請了靈卜，由半邊老尼拜靈位認了師叔，作為是自己的師弟，當著靈靈子，將本門衣缽連那煉魔劍訣一齊交付。並教眾弟子全拜在半邊老尼門下，將來半邊老尼再在眾門人當中看準有出息，再命他來承繼。

「這雖是恐防道統廢墜的權宜之策，誰知卻引起了崑崙本派幾個長老的反感。頭一個遊龍子韋少少先不願意，說半邊老尼有違教規，在南川金佛寺請鍾先生、天池上人、知非禪師同崑崙派許多名宿，將半邊老尼喚來當面責難。崑崙派雖然有鍾先生、天池上人、知非禪師三人以師兄地位管領全派，不似武當派群龍無首，到底三人俱不是師長地位，平素各人都知自愛，虔奉教規，還能互相尊重。一旦出了過錯，再加上舉發人韋少少與半邊老尼本有嫌隙，如何肯服？

「半邊老尼脾氣古怪，見諸長老紛紛責難，大半說她不該覬覦旁門一部煉魔劍訣，忘師背祖。半邊老尼當著幾輩同門，忍耐不住，對眾宣稱暫行脫離崑崙一甲子，將來再看她的心跡，此時不願和眾同門為伍。說罷，一怒帶了門下七弟子回轉武當，與靈靈子分管武當派下男女門人，立下誓言，非將武當門戶光大不可。她本就是崑崙派中數一數二的人物，自得了這部煉魔劍訣，兼有武當派的奧妙，愈加厲害，你我如何是她的對手？」

龍姑聞言，恨恨道：「我眼見母親兵解前，這個賊禿欺人太甚，怎能甘心？有道是：『君子報仇，十年不晚。』如不尋她要回那兩樣法寶，誓不為人！」孫凌波又勸說了一陣。由此二人感情日密，時常來往，日子不久，無話不說。

漸漸孫凌波勾引她，用法術誘拐年青美男子上山淫樂。龍姑生具孽根，正嫌丈夫不能和她長相廝守，果然一拍便合。起初還隱隱藏藏，怕藏靈子和丈夫知道。後來得著甜頭，除了丈夫回山前一月不敢胡來外，平時和孫凌波二人狼狽為奸，也不知捉弄死了多少美男。不知怎的，這樣過了好些年，藏靈子師徒竟好似絲毫沒有覺察，從沒有一點表示，因此二人愈益肆無忌憚。

孫凌波原是想學師父陰素棠的榜樣，又恐師父只許州官放火，不許百姓點燈。難得龍姑孤身一人住在這種清靜幽深的洞府，正好利用她那裡做一個臨時行樂之地。除熊血兒回山那兩個月孫凌波不去外，平時總是藉著到姑婆嶺與陰素棠採做媚藥的暖香蓮為名，前去參加淫樂。遇上陰素棠不在山中，更是一住月餘不回山去。後來陰素棠給眾門人分配了住所，將英男交她管教。沒有師父在旁，好不稱心。

她和龍姑照例一人弄一個面首，以免有人向隅。這次前任面首死後，只尋到一個姓韓的少年。此人出身綠林，頗有武功，深得二女歡心。可惜只有一個，美中不足。正待下山再去找一個來，好彼此輪流玩耍，不致落空。無巧不巧，還沒有到了秋天，熊血兒破例提前回山。

孫凌波久聞他性如烈火，深恐自己和龍姑的私情被他撞見要惹麻煩，當時好不驚慌。虧得龍姑還有急智，見丈夫突然回來，心中雖然吃驚，表面上卻能鎮定。未容血兒開口，先倒站起身來引見，說孫凌波是自己新交的好友，那姓韓的是她的丈夫。血兒只笑了笑，毫無表示。大家見禮之後，龍姑抽空朝孫凌波使了個眼色。

孫凌波知道血兒本領高強，人極精明，本就防他看破，心中不定。一見龍姑授意，明白是想叫自己將姓韓的帶走，這一來正合自己心意。好在陰素棠不常回棗花崖，洞中兩個小女孩，一個是自己心腹，一個余英男在自己壓制之下，還敢怎樣？樂得趁此時機，將心上人帶回山去，獨吞獨享。便拉了姓韓的一下，站起身來，對主人告辭道：「賢夫婦一年才得兩個月聚首，難得今年提早回來，正好暢敘離情。我二人改日再來打擾吧。」

龍姑會意，少不得還要故意客套幾句，才同了血兒送客出洞。眼看孫凌波半扶半抱地帶了心愛的情人駕劍光飛走，雖然心裡頭酸酸的，一則不好現於詞色，二則自己原是不耐孤寂才背著丈夫行淫。其實這些年來所經過的許多面首，到底無論哪一個也比不上自己丈夫。難得他這次提前趕回，自己私情又未被他識破，正好著意溫存，恩愛些時再說。卻沒料到自己送客出來時，血兒在她身後冷笑，仍是一絲也不覺察，滿面堆歡，和往時一樣，未及進洞，早已縱體入懷。血兒依然和她繾綣，仍是一無表示。最奇怪的是，客人走後好幾天，始終沒聽血兒提過。

龍姑心中有病，覺得此事出乎情理之外，故意提起孫凌波人如何好，本領如何高強；那姓韓的原是世家子弟，武功頗好。孫凌波因奉師命，說她與姓韓的有緣，所以結為夫婦，兩人如何恩愛。孫凌波同自己又是幾時拜的姊妹。自己孤鬼一般獨處山中，天天盼丈夫回來，哪裡也不肯去，煩悶無聊，多仗她時常跑來給自己解悶等語。編了一大套入情入理，頭尾俱全的瞎話。卻故意留著有些使人禁不住要發問的話不說，好等血兒張口。誰知一任她說得多起勁，血兒總是唯唯諾諾，不讚一詞。

龍姑因丈夫每年回來都憐她獨守空山，輕憐密愛之餘，總是情話喁喁，不時問長問短，這次情形實在反常。說是看破私情，此人性如烈火，絕難相容；要說不是，又覺種種不對。心中猜疑，乾自著急，說又說不出口。過了十幾天，實在忍耐不住，便朝血兒撒嬌，怪血兒對她不似先前恩愛，自己為他一年總守十個月的活寡，回得家來也不問問自己別後情懷，太實狠心。

血兒先任她說鬧，只是笑而不答。後來龍姑絮聒煩了，血兒倏地將兩道劍眉一豎，虎目含威，似要發怒神氣。才說得一個「你」字，倏又面色平和，仍然帶笑說道：「往常因你是一個人獨居在此，我憐你別後寂寞，問長問短。如今我志在學道，新煉一種法術，要有三數年耽擱。又奉師命去辦一件要事，打此經過，蒙師父恩准，提前回來與你聚首。我原有一腔心事，但見你已有了好的伴侶，此後不愁孤寂。你我夫妻多年要好，心中有數，何須乎將有作無，多這些虛情假意則甚？」

這些話句句都帶雙關，越使龍姑聽了嘀咕。細看血兒說時，還是一臉笑容，雖然不敢斷定怎樣，略微放心，仍是輕嗔薄怒，糾纏不已。血兒只拿定主意，含笑溫存，毫不答辯，只說日後自見分曉。龍姑又問師父命他煉什麼法術，辦什麼要事，這數年中可能回來。血兒不是說現在還不知道，便說不一定。龍姑拿他無法，只有心中疑慮而已。

血兒回來時，原說是經過此地，前來看望，但住未一月，便說要代師父去辦那要事。龍姑知他每次說走，絕難挽留，雖然不捨，只得由他。便問回去時可能再來團聚，目下已離每年假期不遠，是否仍和往年一樣到日回來住上兩月？

血兒說：「今年不比往年，凡事不能預言，假期中也許回來，也許不來，一切都得聽命師父。至於回雲南時，只要經過此間，必定下來探望。」

龍姑雖然淫賤，到底愛血兒還是真心，別人雖愛，不過是供一時淫樂罷了。一聞此言，不禁難受得哭了起來。血兒望著她，嘆口氣道：「果然師父對我說，你對我情分仍是重的。」龍姑聞言，剛要問時，血兒已抱她在懷裡，溫存了一陣，道聲：「珍重！」逕自破空而去。

龍姑細想他前後所說之言，越想越不是味，連那姓韓的情人都顧不得想，一人在洞中盤算了好幾天，才想起找孫、韓二人商量商量。又想起血兒臨走曾說不定何時回來，天氣不久交秋，假期還有三月，他不動疑便罷，如自己的馬腳露了些在他眼裡，難保他不暗中回來查看，豈不大糟？還是過些時再說。

龍姑這些年快活慣了的，血兒走後的幾天因有心事，還不覺怎樣，日子一多，慾火又中燒起來，不是顧慮太多，幾乎又去將孫、韓二人找回。這日正在舉棋不定，恰遇見孫凌波從天空飛過，立刻追了去，將她邀入洞中，互道經過。聽說姓韓的情人因調戲英男被殺，孫凌波又受了別人欺負，不由大怒，便問孫凌波作何打算。孫凌波便說主要是將那逃人尋回，省得師父見怪。末後再同往峨嵋飛雷洞將那少年弄了來取樂。

龍姑受孫凌波蠱惑慣了的，加上丈夫已走多日不見回轉，孫凌波又再三力說血兒決不會看破，是她疑心生暗鬼。如果為防萬一，這次弄了人來，索性安藏在棗花崖去，好在師父已走，余英男逃亡，唐采珍是自己心腹，別無妨礙。即使血兒回來看她不在，只說去棗花崖探友，難道有什麼錯處不成？

這一來把龍姑又說活了心，將丈夫忘記在九霄雲外。只緣一念之差，圖了暫時歡娛，落得日後元胎初孕，便遭萬蟻分屍，三魂被斬，七魄沉淪，永世不得超生，好不可憐。

此節乃本書後集一大節目，不得不略表一番，這且不言。

話說龍姑、孫凌波二人商量停當，便駕劍光往棗花崖飛去，準備再問一回唐采珍，好去追尋英男的下落。剛剛飛到棗花崖不遠，孫凌波一眼先看見自己洞門前站定兩個女子，便知有異。忙和龍姑招呼一聲，催動劍光，流星下瀉般趕了下去。兩下相離才十丈以外，早認出是在飛雷洞前破去自己飛劍、法寶，趕走自己的冤家對頭。暗罵：「好兩個賤丫頭，得了便宜賣乖。我還未曾去尋你們算帳，你們倒尋上門來晦氣。」當時怒火上升，仗著身邊多帶了兩樣法寶，又有龍姑這樣的好幫手相助，竟忘了敵人那道紫色劍光的厲害，不問青紅皂白，首先將飛劍放將出去。

龍姑先聽孫凌波招呼，已有準備，見孫凌波飛起劍光，也跟著將劍光飛將出去。兩道劍光如流星趕月，一前一後，還未到達敵人頭上，就在這疾如閃電的當兒，忽見對方年幼的一個女子，只將手一拍一揚之間，立刻便有一道紫色長虹神龍出海般飛捲上來。

龍姑雖然學了一身驚人本領，以前在金針聖母卵翼之下，從來隱居姑婆嶺，除了和孫凌波兩人閒著無事比試著玩外，下山擄掠面首，俱是無能之輩，略施些法寶，便可得手，用不著施展本領。這次還是頭一次和敵人正式交手，先前未免存了輕敵之心。即見敵人劍光來得厲害，猛想起母親在時，曾說各派劍光中，除以金光為最厲害，遇見不可輕敵外，餘者俱可應付。惟獨有一種紫色劍光，乃是峨嵋開山祖師——長眉真人當初煉魔之物，其厲害不在金光以下。而且這劍經長眉真人歷劫三世，從未離身，有數百年修煉苦功，業已變化通靈，神妙莫測。

長眉真人成道以前，連傳衣缽的教祖都沒有賜，反將它藏在一個深山之中，用法術封鎖，留有偈語，說若干年後此劍出世，峨嵋門戶必然光大，同時各異派也將遭受空前浩劫，而得劍的人也是得天獨厚極有仙緣的人。紫色劍光放將出來，寒光耀眼，百步以內，冷氣侵入肌骨。舉世數百年，只有這麼一道劍光是紫色的。餘外還有一對鴛鴦霹靂劍，發出來的光色也是一紅一紫，但是帶著風雷之聲，與此劍不同，雖然也非凡品，要比此劍就差多了。

今日一見敵人出手是道紫光，已經驚異。及至兩下劍光才一接觸，越覺不是對手。同時對陣上年紀稍長的女子又是一道青光直飛上來。才暗喊得一聲：「不妙！」孫凌波的一道劍光已首先被那道紫光捲住。才想起頭一次喪劍失寶，自己兩口飛劍僅剩這一口，如何這般大意？又氣又急，收又收不回來，無可奈何，只得運用真氣，指揮劍光拚命支持。

龍姑的一道劍光，總算英瓊小孩心性而倖免於難。因為恨孫凌波淫賤，上次被她逃走，這次既知英男受她的害，決放她不過，一心一意先破去她的飛劍，然後取她性命。還有一個敵人無關輕重，特地留給若蘭去收拾，自己好專心一意代英男報仇。因為這種原因，龍姑的劍光才未被紫光捲住。

要論龍姑的本領，差不多盡得金針聖母之長。見紫光固然厲害，這道青光也甚不弱。最奇怪的是，這道青光竟和自己劍光的路數有好些相同。暗忖：「與母親劍光同一派別的，除了桂花山福仙潭紅花姥姥，並無第二個。但是那用紫光的女孩分明是峨嵋門下無疑，這兩個絕對相反的門戶怎會合到一起？」想到這裡，不由喝問道：「對面女子何人門下？快說出來，免得傷了和氣！」

若蘭笑罵道：「蠢ㄚ頭，不用打聽，我早知你的來路，可惜你家姑娘如今不和你認一家了。我名申若蘭，那是我師妹李英瓊，俱是峨嵋乾坤正氣妙一真人門下。你兩人叫什麼名字，什麼來歷，何不也說出來，看我適才猜得對不對呢？」

龍姑聞言，暗自吃驚。當下先還罵了兩句，道了自己和孫凌波的名姓，仍舊迎敵。情知再勉強支持下去，不施展別的法寶決難討好，頭一個孫凌波劍光先保不住，那時敵人兩下來攻，自己也吃虧。但又想起母親之言，無論如何不要生事。尤其是峨嵋派，兩下相隔咫尺，招惹不得，一不留神，便步母親後塵，身敗名裂。到底初學為惡，顧慮還多。她只顧遲疑不決，猛往旁邊一看，孫凌波的青光受紫光壓迫，光芒大減，急得臉漲通紅。

孫凌波有兩口飛劍：一口劍是自己採五金之精多年修煉而成，便是初次和英瓊在飛雷洞前交手失去之物；這一口是陰素棠早年在崑崙門下防身之寶，因寵愛孫凌波，便賜給了她，比她本人所煉當然要強得多。起初和英瓊是仇人相見，分外眼紅。一則仗著此劍輕易遇不上敵手，又有龍姑相助，不假思索，先放了出去。及至被紫光圈住，才知厲害。此劍再失，慢說新煉不易，煉出來也是平常，如何肯捨，只顧運用真氣支持，連別的法寶也無暇使用。

英瓊本是恨透了她，一見青光銳減，心中大喜，用峨嵋心法，暗運一口太乙先天真氣，指著紫光，喝一聲：「疾！」那紫光頓時平添出無限光芒，將敵人青光包圍了個密密層層。先前還似一條小青蛇在紫霧彩焰中閃動，轉眼之間，青光越來越淡。

孫凌波知道萬分不妙，仍存萬一之想，忙咬定牙關，把丹田五穴十二道真氣集中運用出去，想拚命將劍收回。不料運氣運得太猛，猛覺身子隨著自己那股真氣，竟好似被什麼東西吸住，往前帶了就走，不由嚇得出了一身冷汗。耳聽紫光氛層中錚錚兩聲過處，兩點殘餘青光一長一短，從空墜落在山石上面，轟的一聲，把陰素棠百年苦功煉成的一口飛劍化成頑鐵。若非孫凌波見機得快，身子再被紫光吸住，血肉之身怕不變成了齏粉。

就在這疾若閃電的當兒，孫凌波連忿怒痛惜的工夫都沒有，那道紫光早如閃電一般穿到，孫凌波縱然帶有法寶也不及施展。幸而龍姑早就料到此著，還未等孫凌波劍光被毀，早端正好了玄女針準備萬一。

眼看危機一髮，這時龍姑因記著母親遺命，不到萬分緊急，玄女針不肯輕易使用。暗怪孫凌波既知飛劍難保，不如索性丟開，能敵另想別法，不能敵也好準備脫身之計。豈不知那紫光如此厲害，只要青光一破，必定接著飛來，萬難抵禦。正想之間，忽見紫光影裡，青光益發暗淡。猛想：「今天不得罪人決難脫身，反正得用玄女針傷人，何不早用，還可保全孫凌波一口飛劍。」靈機一動，更不遲疑，隨手取出兩套玄女針，喝一聲：「對面丫頭看寶！」那針九根一套，如一串寒星，直朝若蘭飛去。

若蘭適才聽敵人說是金針聖母的女兒，已經心驚，知道她法寶甚多。最厲害可怕的是她母親用的玄女針，放出來不見人血決不飛回。除非你的本領將它破了，如若不然，無論你用什麼遁光逃走，它也能跟定了你。金針聖母在日，也不知用此針傷害了多少生命，因此作孽太多，才遭慘劫。

去年奉師父紅花姥姥之命，往武當山向半邊老尼借紫煙鋤和于潛琉璃，與石明珠閒談，聽說玄女針已被半邊老尼收了去。只要此針不在她手，別的法寶，都經師父在日說過來歷破法。自己不先出手，便可佔一點便宜，看她來路，相機抵禦。因此只用劍光迎敵，留神靜以觀變。

偶爾一眼看見英瓊劍光非常得勢，正在高興，猛聽對面一聲斷喝，接著便有九點五色彩星飛來。知道不能抵禦，躲也躲不脫，一面忙喊：「瓊妹留神，敵人妖針厲害！」一面咬緊牙關，將左臂氣脈用真氣封住，不但不躲，反將一條欺霜賽雪一般的粉臂迎了上去。接著喊一聲：「瓊妹留神，快飛身過來！」同時早一把將頭上青絲抖散開來，口中念動真言，正待想法也狠狠回敬敵人一下。猛覺左臂奇痛異常，真氣差一點封不住穴道，眼看支持不住。

那旁李英瓊破了敵人飛劍，高高興興，正指著紫光去取敵人性命，忽聽若蘭一聲驚呼，回頭一看，業已中了敵人法寶，已是驚心。龍姑第二套玄女針又朝英瓊飛來，英瓊不知法寶來歷，又聽若蘭警告，不敢再用劍光去追敵人。紫郢劍原與英瓊心靈相通，只一動念，便即飛回。

龍姑飛針來得快，紫郢劍也回得快，恰好兩下迎個正著。龍姑心想：「紫郢劍雖厲害，卻奈何我玄女針不得。」眼看二寶相遇，口誦真言，將收回來的第一套玄女針也打出去，朝著彩星一指。原打算將十八根玄女針分散開來，使英瓊前後不能相顧，無論怎樣會躲也得受傷。誰知那道紫光見了玄女針，竟化成一面紫障圍將上去，將玄女針擋住。只見九點彩星在紫光中飛舞，如五色天燈，上下流轉，休想近前一步。

龍姑大吃一驚，這才知道紫郢劍果然名不虛傳，恐怕步孫凌波的後塵。敵人的劍光已如此厲害，必是峨嵋門下上等人物。同時又見申若蘭的劍光和自己的劍光正在糾結，敵人雖然受傷，並未跌倒。又將頭髮披散，取出三個金環正待施放，認得此寶是紅花姥姥鎮山之寶「三才火雲環」，越發不敢大意。又見孫凌波也在那裡取寶要放。一面用玄女針和飛劍獨戰李、申二人，一面忙著飛近孫凌波面前，悄喊道：「敵人厲害，還不快走！」說罷，不俟孫凌波答言，一手取出一面手帕一晃，化陣青煙，破空而去，那玄女針和飛劍也隨著飛走，轉眼不知去向。

若蘭的火雲環剛剛飛出，敵人業已遁走，只得收回法寶、飛劍，坐於就地。英瓊顧不得追趕敵人，連忙過去看視。

若蘭便對英瓊道：「我已中了那賤人的玄女針。那針好不厲害，放將出來，不見敵人的血，決不飛回，被她打中要害，性命難保。虧我知機，拚一條左臂受點微傷，才得免除大難。這賤人名叫施龍姑，乃是金針聖母的女兒。昔日聽師父說，她母女二人近年隱居姑婆嶺，離峨嵋甚近，已是多年不問外事。想是她母親遭了天劫，無人管束，所以又出來為惡。如今我左臂氣穴已經被我封閉，轉動不得，一過七日，便成殘廢。只盼大師姊她們回來，看看有無解救了。」

第八章　虎兒遭愚

話說英瓊因為強拖若蘭出來尋找英男，害她受這般重傷，好不慚愧惶急。反是若蘭知道自己應有許多劫難，雖然痛恨敵人，並不在意。只是一條左臂血脈逐漸凝滯，痛如火焚，實在忍受不住。對英瓊道：「敵人走時並非真敗，這裡是她們的巢穴，她們卻往別處敗退，叫人好生不解。恐怕其中有文章，不可不防。我已受傷，妹子一人勢孤，還是急速離開的好。」

一句話將英瓊提醒，忙答道：「妹子害姊姊受這樣災難，心中難過已極，竟忘了將姊姊護送回山，等調養好了再想法報仇，反倒呆在這裡，更是該死！」說罷，便要扶著若蘭起身。

若蘭道：「英男妹子雖然逃出龍潭，並未脫離險地，我二人就此回去，萬一她重陷敵人手內，如何是好？此地又不可久待。依我之見，好在我還可勉強支持，莫如我二人仍是順她去路，迎著神鵰往前尋去。如能相遇，便同了回去；不能相遇，神鵰都找不到，我們也是徒然，想必是她災難未滿，且等大師姊回來，再商量個主意，一同前往。好在陰素棠器重英男，即使被她們尋回，也得等陰素棠回來處治，不過多受折磨，不至於死。」

正說之間，忽聽遠空一聲鵰鳴，二人知是神鵰回來，轉眼神鵰排雲盤空而下。英瓊見神鵰並未將英男背回，好生失望，便問神鵰是否見著英男。神鵰搖搖頭。二人無法，只得由英瓊扶著若蘭同上鵰背，回轉峨嵋。

英瓊和若蘭進了太元洞，二人商量，仍命神鵰再去尋找英男下落，如再找尋不見，可在棗花崖周圍上空盤旋查看，只要見著英男被敵人尋回，能下去仍將她背回，不能下去，急速回來送信。說完之後，滿以為神鵰領命即行，誰知神鵰卻不住搖頭，並不飛走。

英瓊著了慌，忙問：「你不肯去，莫非英男已陷別人羅網？再不就是敵人厲害，無法近身？」神鵰仍是搖頭長鳴。英瓊無法。又見若蘭回洞以後，說完幾句話，便盤坐用功，臉上青一陣，紫一陣，知她雖然不說，定是痛苦異常，越加焦急。還要和神鵰說，神鵰忽然往外走去，只得回轉來慰問若蘭。

說不上兩句，只見芝仙笑嘻嘻地跑了進來。英瓊心中一動，還未及張口，那芝仙已縱到若蘭身上，不住在掀她左手襟袖，口中呀呀不已。英瓊道：「蘭姊姊受了傷，手快殘廢了，芝仙能救她麼？」芝仙搖了搖頭，只用小手往若蘭袖子裡伸去。若蘭因左手腫脹，衣袖解脫不開，正覺束緊難受。見芝仙如此，知有用意，便請英瓊代她將袖子割開撕去。

英瓊代她將衣袖扯斷，貼身的一件，差一點與血肉黏成一片。平日玉骨冰肌，藕也似的一條粉臂，如今腫有尺許粗細，脹得皮肉亮晶晶地又紅又紫。九個針眼業已脹得茶杯大小，直流黑血。好不心疼，不由流下淚來。再看芝仙，已經站在若蘭膝上，抱著她受傷的臂膀，不住用小嘴去舐。

若蘭受傷以後，時久越覺熱脹酸麻，疼痛難禁。知道此針並無解藥，靈雲等回來，未必能夠解救。滿擬再強撐些時，如真忍受不住，想是自己命中注定，長痛不如短痛，索性將左臂斬去，免受許多痛苦。只礙著英瓊在旁，必要阻擋，難於下手，只好暫時忍痛苦挨。這時被芝仙一舐，竟覺傷口一陣清涼，雖然並未消腫，痛卻減了許多。正和芝仙說感謝的話，忽見袁星、芷仙一同走來慰問。問起芷仙，先是袁星得了神鵰傳信，由神鵰代牠守門，袁星又告知芷仙才知道。

袁星與二人見禮之後，便說牠平日本就懂得神鵰的話，適才神鵰因見主人著急，今日的事又非示意所能明白，所以才去尋找袁星，托牠代說等語。英瓊聞言大喜，忙問究竟。

袁星道：「鋼羽說牠奉命尋找余仙姑，知道余仙姑所行不遠，便在余仙姑去路周圍數百里內往返低飛，窮找細尋，並未見著一點蹤跡。末後第三次飛過棗花崖不遠一個黑谷之內，仗著一雙神目，飛入谷內探看，遇見一個奇怪的道人。

「那道人竟精通各種鳥語，將鋼羽招了下去，說他名叫百禽道人公冶黃。說余仙姑為往莽蒼山尋覓主人，誤陷浮沙，墜入黑谷。百禽道人算出余仙姑和他有緣，是助他將來脫劫之人，便指引余仙姑由黑谷去莽蒼山一條密路，不但近得多，還可避免敵人追趕。又對鋼羽說，峨嵋不久光大門戶，三英行即相見。他本知道主人們在峨嵋修道，因為余仙姑到莽蒼還有許多仙緣奇遇，所以單是指引余仙姑的道路，未說主人們在哪裡。叫鋼羽此時不可前去尋她，如要去尋，須同生人前去，就在丑日動身。此時前去，彼此無益有損。鋼羽大概知道那道人來歷，所以回轉。」

神鵰素通靈性，袁星轉述之言自無差錯，英瓊略放寬心。一會南姑姊弟與于建、楊成志也要進來慰問。若蘭因赤臂不便，只叫南姑一人進來，看了出去，說與三人。

英瓊因有髯仙事前警告，便命袁星、神鵰同往後洞輪流看守，留芷仙在洞中一同陪伴若蘭。若蘭經芝仙一舐，傷口腫雖未消，疼痛卻止了許多，便去了斷臂之想。

因為若蘭這一受傷，大家都不甚高興。其實英瓊本非看不上新來的四人，偏那四人一來，先趕上英瓊、若蘭二人中毒初癒，興致不佳；接著便是誤驚芝仙，招英瓊不快；後來李、申二人又忙著去尋英男回來，始終顧不得和四人長談。

那四人初來乍到，除芷仙較熟外，經英瓊上次排揎之後，不知不覺心中畏懼，都不敢和李、申二人親近。南姑聰明本分，一味約束兄弟虎兒，兢兢業業，慢說學道修劍，但能長居仙府，於願已足。于建性情豪放，胸無城府，自幼飽經憂患，知道這次是曠世仙緣，一心一意只盼青螺諸人回來，拜師學道。因為楊成志闖了禍，不奉芷仙的命令，一步也不敢亂走動。

只有楊成志自幼喪了父母，向無管束，雖然天分過人，卻是性情忌刻，私心最重，又愛多事。初來凝碧崖，一見這樣洞天福地，本抱著莫大的願望。又見英瓊、若蘭等人不但本領法術超群，而且還一個比一個生得美賽天仙，容光絕世，比南姑又要勝強好幾倍，越加心喜，恨不能常和她們親近。誰知李、申二人連正眼都未對他看過，到了不久，就因為驚走芝仙，吃英瓊當眾數說一頓，心中好不覺得難堪。尤其害怕英瓊日後告訴未來的師長，說自己心躁氣浮，不是大器，又後悔，又氣忿。

因見本山的人對芝仙如此重視，猛想起以前曾聽人說，深山大澤之中，往往有靈芝、何首烏之類的靈藥修煉成形，化為小人小馬出遊，如能得著生吃，便可成仙，想必便是此物。自己正奇怪，自從在妖道洞中出險以後，所遇見的男女劍仙，除了那化子打扮的凌真人，連送四人到凝碧崖的劉真人外，哪一個年紀都不大，最年長的也不過二十來歲，尤其是名字有一個蟬字的小仙童和這姓李的小仙姑，更顯得比自己還要年輕，偏又有那種驚人本領，想必定與芝仙有關。

正想遇見機會，打聽個仔細。第二日南姑因和芷仙同居一室，聽芷仙講起芝仙的來歷和芝仙血液的寶貴，所以全山的人都愛護它，便對虎兒說了。南姑原是囑咐虎兒，叫他不要見了芝仙，妄自驚動的意思。虎兒與于、楊二人同居一室，便在閒談中說了出來。說者無心，聽者有意，楊成志愈覺自己所料不差。又自作聰明，以為此中必定還有密情，外人決難知道，且待機會再說。再聽見若蘭受傷，芝仙一舐便好，愈加起了機心。也是芝仙該遭磨難。它給若蘭舐了一陣，漸漸疼止，便住了嘴，仍坐在若蘭身上，和英瓊、芷仙逗弄著玩耍。

英瓊道：「那日你原是領我們去尋仙草，被新來的人將你驚走，以後連著有事，沒有顧到尋你，如今那仙草還有麼？」芝仙聞言，將小手指著天搖了搖頭。一會便掙下地來，就往外走。英瓊不明它用意，便請芷仙跑去看，是不是指引仙草的地方。

芷仙聞言追了出去。芝仙回望芷仙追來，索性停步，似在等她同行。芷仙便請它在前引路。剛出太元洞口，遇見楊成志在前，于建、南姑姊弟在後，正迎頭走來。

芝仙一見楊成志，「呀」的一聲驚呼，回頭縱向芷仙懷內。芷仙連忙抱緊了它，說道：「芝仙不要害怕，他們日後都是本門中人，日前初來無知，誤驚了你，不會傷害你的。」芝仙仍是一個勁往芷仙懷裡躲。楊成志等四人見了這般景象，自是一齊停步，不敢上前。

芷仙覺著日後四人長住此地，芝仙每日出遊，難保不無心相遇，豈不又嚇了它？不住用話開導，又叫四人分別上前相見，請芝仙不要疑慮。

四人見那芝仙長才尺許，生得又白又嫩，近身便聞見一股清香，個個都愛到極處，恨不能抱上一抱才好。那芝仙經芷仙再四解釋之後，才睜著一雙澄碧欲活的大眼，望著四人呀呀兩聲，笑了一笑。虎兒小孩子心性，仗著芷仙好說話，竟涎著臉湊近前去，撫弄芝仙溫腴如玉的小手。

南姑一見大驚，正要呵斥，那芝仙偏和他投緣，不但不躲，竟伸出小手向虎兒招弄。喜得虎兒心花怒放，連芷仙都覺出奇怪。南姑見芷仙並無不願神氣，到底不敢大意，不住朝虎兒使眼色，叫他退下。

于、楊二人覺著好玩，也想學樣時，那芝仙已掙脫芷仙懷抱，跳下地來，便往前走。芷仙連忙跟去。楊成志一見，心中大喜，卻故意說道：「我們跟裘仙姑看看去。」說罷，頭一個跟在芷仙身後面走。于建、虎兒、南姑均都童心未退，也都跟去。芷仙為人素無機心，並未禁止。

那芝仙跳跳縱縱，一路穿山越澗走著。不時縱向高崖，採取一種紅蒂青皮，形如金橘的果子，整個咬吃。楊成志見芝仙愛吃這種野果，也想採取一個，偏偏滿山奇花異果甚多，惟獨這種果子非常稀少。

芷仙見南姑等跟來，便喊南姑上前說道：「芝仙吃的這種果子，名叫翠實，吃了可以明目，乃是一種仙草。一株五葉，葉如野桑，每株頂上生著一粒翠實。此地四時皆春，每隔單月開花，雙月結果。每一結果，芝仙便滿山滿崖地搜尋來吃。大家因芝仙喜愛，都捨不得吃，留給它獨個享受了。」說到這裡，正走過一個崖凹之下，滿崖壁紫草朱籐，奇花欲笑，迎風飄落，清馨四溢。崖下面又是一道寬大溪澗，碧波透明，清澈見底，綠水潺潺，與仙籟頂泉聲遙遙相應。明波若鏡，山光倒影而下，白雲片片，不時在水底花影中穿過。這地方名叫紫花崖、繡雲澗，是凝碧仙景中最清麗文秀之所。

眾人雖是來過數次，也不禁流連讚美，邊說邊走。忽見芝仙往懸崖上縱去，離地有數丈，一手攀著朱籐翻了上去。芷仙方要跟縱上去，芝仙已經縱下，手中採了六七個翠實，遞了五個與芷仙，指了指四人，意思是叫芷仙分給四人吃。

芷仙笑著分與四人吃，入口苦澀非常，食後回甘，覺得滿口清香，涼沁心脾。大家都向芝仙道了謝，又隨著往前走。轉過崖去，便是一個小山坡，坡上修篠翠竹，黛色參天，風動琅玕，聲如鳴玉。奇石小峰掩映其間，塊塊都是玲瓏剔透，孔竅甚多，若有音樂鼓吹自石中出，又與竹聲泉聲互相交奏，成為繁響。新來四人，這裡卻未來過，個個稱奇。

芷仙道：「這裡名叫仙音板，是芝仙玩月之地。雖不在此生根，可是它每晚均來此參拜星斗。」說著，走入竹林深處，現出一個天然石台，周圍有畝許方圓大小。台上有兩座玉石丹爐，爐前有四個石墩。合台石色墨綠，瑩潔如玉。

這時芝仙業已走到台後，正面一塊翠玉，高足有三十丈，大可十丈，上豐下銳，生得如巧工堆成的假山峰一般，體態靈秀，洞穴甚多，大小不一。芝仙走到峰前停了步，用小手拉著芷仙，指著峰前一個較大的洞，教芷仙去看。新來四人也隨著芷仙，往那翠石中間洞穴中看去。臉才湊上去，便聞見一股清香直透鼻端，頭腦心神為之一爽。芷仙所見的洞口大些，看見幾叢又紅又綠的花草在那裡擺動。餘人只聞異香，並看不見什麼。

芷仙便問芝仙道：「那仙草就生長在這靈翠峰石腹裡面麼？兩月前大師姊曾說，前面丹台是大祖師煉丹之所。靈翠峰並非此地原生之石，是從他處移來，峰下面必定藏有至寶。後來大家費了多少事，只差沒去將這小峰移開，查看多日，了無他異。你日前仙草是怎麼取出來的呢？」

芝仙聞言，便將小手伸入洞內掏了一會，取出一塊形如蓮花的翠玉來，先往洞口比了一比，按上去好似天衣無縫。若非預先知道，簡直不知這塊翠蓮花就是這靈峰的鎖鑰。無怪靈雲等當初雖然想到靈峰下面必有寶物，竟會察看不出。

芷仙再將那塊形似蓮花的翠玉取下來一看，背面還有幾行朱書篆文，正是長眉真人留諭。細繹文意，才知當初長眉真人開闢凝碧十八仙景之後，曾在前面墨玉台煉有兩爐丹藥。後來參透玄天祕奧，不久白日飛昇，兩爐丹藥用它不著。欲待傳賜門下弟子，又因為諸弟子個個愛好，道行淺深雖然不一，煉丹一門已得真傳，不願他們貪師之功，不勞而獲。算計光大本門，須待三英、二雲出世。彼時正值正邪各派遭受空前浩劫，這次一代弟子們俱都入門未久，全仗根骨優厚，與邪魔爭勝負存亡，所受險阻艱難，過於前代弟子百倍。

這靈翠峰下是峨嵋全山靈脈發源之所，便將兩爐丹藥埋藏下面，用仙法共煉百零八日。日久年深，丹藥化去，借洞天福地靈氣，化成一種仙草。那仙草名叫丹珠草，碧梗朱葉，其紅如火，遍體明如晶玉，一葉二岐，當中岐尖結著一粒朱實。不但吃了延年益壽，無論被什麼邪魔外道法寶毒害，將此草連葉取一片服了下去，立刻起死回生。因此草成熟須經多年，恐為外人發現，特從星宿海底取來一座萬年碧珊瑚結成的靈翠峰，外用靈符鎮壓。經過多年，此草借天地靈氣成熟結實。同時除了裡面保護仙草的靈符還在外，外面靈符也已放去。

那仙草共是九株，每株各生陰陽兩葉。採葉之後，須隔三十六年，始能二次生葉結實。此中自有奧妙，非有仙緣，不能妄取，取必有災。到時掌教弟子齊漱溟自有安排等語。

芷仙一見，心中大喜。因為素來持重，凡事不敢妄來，連忙招呼眾人回轉，去報與李、申二人商量，怎樣取了這仙草，與若蘭治傷。那芝仙也好似非常高興，卻不肯跟芷仙回去。

芷仙回到太元洞前，囑咐四人隨意在附近遊玩，自己便往洞內報信。英瓊一見翠蓮花上長眉真人所留的法諭，心中非常高興。只是有聽候掌教師尊安排的話，不敢擅取。若蘭疼痛雖然稍止，傷處未痊，如果要等靈雲回來，稟明掌教師尊，又恐緩不濟急，好生躊躇。若蘭本是行事持重，又隨紅花姥姥多年，有了閱歷，寧願多受些罪，也不敢有違祖師法諭。

英瓊又跑到靈翠峰去看了一會，見那仙草生在峰內，可望而不可即，就是冒著不是，想去採摘，也辦不到。重又回來與芷仙、若蘭商量，除了靈雲回來想法外，別無善策，只索暫時作罷。

仙府晝夜通明，新來四人飲食起居均由芷仙招呼。這時英瓊、若蘭已能辟穀，吃不吃均可隨意。只芷仙還未能完全禁絕煙火。平時是由袁星去將應用的火食蔬菜洗滌乾淨，拿到凝碧崖前——昔時白眉禪師餵養兩隻神鵰，一個藏穀的石洞，由芷仙自去調製。芷仙無事時，又將仙府各種奇花仙果製成藥酒，以備眾同門高興時，前去「隨喜」飲上兩杯。那洞本來潔淨，經芷仙多日佈置，石几、石凳、石灶、酒窖以及應用物品色色俱全。眾人又給那洞起了個名字，叫作仙廚。新來四人也隨芷仙在仙廚進食。

這日芷仙同了四人從靈翠峰回轉，與英瓊、若蘭談了一陣，又去安排好了四人食宿，仍回若蘭房內。因芷仙說南姑如何聰明本分，怪可憐的，英瓊素愛熱鬧，又想起連日因為有事，竟顧不得同新來的人多談，便請芷仙去叫了南姑來到房內，陪若蘭談天。

芷仙依言去將南姑喚來，大家談得頗為投機。過了好一會，英瓊見南姑有了倦意，自己和芷仙也該是用功時候，好在石床甚大，石室如春，索性叫南姑就睡在若蘭床上，連芷仙都不要回去，省得南姑有時一個人在室內寂寞。

南姑見英瓊只是率真，並非有心驕人，越發心喜。先還不肯就睡，及至見李、申、裘三人相繼入定，一合上眼，不覺沉沉地睡去。睡夢中忽聽英瓊、芷仙說話，驚醒轉來一看，英瓊首先對她說道：「你兄弟和楊成志闖了禍了。」

南姑聞言大驚。又聽英瓊對芷仙道：「這姓楊的那日一攔芝仙，我也說不出什麼緣故，總覺他不是個安分的東西，果然闖出這樣的禍來。如今他二人吉凶莫卜，算是他們咎由自取。只是翠蓮花上太師祖法諭分明說那仙草須待掌教師尊安排，妄取有災，連我們都不敢妄動，他們倒有這大膽子。大師姊又不在家，倘仙草被毀，掌教師尊怪罪，怎生是好？」

若蘭道：「這事據我看，須怪不得章虎兒，他年紀幼小，知道什麼？只是楊成志一人之過。最可怕的是現在芝仙也不知去向，萬一同時被困在內，受了損害，那才糟呢！」

南姑聽三人語氣，猜是虎兒受了楊成志引誘，在靈翠峰闖了大禍，又不知虎兒生死存亡。因見三人都是愁眉怒臉，不敢動問，急得眼淚汪汪，望著三人直轉。若蘭見她可憐，便對她道：「你不要急，一人做事一人當，我們並不怪你。令弟今早起來，大約是受了楊成志的引誘，去盜取仙草，不知怎地陷入靈翠峰內。如今丹台附近都被雲煙籠罩，他二人想必被困在內。適才我勉強負痛到了丹台，盡我平生所學，竟不能近前一步。須等大師姊回來才能解圍了。」南姑忍不住試問事情經過，英瓊搶著說了大概。

原來楊成志居心叵測，先前已曾提過。昨日芷仙發現丹珠仙草之後，因有長眉真人法諭，大家都不敢擅動。楊成志暗想：「雖然吃了芝仙的血可以得道延年，但是這裡眾人愛護甚嚴，擅自下手，一旦發覺，必定不肯干休。那仙草既有這等妙用，難得眾人都要等青螺的人回來，稟明了掌教師尊，才敢採取。何不趁此時機下手，偷幾葉服了下去，先博個長生不老，豈不是好？只是這事須得找個幫手。」

因和于建處得日久，看他平日言行性情，決不敢隨自己幹這種冒險的事。這幾日想從虎兒口中，由南姑那裡得到本山實況，同虎兒頗為親密。還怕虎兒常受南姑告誡，不敢明言，特意想了一套說詞。背著于建慫恿虎兒，說古往今來成仙得道的，全靠仙緣。往往有時師父得到靈藥仙草，未及服用，被徒弟偷去服了，立刻成仙，師父反而不能飛昇，皆是他本人沒有仙緣之故。如今他們發現仙草，不去採來服用，想是注定留給別人。要虎兒幫他前去盜取。虎兒也甚聰明，先記著姊姊的話不肯同去。

楊成志心術甚壞，原想利用他涉險，自己卻撿便宜。見他不去，又恐他轉去告了南姑，事情敗露。便道：「你真是傻子。你想那座靈翠峰的洞口，連你都鑽不進去，仙草在內如何採取？我要你同去，是因為申仙姑說你根骨不錯。那翠蓮花背面不明明寫著無緣的人不能妄取嗎？無緣人不能取，有緣的人當然可取了。我們要是無緣的話，我們去了，也不過隔著洞口看看，聞聞香氣而已；要是有緣，必然有法可想，怕著何來？假使有緣不取，錯過機會，將來還得像平常修道人，一步一步地受盡千辛萬苦，才能成道；豈如食了仙草，立地成仙的好呢？

「再說現在誰也不能斷定裡面準有多少株仙草，一株不缺。我們盜到手，吃到肚裡，即使將來他們知道短了幾株，因為事前有芝仙採過，定說是芝仙吃了，也決不會疑心到我們。現在我們去見機行事，看我們仙緣如何，並不強為。成固可喜，不成亦無什緊要，你道如何？」

說罷，又將平空學道如何受苦，能夠在修道以前得著靈丹仙草，便能立地成仙，學他們往空中飛來飛去，如何好法，說得個天花亂墜。虎兒極有義氣，感情心又重，雖然有些將信將疑，禁不住楊成志幾番哄騙和強求，便答應下來。

楊成志得寸進尺，又商量下手之法。他因洞口甚小，芝仙卻能入內去取仙草，算計別有入路。知道芝仙常在那裡盤桓，決定先去察探芝仙的行徑，趁青螺的人未回來，李、裘二人定要照應若蘭傷勢的這兩天內下手。當日楊成志故意和于建啟釁口角，以便不和他做一路，裝著往太元洞附近遊玩，同虎兒攜手偕遊。等到去離于建甚遠，便和虎兒改道，順著洞裡路徑，先到仙音板丹台附近去看了看。才到丹台，便見芝仙獨個兒在靈翠峰前，等到走近卻沒了蹤跡，越猜那峰定有入口。

他知芝仙最靈，恐怕驚動了它無法下手，與虎兒使了個眼色，若無其事地在峰前略看一看，便回到丹台，擇了一個挨近靈翠峰的地點坐定。虎兒幾番要說話，都被他止住，只拿眼覷定峰前，靜觀芝仙從何處出來。

待了一會，沒有動靜。因快到安歇時候，恐怕芷仙、南姑尋他們，只得先回來，到明早再說。剛下丹台要往回路走時，忽聽靈翠峰旁極輕微的淨縱兩聲。楊成志本是五官並用，時時留神，急忙回首一看，彷彿見靈翠峰東北角下一塊翠石稍微動了一動。心中雖默記著那個地方，表面卻仍作毫不經意地往回路走。虎兒問是哪裡響，楊成志故意大聲說道：「想必是芝仙出來吧，我們快走，莫驚了它，讓諸位仙姑見怪。」說罷，拉了虎兒便走。

回到太元洞住的室內一看，于建一人盤膝坐在室內，按照芷仙說的峨嵋初步入門功夫，在那裡試習。楊成志冷笑了笑，也不去理他。于建試坐了一會，下榻散息，仍是含笑和二人說話，並沒有把適才口角記在心裡，楊成志始終冷著臉，愛理不理的神氣。虎兒倒沒什麼，依然說笑。

于建問虎兒：「適才同楊兄到何處遊逛？可是沒去過的所在？」虎兒未及答言，楊成志突然站起道：「這裡規矩嚴，我們豈敢隨便亂走，不過只在仙籟頂看看飛泉罷了。」于建聞言，因二人走時自己正站在高處，明明看他們繞道往繡雲澗那邊走去，知他瞎說，也不再問，當時並沒料到二人有何異舉。三人貌合神離的，隨即安歇。

楊成志躺在石榻上，心中盤算明早如何下手，哪裡能夠安眠。算計時光，到了第二日丑末寅初，知道眾人都不會出來。聽了聽于建、虎兒睡得正酣，悄悄將虎兒喚醒，一同輕手輕腳走出洞外。

也是合該有事。袁星一向露宿在太元洞口，又深通靈性，外人一舉一動須瞞不了牠。還有神鵰，更是目光如電，敏銳非凡，要被牠看破行藏，楊成志和虎兒怕不被牠鋼爪撕成兩片。偏偏這幾日奉命把守後洞，一個也不在跟前。

楊成志帶了虎兒，人不知鬼不覺地溜出洞去。因要暗窺芝仙動靜，到了仙音板，便即放輕了腳步。按照預定主意，叫虎兒預先從仙音板竹林外面，繞到靈翠峰前東北角下潛伏。自己鷺伏鶴行，輕悄悄由正路抄了過去，慢慢爬上了丹台一看，並不見芝仙蹤影。再看虎兒業已到了峰前僻靜之處埋伏。

二人遙遙相對。等了一會，不見芝仙動靜。正覺有些失望，猛然間聞著一股子清香。仔細往旁邊一看，丹台側面崖壁上有一盤紫籐，結著十來個昨日所見的翠實，生得非常肥大，猛然心中一動。且喜相隔不遠，輕輕下了丹台，將這十幾個翠實全都摘在手中，先吃了兩個，將餘下的藏在懷中。剛要重往丹台上走去，忽見來路上草叢閃動，有一個白東西在草中亂晃。定睛一看，正是芝仙如小孩一般，從繡雲澗那邊跳跳縱縱地往丹台走來。走了幾步，又低頭往地下看看，好似發現什麼似地遲疑了一會，又歡跳著往前行走。楊成志恐將它驚跑，連大氣都不敢出。

一會，芝仙上了丹台，先望空長噓了兩聲，聲雖不大，其音清越，非常悅耳。然後面向東方，跪拜了一陣，起來朝天吐出一團白氣，如數十道游絲在空中飄擺，一會又吸了進去。約有半個時辰，更不遲疑，跳下丹台，逕往峰前走去。走到峰東北角下，好似預知有人埋伏在側，不住東尋西找。楊成志不敢怠慢，早已提氣凝神，掩了過去。

那芝仙自從移植洞天福地，日受眾仙俠愛護，雖然忘了機心，到底耳目靈敏。它走到峰前，聞著生人氣息，心中驚異，便去尋找。一眼看見虎兒埋伏在旁，驚得「呀」了一聲，便往回跑。一回頭，又見日前所見惡人伸開兩手撲了上來。靈峰附近經長眉真人符咒祭煉，不比別的地方見土就能鑽入。一著急沒了主意，慌不擇地偏身奔向東北峰角，揭起一塊尺半大的翠石，往裡便鑽。

虎兒哪知厲害，早撲上前去，一把抓著芝仙一條又嫩又白的小腿，拖了出來。那芝仙掙了兩下未掙脫，反被虎兒一把抱緊，知道已遭毒手，將口一張，噴出一團白氣，打在虎兒臉上，如同刀割一般疼痛難忍。虎兒害怕，直喊：「芝仙厲害，快來幫一幫，我捉它不住了！」

楊成志忙喊：「虎兒弟千萬不可撒手！」說時，一面取下絲絛，將芝仙綑了個結實。然後說道：「你再想吐氣和逃跑，我便生吃了你。」那芝仙以為要遭大難，「呀呀」直哭。

虎兒先前倒不覺怎樣，及至將芝仙捉到手中，想起姊姊之言，又見芝仙不住哀鳴，不由又害怕，又心中不忍，勸楊成志道：「現在已經知道翠峰洞口，把它放了吧。」

楊成志瞪了虎兒一眼，說道：「好容易才得到手，你知道些什麼！」說罷，一手夾緊芝仙，取出那十幾個翠實，說道：「你只要指引我怎樣採那仙草，不但不傷你，還請你吃仙果。」

那芝仙被逼無奈，指一指適才逃進的洞口。楊成志見那洞口足可容虎兒出入，連自己也勉強爬得進去，不禁獰笑道：「只要進洞，便可取到仙草麼？」芝仙含淚點了點頭，不住拿眼望著虎兒，大有請他哀憐神氣。

虎兒看它可憐，勸楊成志道：「我們原說是只要從芝仙身上知道採仙草的洞口，現在既然知道，它又不會說話，怪可憐的，把它放了吧。」

楊成志也不理他，復對芝仙道：「久聞學道的人能遇見你，便是仙緣，你又惜血如金。今日天賜仙緣，既落我手，便饒不得你。」說罷，張口便要往芝仙手臂上咬去。嚇得芝仙膽落魂飛，不住在楊成志手上亂掙亂跳。虎兒才知上了楊成志的大當，此時和他善說業已不行，縱起身一個冷不防，朝楊成志劈面一拳打去。隨手一把搶過芝仙，不問青紅皂白，隨手扔出。

芝仙本是靈物，一脫人手，雖有絲條綑住，借虎兒一扔之勁，早甩出去有十來丈遠近。不知怎的，滾轉之間，一路掙脫綁索，「呀呀」連聲，如飛逃走。

楊成志吃虎兒冷不防這一拳，打得兩太陽穴金星直冒。虎兒怕他去追芝仙，早趁勢縱了上去，兩人同時撲倒，扭作一團，在地上打滾。直到芝仙跑得沒影，虎兒才鬆了手。

楊成志掙脫起來，他萬沒料到虎兒天生這一把蠻力，芝血未吃到手，還吃了這大暗虧，把虎兒恨入骨髓。只是他為人奸詐，知道若真個翻臉，不但羊肉吃不成，還得鬧一身腥膻。心中一動，又生奸計，反倒斂了怒容，笑對虎兒道：「好兄弟，你這是怎麼？我怎敢把芝仙怎樣？無非是見那洞口太小，不知內裡虛實，想逼出它的實況罷咧。你看你把我打成這個樣子。如今芝仙已走，再沒法想，只得進洞試試，如果得不著那仙草，也只好算我兩個福薄命淺罷了。好在這事已做到這般地步，芝仙不會人言，雖不怕它告狀，須防它去引了人來，還不下手，等待何時？」

虎兒到底年幼，見楊成志被自己打了個鼻青眼腫，他反朝自己陪話，好生過意不去。便答道：「楊兒休得怪我，既然是我誤會了意，請你原諒我年紀輕。盜草之事，昨日既然答應你，自然是有福同享，有禍同當。只要不傷芝仙，我聽你招呼就是。」

楊成志朝洞口看了看，便叫虎兒先進去看看裡面虛實。虎兒依言，將身子鑽了進去，只見黑暗中紅綠光影亂閃，鼻中聞見奇香，一摸總是個空，心中害怕，不敢深入，便對楊成志說了。楊成志暗罵蠢才，恐芝仙報信，遲則生變，自己在洞口試了試，居然挨擠得進，便也蛇行而入。一到了裡面，既不願虎兒在先得手，又怕自己查看不到有所遺漏，叫虎兒在他身後幫同尋找。

楊成志心急，獨自先行，已經走到西南角上。虎兒在他身後，正用手隨著紅綠光影亂撲，猛覺腦後被小泥塊打了一下。回頭一看，芝仙正站在洞口朝他招手。覺著奇怪，要喊楊成志看時，見芝仙朝他直搖手。虎兒心中一動，暗想：「莫非楊成志沒有仙緣，芝仙感恩，前來指點仙草所在麼？」正在尋思，猛見芝仙先是連連招手叫他出去，後來又拿手指著虎兒北面。虎兒以為芝仙所指的地方有仙草，便照它所指之處走去。剛剛走到，又聽芝仙呀呀連聲，現出滿面驚惶之色，在洞口一閃便即不見。

虎兒方在納悶，猛聽楊成志驚呼了一聲。虎兒連忙回頭看時，只見一道金光閃處，滿洞起了五色煙雲，金光影裡，楊成志如同中了魔一般，手腳並用，亂揮亂舞，轉眼沒入煙雲，不見蹤影。

虎兒年幼心熱，膽子又大，並不知道厲害，還想上前去看時，身子已被煙雲繞住，眼花撩亂，也分不出東西南北，撞到哪裡都是軟綿綿的，休想移動分毫，進既不可，退亦不能。這才著急害怕起來，喊了兩聲楊成志，未見答應。頃刻之間，煙雲越聚越密，竟將虎兒緊緊包裹，立刻奇冷透骨，五官四肢完全失了效用，一陣頭昏眼花，透氣不出，倒於就地。

于建睡眠本來警醒，因日裡和楊成志口角，晚上又吃他冷笑，想起自己少孤命苦，好容易承凌真人講情，暫時得住在這種洞天福地。只是尚未正式拜師，此地仙俠又多是女子，未必能夠收歸門下，前途茫茫，殊難逆料。一向認為楊成志是患難生死之交，卻不料他為人如此忌刻，自己若和他一般見識，恐怕越遭諸仙俠輕視，凡事只可逆來順受。滿腹愁腸，好久未曾睡著。後來一想：「凡事俱有數在，既能身入仙府，決非偶然。休管別人怎樣，只要自己遇事謹慎，努力潛修，不畏苦難，皇天不負苦心人，終有成就，想這些閒事則甚？」心氣一平，便即闔眼睡去。

睡夢中彷彿聽見有腳步聲響動，微微睜眼一看，見是楊成志領了虎兒，輕腳輕手地正往室外走去。知他二人迴避自己，先是裝作不知。二人走後，才想起楊成志平素和自己感情頗好，又敘過生死口盟，昨日忽然藉故尋事與自己翻臉，雖說彼此失和，不願同在一起，何須乎這樣鬼鬼祟祟？虎兒一個小孩子，他卻格外和他要好，中間許多全是做作。越想越覺他們行動可疑。

猛想起南姑曾說，聽裘仙姑說這裡不但是洞天福地，還到處都生有奇花異卉，仙藥仙草。各位仙俠雖在此住了多時，因掌教真人未來指示以前，大家都還不能完全指出名來。除了有幾種異果尚可採食外，許多不知名的仙草，誰都不敢亂動，恐防無心中損壞天材地寶。所以再三囑咐新來四人，如不奉命，只可隨意觀賞，不可擅自攀折。莫非楊、章二人見了仙草靈藥之類，特地生事，撇開自己，偷來受用不會？

他二人有了奇遇，自己並不眼紅。只是他們這種行為有如竊盜，要被李、申兩位仙姑知道，豈能輕恕？不由為他二人擔起心來，不肯坐視，決計前去尋著他們，如無異舉便罷，如有出軌行為，無論如何也須婉言勸阻，以免闖出禍事，大家遭殃。

當下走出太元洞，因昨日曾見二人繞道往繡雲澗，便朝繡雲澗追去。經這一番仔細尋思，已經延遲個把時辰。到了繡雲澗找了個遍，哪裡有二人的蹤影。知道全崖仙景甚多，地方又大，不易尋找，只得上崖，想從高處瞭望。才到崖頂，便見仙音板丹台那邊白雲瀰漫，彩煙籠罩，如同百十丈圓的一個五彩錦堆，雲蒸霞蔚，瑞氣千條，真個是天府奇景。不由喜歡得手舞足蹈起來。心想這般重的彩霧，連那靈翠峰都隱藏不見，雖不信二人會藏在彩霞之中，到底這般奇景舉世難逢。又疑心是有寶物放光，好在相隔不遠，便跑近前去，想看個究竟。

才離彩雲十丈以外，便覺祥光耀目，照眼生輝，不可逼視。再往前走了幾步，不但金光彩霞射得眼疼，還覺奇冷透骨，渾身打顫，不敢造次，退了回來。估量二人決然不會在這裡，心中總惦記著出事，不敢多作留連，便擇高處往回路走。

漸漸走到通飛雷洞的廣崖之下，又猛想起初來不久，裘仙姑同袁星無心中在崖上發現後洞，各得了一口仙劍，彼時楊成志甚為眼熱，莫非他也有非分之想？那懸崖壁立千丈，險峻非常，楊成志幼時練過武功，縱然勉強能上，虎兒也決上不去。還有神鵰、袁星把守洞內，不能容他二人胡為，又覺不對。因為到處找尋不見他二人，業已過了兩個時辰，不多一會，便是芷仙招呼眾人進餐之時，只得姑且上去試試。

誰知那峭壁雖然滿生籐蘿仙草，可以攀援，腳底下卻是其滑如油，萬難著足。還未上到山腰洞口，才只上了十來丈，已覺力盡神疲。越猜他二人決上不去，打算下去。略一疏神，一手抓了個空，失足滾了下來。滿以為死雖不至於死，必然要帶點傷。看看滾到離地還有兩三丈遠近，忽然被一堆山石將腰背擱了一下。于建一負痛，不由把腰一挺，變成頭朝上腳朝下往下溜去。

正在心中暗喜，兩腳著地，或者可以不致受傷。就在這一轉眼間，猛覺兩腳又撞在一塊大石上面，撞得腳跟生疼。那山石有四五尺見方，好似浮擱著的，並未生根在崖壁上面，被于建一撞竟撞脫了本體，骨碌碌直往下滾。

第九章　天驚石破

話說于建一驚，立時兩腳護體，往起一拳，昏迷中竟覺兩腳落實。起初以為到了地面，驚魂乍定，低頭一看，那山石墜處，竟是一個小洞穴，自己恰好站在洞內，離下面還有一丈七八尺遠呢。從上到下雖不過高，可是剛才第一次被山石將身子擱向偏處，不是上來時路徑。這小洞下面的巖壁平空縮了進去，形成上凸下凹，除了站在洞口，由一丈七八尺高處往下跳外，連想滾轉而下都辦不到，不由焦急起來。待了一會無法，惶急中無心低頭一看，那洞竟有三尺見方，洞口四面俱是青石，瑩潔如玉。腳底下站的也不是泥土，而是一塊青石板，上面滿刻蝌蚪篆文。正中心一道細縫，一邊一個凹進去的月牙，月牙裡面各伏著一個盤螭紐環。

于建暗自驚異，蹲下身去，順手拿起左邊紐環往上一提，覺著並不吃力。剛剛揭起，便見裡面金蛇亂竄，嚇得于建連忙將石板蓋好，一個驚慌疏神，差點沒跌出穴外滾下崖去。側耳一聽，洞穴中錚錚亂響，好似金刃相觸之聲。于建不敢再看，又沒法下來。正在著急，忽見半崖腰洞口飛下一條黑影，定睛一看，見是袁星。方喊得一聲：「袁星救我下去！」袁星已經縱到面前，一見那洞穴，便問于建怎得到此？

于建不便說自己疑心二人行動，只說尋找二人，從崖上滾下，被這洞穴擋住，無法下去，請袁仙援手。袁星側耳往穴中一聽，正待答話，猛一抬頭往前面一看，忽然面現驚疑，急匆匆抱了于建，縱下崖去。說道：「如今丹台那邊出了事，你只在此看定上面洞穴，先不要對旁人說起，我去報信就來。」說罷，正要拔步飛跑，正遇芷仙走來，一眼看見于建，便問可曾看見虎兒和楊成志。

于建道：「弟子今早起來，不見他兩人在室內，出來尋找，如今還未及見呢。」芷仙未及答言，袁星已搶著說道：「裘姑娘可知丹台靈翠峰寶物出現麼？」芷仙聞言大驚，忙問就裡。袁星道：「我也才知道。如今事不宜遲，同去見了我主人再說吧。」同芷仙急忙飛回到太元洞內。

若蘭自經芝仙舐後腫雖未消，疼痛已止，除了手臂麻木失了知覺外，已無什麼苦痛，和英瓊正在閒話。見芷仙面帶驚慌匆匆跑來，後面還跟著袁星，到了室內。

袁星先自越步上前說道：「袁星素常留心凝碧崖前飛瀑仙源，知道本山一定藏有許多奇珍至寶，也曾和裘仙姑說過，雖知那仙源定通別的所在，總未尋著真實地方，未敢妄報。適才同鋼羽把守後洞，對崖飛雷洞李真人門下石、趙兩位大仙因聽袁星說申仙姑在棗花崖受傷，意欲前來探望，命袁星回稟。在洞側崖上，只見丹台那邊仙雲大起，靈翠峰已隱沒不見，想是寶物出現，再不就是發生了什麼事故。請主人和二位仙姑速去探視要緊。」

若蘭見多識廣，紅花姥姥在日，曾說凝碧崖藏有長眉真人的法寶甚多；到了以後，又聽靈雲也是如此說法。一則知道這些法寶俱有仙符封鎖，二則無有教祖法諭，誰也不敢亂動。一聞此言，知道教祖不久就要回山，靈雲等尚未歸來，法寶決不會無故出現，好生驚疑。便問芷仙：「新來諸人可在室內？」

芷仙道：「我因還有半個時辰便是他們進餐之時，連日見南姑滿腹心事，從未好好安眠，難得安睡一刻，意欲先叫他們三人前去安排，回來再喚南姑。見他們三人均不在室內，尋到崖前，只看見于建一人，就回來了。」

若蘭聞言，心中一動，忙對芷仙道：「芷仙姊快去尋找楊、章二人，如果找到，不許他們亂走動。袁星仍回後洞把守，回覆石、趙二位道友，說我傷勢業漸痊可，不敢勞動。明日便是端陽，等青螺諸位師姊回來，再去奉請。今天但盼不要出事才好。」說罷，匆匆拉了英瓊，駕遁光往丹台飛去。袁星忙喊主人慢走，還有話說時，二人業已飛出洞去。

芷仙見咫尺之間，還駕遁光飛走，知道事關重要，忙著出洞尋人。袁星追上前去說道：「仙姑且慢，還有事呢！」芷仙便問何事？

袁星道：「我因見這裡許多地方每交午夜，必有寶光上騰，時常留心。剛才我從崖上飛下，又被于建無心中撞落山石，發現一個洞穴，裡面金鐵交鳴，響聲甚大，定有寶物在內。那洞穴外有門戶符籙，我不敢妄自開看，正要回來報信，便見丹台仙雲大起，知道事關緊要，連忙走來先說。偏偏我主人同申仙姑那般性急，不俟把話聽完便走。我也知丹台是全山最要緊的所在，主人們定來不及先顧別處。不過洞穴既現，法寶又在裡面作響，萬一發生事故，豈不怪我知而不報？

「我看那新來四人中，姓楊的最是有些鬼頭鬼腦。于建曾說尋他不見，萬一闖了禍，現在也無法挽救。不如我去後洞把守，姑娘親去洞穴前守護，等主人與申仙姑回來，再作計較。」

芷仙見一波未平，一波又起，估量新來諸人自受申斥，每日頗為恭謹，不敢鬧事，便依了袁星。回到崖前，見于建一人兩眼望著崖壁洞穴，正在驚慌。見芷仙走來，連忙跑上來說道：「仙姑、袁仙快看上面洞穴！」

芷仙忙問何故。于建道：「二位走後不久，我在下面聽見哧的一聲，從洞中飛出一道青色彩虹，疾如閃電，光華耀眼，冷氣逼人，往天上飛去了。」

芷仙聞言大驚，忙和袁星拔出寶劍，飛身上崖。走到穴前一看，那穴紋絲不動，兩扇洞門仍然關得嚴嚴密密的。袁星側耳一聽，裡面響聲龍吟虎嘯，如奏仙樂，只是聲音卻比先前小了許多。芷仙、袁星商量了一陣，因聽于建說業已飛走一道青色彩虹，不敢大意開看。

芷仙又問于建怎會發現這洞穴。于建又把上項事情說了。再往丹台那面一看，只見仙雲籠罩，彩霧靠罪，也看不見李、申二人動靜。問起袁星，知道比先時還要濃厚。袁星恐後洞再要出事，忙著要走。芷仙一時也拿不定主意，只好一人在穴旁把守，且喜響聲越來越低，別無動靜。

過了半個時辰，遠遠望見李、申二人回到太元洞前。芷仙急忙招呼二人過來，先說明發現洞穴之事，不及細問靈翠峰如何，便要去尋楊成志和虎兒。英瓊氣忿忿地說道：「這兩個孽障！也許死在靈翠峰了，尋他則甚？」

芷仙聞言大驚，剛要問時，若蘭道：「我已丟了一件法寶，那邊未了，這邊又有了事，怎麼偏在大師姊回來前一日同時發生？如今先顧不得說閒話，先把這洞封住再說。」說罷，口誦真言，用符咒先將洞穴封住。施法以後，立刻穴上起了一陣煙雲。

若蘭大喜道：「這裡不妨事了。聽穴中響聲，定然藏有仙劍之類的法寶不在少數。只可惜我知道遲了，適才飛走那道彩虹，不知是什麼法寶。大師姊和諸同門不在家，連出許多事，真是氣人。我們下去細談吧。」

若蘭又盤問于建。于建不敢再為隱瞞，便將二人連日行動可疑及前事說了。三人因于建發現洞穴事出無心，並未怪他，只囑咐以後諸事留意，分別回洞。芷仙忍不住問：「虎兒怎麼遭難，真的可曾身死？」

若蘭道：「我一到丹台，便看出那仙雲不是偶然發出，定是師祖設下的仙陣，如無人私入陣內，決不會發動。我又看出靈翠峰已經飛去，自不量力，想從生門入內，看看有無法寶遺存。誰知師祖仙法妙用無窮，如非當初偶聽先恩師說，和師祖在福仙潭門法，恩師用身外化身得免於難之事，彼時無意中跟著先恩師學了點，差點我也陷身在內。就這樣還將我一件護身法寶失落陣內，才得脫身。

「我當時並未深入陣裡，只在生門前觀望，隱約見虎兒伏倒在地上。歸來駕遁光到處尋找，不見楊成志，定然也陷在陣內。虎兒所入恰好生門，或者不至於死。楊成志那廝就難說了。適才聽于建之言，定是他兩個孽障垂涎仙草，前去偷盜，咎由自取，不去管他。只是芝仙常在那裡盤桓遊息，它又識得仙草所在，如將它也陷入陣內，那才糟呢！虎兒根骨甚好，雖不似夭折之相，但是仙陣厲害，如有不幸，豈不可惜？」

正說之間，南姑驚醒轉來，一聽眾人說起經過，痛不欲生，眼淚汪汪跪在三人跟前，請求搭救，並求眾人領她到靈翠峰去。

若蘭道：「事已至此，我等道力淺薄，有何法想？現在丹台附近仙雲籠罩，我等俱不敢上前，你去有什麼用處？除等大師姊她們回山，新入門的秦家姊妹法術精深，或者能夠挽救；否則只有請大師姊趕往東海，向掌教師尊求救了。」

南姑聞言，不敢勉強，只急得飲泣吞聲，哽咽不止。英瓊見她可憐，便和若蘭說了，姑且領她到丹台走走。若蘭因為適才冒險撞入仙陣，又駕遁光遍山尋找芝仙與楊成志蹤跡，運氣時瘡口受了震動，漸漸覺得傷處又有些脹痛，起初並未十分在意，仍同了南姑再往丹台。

南姑走至丹台左近，便跪在地下，求師祖長眉真人憐救虎兒一命。枉自呼號了好一會，只哭得力竭聲嘶，仙雲毫不減退。若蘭、英瓊也是代她難過，再三勸慰，才將南姑扶起。

剛往回走，英瓊一眼看見若蘭袖口有紫血流出，忙喊：「蘭姊，你看你的手臂又怎麼了？」若蘭也覺著臂上一陣陣刺骨生疼，將袖一看，那傷口重又迸裂，雖不似先前那般奇痛，漸漸有些禁受不住。芝仙又不知去向，無可奈何，只得一同回轉太元洞再作計較。回洞落座不久，又覺傷處一陣奇癢，肉已潰爛，更不能下手抓撓，惟有咬牙忍受。英瓊、芷仙雖沒有身受痛苦，也是心中難受萬分。四人都是愁眉淚眼，好容易挨到第二日。

英瓊自若蘭受傷，早就想派神鵰去青螺送信，請靈雲先想救治之法。若蘭再三不肯，說守山責任甚重，如無髯仙警告，後洞未闢，還可借崖頂上祖師的仙符封鎖，不畏敵人侵犯。髯仙警告定要應驗，自己又受了重傷，一旦後洞有事，神鵰是個有力的幫手，萬萬遣去不得。英瓊只好作罷。

且喜當日便是端午，從寅初盼起，直盼到午後，仍未見眾人回來。英瓊只記著破青螺是在午前，有秦家姊姊的彌塵旛，頃刻千里，不難即回。哪知靈雲等破完青螺，還要轉救鄭八姑，有些耽擱。又疑心靈雲等破完青螺不就回來，或者又往別處去，好生後悔日前不遣神鵰送信的失策。又見若蘭渾身火熱，傷處苦痛難忍；南姑不住悲泣。越加焦急得如熱鍋上的螞蟻一般，一會在室中寬慰若蘭、南姑，一會又跑出洞去向空凝盼。正在望眼將穿，忽見袁星如飛跑來說道：「主人快去，飛雷洞出了事了！」

英瓊聞言大驚，不及細問，知道若蘭不宜勞頓，得知警耗必定焦急，只悄悄囑咐芷仙在洞中護慰，自己只說到崖頂上去迎接靈雲。一出太元洞，速往後洞趕去。

這時石奇、趙燕兒因見來人厲害，早將若蘭的法寶祭起護著洞門。英瓊原知道陣法生剋，便和袁星掐訣行法，穿陣而出。到了外面一看，側面高峰上站定一個道姑和日前對敵逃走的孫凌波與施龍姑三人，正和神鵰、石奇、趙燕兒鬥在一起。英瓊更不怠慢，忙將紫郢劍放將出去。

袁星見主人上去，也望空一聲長嘯。神鵰聽得袁星嘯聲，倏地由劍光影裡一個轉側，疾如投矢般飛下地來。等袁星縱上鵰背，二次凌雲又起。袁星手舞兩柄長劍，發出十餘丈寒光，殺將上去。

原來石、趙二人因那日英瓊、若蘭駕鵰飛去，又是欲羨，又是佩服，只盼二人得勝回來，好去瞻謁凝碧仙府。及至等了半天，不見動靜。芷仙被英瓊喊回洞去，並不知若蘭受傷之事，回了太元洞，便被英瓊留住陪伴若蘭，所以二人先不知音信。後來見芷仙不再出來，卻換了神鵰和袁星把守對面洞口。一鵰一猿，互用鳥語獸言對答，有時袁星又進洞去取些醃臘果子出來，與神鵰互相對吃，非常有趣。知這神鵰既回，李、申二人也必回來，只不知勝負如何，不通獸語，難為問訊。

第二日早起，燕兒忍耐不住，心想：「一鵰一猿俱是深通靈性，話雖不通，叫牠送信示意，總還可以。」便從對崖飛到後洞，對袁星道：「我和石師兄因惦記著李、申二位的勝負，意欲入洞探望，請你回去稟報一聲如何？」

袁星便用人言將若蘭受傷之事說了。石奇剛跟蹤過來，聞言大驚，便和燕兒商量要進洞慰問，請袁星前去通稟。袁星知是主人好友，不敢怠慢，立刻遵命回報。及至袁星回來，說是靈雲等未歸，若蘭病體未痊，要緩日才能待客，二人只好作罷。

因見袁星佩有兩柄長劍，問牠可會劍法。袁星把得劍之事說了。並說只在平時看主人和各位仙姑練習，默記一點，新得此劍尚無傳授，要等齊仙姑回來稟明之後，才能練習。二人將劍取出看了，知是兩口奇珍。又問神鵰可通人言，神鵰搖了搖頭。

袁星道：「我們猿猴猩猩本與人類同種分化，橫骨一化，便通人言。有兩種猩猩，更是生來一教就會。鳥類中除了鸚鵡、八哥尚能學舌外，餘者不脫胎換骨，終難人語。我這位鋼羽大哥，本領道行比我要強百倍，只這一樣還不知得修多少年呢。」神鵰聞言，長嘯了兩聲，好似表示受屈的神氣。

石、趙二人見鵰、猿都這樣精靈，有時問到神鵰，便由袁星做通譯，談談說說，頗為有趣。直到天晚，石、趙二人在飛雷崖前比劍練習了一陣，又叫袁星也練。袁星先說一聲：「二位大仙指教。」

便將兩柄長劍舞動起來。劍一離劍匣，便是兩道二十來丈的青白光華，在微月繁星之下舞將起來，越顯得晶瑩耀眼，鑑人毛髮，比以前看時大不相同。

袁星雖然不能運動劍光飛出手去，舞劍本領竟比石、趙二人還強，喜得石、趙二人連連拍手，稱讚不置。

袁星一得誇讚，越發起勁，將平時所偷記的峨嵋劍法舞成了一團寒光雪影，疾如電閃，在平崖上下翻滾。石、趙二人好生驚奇。正舞到酣處，神鵰想是也有些技癢，一聲長嘯，舒展健融，沖霄飛起，睜開兩隻火眼金睛，野鷹攫兔般覷定崖上那團寒光，盤空下視，倏地兩翼一收，水鳥啄魚般疾若飛星，穿入劍光叢中。

只聽袁星一聲怪嘯過處，一團黑影，兩點金星，早帶了那兩道寒光騰空飛起。那神鵰好不促狹，從空飛瀉，用鋼爪從袁星手上奪去那兩柄長劍，兀自在空中盤桓飛舞，也不遠去，不時低飛，離袁星頭上丈許高下，等到袁星縱身欲搶，牠又沖霄飛去。只急得袁星在崖上連連頓足怪叫了好一陣，直露出哀求的神氣，才斂翼飛將下來。

袁星連忙縱過去，將劍搶到手中，歸入鞘內，才用人言說道：「我想請石、趙二位大仙指點劍法，並非特意賣弄。你不怪你錯投了胎，既沒有長兩手，又不會人言。誰還不知你從白眉禪師聽經學道多年，能抓取人的飛劍？何苦氣不服我則甚？」言還未了，神鵰延頸顧盼之間，一聲長鳴，又要飛起。嚇得袁星往石、趙二人身後直躲，滿口告饒才罷。引逗得石、趙二人哈哈大笑不止。

袁星雖是畜類，心極向上，自得此劍，愛逾性命，神鵰和牠玩笑也怕得要死，又和神鵰說了一陣好話。神鵰延頸瞑目，偏著一個頭，大有不屑神氣。又引逗得石、趙二人一陣大笑。末後神鵰叫了幾聲，袁星面帶喜色，對石、趙二人道：「我們鋼羽大哥要帶我到空中去舞劍呢。」說罷，二次拔出雙劍，將身一縱，上了鵰背，神鵰凌雲便起。

石、趙二人仰頭一看，只見那袁星騎在鵰背上，舞動兩道劍光，穿雲掣電，上下青冥。舞到疾處，好似千百條青白神龍圍裹著一團黑影，在星光之下亂竄，時而高出雲霄，時而低翔巖谷，光華盤空，騰挪變幻。霎時間風聲四起，草木蕭蕭作響，連那個崖上洪波巨瀑都聽不見響聲。

石、趙二人看得興起，也將劍光放出，迎上前去。三人一鵰，駕馭著四道青白劍光，滿空飛舞，出沒雲際，約有個把時辰。神鵰倏地束緊雙翼，流星飛瀉般直往側崖萬丈洪瀑之中穿了下去。猛聽袁星一聲怪叫過處，神鵰微一騰撲，便已翻身上崖。等到石、趙二人收劍趕過來一看，袁星已經下了鵰背，正在收劍入匣。再看神鵰，仍和剛才一樣，鋼爪抓地，穩如泰山般站在那裡，慢條斯理地剔毛梳翎，黑羽上亮晶晶直泛烏光，金睛四射，顧盼威猛。

燕兒見一鵰一猿如此神異，好生代英瓊忻幸。石奇心想：「凝碧仙府禽獸已經如此本領，餘人可想。」二人俱都不捨回洞，直玩到午夜做功課時，才回飛雷洞去。

第二日一早，便到崖前仍和袁星說笑玩耍，袁星又回洞去取了許多儲藏桃杏之類出來，大家同吃。

石奇問起袁星，知道今日端陽，靈雲等破完青螺便要回來，越發高興。一會工夫，便到中午，石、趙二人俱未能斷絕火食，回洞用完了素食，剛剛走出洞來，迎頭遇見袁星說道：「適才鋼羽飛翔空中，去捕生鹿回來醃臘，在姑婆嶺上空看見兩個異派女子和一個道姑駕了劍光，正往我們這裡飛來，半途又遇見一個異派中的道士，便落下去。我問那些人的形象，有一個頗與那日與二位大仙交手的女賊相似，也許這個女賊又約人來此尋釁，二位大仙須要留意。」

正說之間，忽聽神鵰連聲長嘯，袁星連忙捨了石、趙二人，縱過崖去。就在這一轉顧之間，忽見兩道青黃色的劍光從側面孤峰頂上飛將下來。

石、趙二人不敢怠慢，忙將劍光飛出迎敵。抬頭一看，孤峰頂上站定一個道姑和兩個女子。內中一個正是那日逃走的桃花仙子孫凌波，卻未動手，只在一旁高聲喝道：「那兩個孽障還不束手投降，隨仙姑們回去，少時便要死無葬身之地了！」言還未了，這邊袁星早騎在神鵰背上，舞動雙劍，沖霄而起，殺上前去。

孫凌波一見神鵰來勢甚急，鵰背上坐著一個似人非人的東西，舞動兩道青白長虹，風馳電掣般飛來，摸不著深淺，不敢怠慢。自己兩柄飛劍俱被敵人破去，便將陰素棠給她的一柄白骨飛叉祭起，化一道青灰光華迎上前去。

那道姑識貨，知道神鵰來歷，大吃一驚，忙喊：「二位道友去擒那兩個小廝，待我來對付這個孽畜！」說罷，口中唸唸有詞，先噴出一團輕煙，籠罩著三人全身。由孫凌波與另一女子迎敵石、趙二人，自己準備單獨迎敵袁星。

神鵰畢竟見多識廣，一見道姑身旁起了一股黑煙，口中連連鳴嘯，倏地撥頭飛下地去。袁星正待上前立功，忽見神鵰不戰而退，口中連連叫喚，知牠用意。下了鵰背，忙跑近石、趙二人面前，說道：「神鵰說來的妖人厲害，二位大仙不可輕敵，可將申仙姑法寶祭起護著洞府，我回去請主人去。」說罷，撥頭往洞中便跑。

神鵰放落袁星，二次仍又飛上前去。石、趙二人本覺迎敵吃力，因為年少氣盛，不肯示怯，其勢又不能棄了洞府逃走，只得將若蘭法寶護住兩邊洞府，以備緩急，奮力與敵人決一勝負。

那三個敵人當中，孫凌波首先不願傷害石奇。還有一個正是施龍姑，一則有了孫凌波先人之言，再見燕兒也是一身仙骨，恨不得將這兩個道童生擒回去，與孫凌波各分一個受用，兩不相擾。兩人俱是一般心思，俱都不肯輕下毒手。

那道姑本是為尋峨嵋門下報仇而來，誰知一到此地，便見崖下飛起一隻火眼金睛的黑鵰，認得是白眉和尚座下神禽，不由大吃一驚。以為神鵰既然在此，白眉和尚也必定駐錫此間，如果遇上，決非敵手。當著孫、施二人，又不便知難而退。暗怪自己不該輕信人言，說是峨嵋主要人物俱在東海煉寶，只剩幾個初入門的仇人在此，不難手到成功，誰知上了大當。知道神鵰厲害靈巧，兩隻鋼爪善攫法寶，不畏飛劍；何況鵰背上還坐著一個似人非人的東西，手中兩道劍光發出十餘丈青白光華，竟看不出是何家數。不敢怠慢，先將黑青砂放出一團黑煙，將三人身體護住，以免遭那神鵰暗算。然後獨自上前迎敵。

就在這略一尋思之間，眼看那鵰才一照面，便即飛了下去，鵰背上似人非人的東西竟是一個猿猴。適才因為飛行太疾，又有劍光圍繞，不曾看清。又見猿猴一下鵰背，和那兩個道童匆匆說了兩句，便縱身跳進對崖一個山洞中去了。那猿猴如此靈異，定然又是白眉和尚豢養的靈獸，想是看出來人厲害，入內送信。正猜疑今日之事有些凶多吉少，忽見下面起了一陣彩煙，敵人劍光並未退去，兩邊山崖洞府連那兩個道童俱都失了蹤跡；同時那隻神鵰重又沖霄飛起，直往劍光叢中撲去。那道姑一面囑咐孫、施二人留神，一面運用全神，將一道青灰的劍光迎敵。

那神鵰何等靈巧，早看出來人劍光不弱，不能得手，身上仗著白眉禪師用不壞金光護身法煉過全身，敵人劍光傷不了自己，只往劍光叢裡虛張聲勢，撲了一下，便即破空直上，隱入青冥。

道姑見神鵰飛走，以為牠害怕劍光，正暗忖白眉和尚座下神鵰有名無實，想要幫助孫、施二人先將敵人劍光破去，再作計較。誰知那神鵰並未遠走，忽從雲層裡直撲下來，往三人頭上抓去。

那道姑見日影裡彈丸飛墜般落下一點黑影，直往頭頂上罩來，暗罵：「不知死的孽畜！竟敢暗算傷人。」將手一揚，黑青砂化成一團黑煙，往上衝起。

神鵰見難下手，一個轉側，捨了三人，又往劍光叢中飛去。一任牠鷹飛鶻落，上下翻騰，想盡出奇制勝之法，那道姑俱有防備，不能佔得絲毫便宜。石奇、燕兒本非來人敵手，僅仗神鵰相助，勉強支持個平手。道姑明知敵人用的是隱形陣法，幾番想用黑青砂從敵人劍光起來之處打將下去，俱被孫、施二人攔住。

正在相持不下，忽聽一聲嬌叱，下面岩石上現出一個幼女，手揚處飛上一道紫虹般劍光。施龍姑識得厲害，忙喊：「這丫頭用的是紫郢劍，二位留意。」道姑已將那道青灰色劍光迎上前去，與紫光相遇，只絞得一絞，便覺支持不住，心中大驚。同時神鵰飛將下去，又背了袁星，舞動兩道青黃色長虹飛將上來。

孫凌波知道今日不下毒手決難取勝，對施龍姑道：「姊姊還不下手，等待何時？」施龍姑此來，原是受孫凌波和道姑的鼓動，目的只想覷便生擒石、趙二人回山，並不想用玄女針傷人。先見石、趙二人用陣法隱去兩邊洞府，易了山谷位置，便知不易得手。及見神鵰飛躍，日前在棗花崖相遇的那個使紫郢劍的小女孩子又出來助陣，情知這裡離峨嵋派根本之地太近，更不知有多少厲害敵人還未出來。孫凌波只管催促，龍姑只管遲疑不決。

那道姑見飛劍光芒銳減，情勢不妙，想要用力收回，哪裡能夠，被英瓊紫郢劍一夾，便成了兩截，餘光青熒，似兩截斷了的火柴飛墜。那紫光更不饒人，破了劍光，便直往道姑頭上飛去。

孫凌波見勢不佳，捨了石、趙二人，忙將飛叉迎上前去，想抵擋一陣，好讓道姑行法。誰知又被紫光迎著一絞，化成無數斷光流螢四散。

施龍姑先迎敵石、趙二人還不怎樣，及至袁星舞動玉虎劍二次飛了上來，雖不能飛劍出手，可是騎在鵰背上來往盤旋，竟不亞於飛劍活躍。那兩道劍光又大又長，舞起來如黃龍離海，長虹貫日，用盡元神，休想克動分毫，本就難於應付。及至孫凌波見道姑危急，分出飛叉前去接應，只剩龍姑一人獨敵這四道劍光，如何能是對手。偏偏孫凌波白骨飛叉迎著紫光便成數截，龍姑心驚，微一疏神，便被袁星兩道劍光絞住，指揮不靈。

石、趙二人見英瓊帶著一鵰一猿連連得勝，又喜又愧。一見龍姑飛劍已被袁星兩道劍光絞住，石奇暗運真元，指著劍光，直往龍姑身上飛去。

那道姑雖然滿身妖術邪法，除了一柄飛劍，用起來大半仗著符咒。起初全神貫注飛劍，不捨得把它失去，難於分心。及至飛劍被敵人破去，又驚又怒。她還不知紫郢劍何等厲害，以為黑青砂滿可以護住三人身體，劍光一挨，便受邪污墜落。放放心心地一手取一把黑青砂，一手拿著一個泥犁落魂旛，正在唸咒施為，英瓊紫郢劍已經絞斷孫凌波白骨飛叉，往三人站立的孤峰飛來。

孫凌波飛劍、飛叉全都毀在英瓊劍下，雖然萬分痛惜忿恨，也不敢再用法寶出手。眼看紫光飛來，見那道姑仍若無其事一般，也以為黑青砂可以禦敵破劍，一時疏忽，只一味催促施龍姑快放玄女針。言還未了，英瓊、石奇的飛劍雙雙飛到。

英瓊與孫凌波仇人相見，分外眼紅。也是那道姑命不該絕，英瓊將手一指，紫郢劍捨了道姑，直取孫凌波。

只聽一聲慘呼，紫光過處，一道白光直從峰頂墜落。那道姑和施龍姑各駕遁光分頭竄開。山峰陰風大作，愁雲慘霧中夾雜畝許方圓一團黑影，鬼聲啾啾，直往下面英瓊立足崖前罩下，同時更有八九道紅光射將下來。那神鵰連連叫喚，展開雙翼，將身向前。鵰背上袁星也舞動劍光，護著全身迎了上去。

英瓊經了幾次大難，已知慎重，自己僅這一口紫郢劍，見敵人連施妖法，無力兼顧，只得捨了敵人，將劍收回，待要護住全身。就在這一轉眼間，先是一道金光從天而降，接著便是一團五彩雲幢滾入黑氛濃霧之中，同時，又見七八道各色劍光直往對面峰頭飛去，立時煙消霧散，滿眼清明。

靈雲姊弟率了紫玲姊妹、朱文、文琪、輕雲等飛身落地。英瓊心中大喜，連忙收了乾坤轉變潛形旗，與諸人相見，又將石、趙二人請來見了。石奇因為飛劍受污，好生難過，同眾人見禮之後，先飛到崖下尋著那柄落下的飛劍。再上那孤峰去一看，除了孫凌波屍橫就地外，道姑和施龍姑業已在妖法被破時逃走。

原來施龍姑被孫凌波催放飛針時，忽見紫光、白光同時飛到，正要抵禦，那白光近身數尺，忽然落下。

正想讚美黑告砂厲害，卻未料紫郢劍不怕邪污，竟然沖煙而入。只聽孫凌波狂叫一聲，連肩帶首斷為兩截，倒於就地，把龍姑嚇了一跳。所幸見機甚速，還被劍光微微掃了頭頂一下，將青絲齊根寸許削落。嚇得龍姑膽落魂飛，忙駕遁光避開。驚魂乍定，不由急怒攻心。再看那道姑已將泥犁落魂旛展動，黑青砂放出去，把心一橫，索性也將玄女針放出，準備報仇雪恨。

沒料到靈雲等從青螺回來，行近峨嵋後山，紫玲忽聞著一股腥風，連說有異。便將遁法升高，看見不遠處黑煙籠罩，連忙趕了過去。朱文首先將天遁鏡放出。紫玲一見那八九道紅光，認得是金針聖母的玄女針，大吃一驚，恐怕下面的人受傷，知道此針只有彌塵旛能破，連忙飛了下去。

龍姑也頗識貨，一見敵人聲勢大盛，連孫凌波屍首俱顧不得攜帶，連忙收了飛針逃走。那道姑自知邪不敵正；妖法被天遁鏡一破，早化黑煙逃走。孫凌波仇未報成，枉送了自己性命。這且不言。

靈雲等擔心凝碧崖，又不見若蘭、芷仙等在側，只剩英瓊同一鵰一猿在飛雷洞崖上與敵人爭鬥，忙問凝碧崖可曾出事。英瓊道：「話長呢，後洞現已打通，我們回家再說吧。」當下仍將乾坤轉變潛形旗交與石奇，吩咐神鵰、袁星把守後洞，匆匆別了石、趙二人，一同由後洞回去。眾人劍光迅速，俱都惦記凝碧崖發生變故，無心觀賞沿途景致，轉眼便將飛雷捷徑走完，收了劍光。

英瓊忙將若蘭受傷經過說了個大概。靈雲、朱文一聽若蘭受傷，先不顧別的，便率眾往太元洞走去。才走近若蘭門首，便見芷仙滿面惶急，在室前探頭凝望。一見眾人回來，心中大喜，高聲喊道：「蘭姊，大師姊回來了！」說著，便迎了眾人進去。

原來若蘭在英瓊出去這一會，傷勢越發沉重，漸漸元氣隔斷要穴，毒氣要往肩胛一帶竄了上去。不是因為靈雲等今日就要回來，幾乎想將一隻臂膀斷去。南姑心念虎兒，也是哭得如淚人兒一般。芷仙看護二人，本就代她們憂急，因等英瓊獨自禦敵，好一會不見回來，越發擔驚害怕。正在無計可施，正好眾人回來。

靈雲先進室中，見若蘭袒臂在床，忙回身喊金蟬止步，自己同了紫玲姊妹，走近石床前看視。若蘭因為運氣阻遏毒血流行，不能行動說話，只微微用目示意。

靈雲未及開言，紫玲一見若蘭瘡口，便知是中了金針聖母的玄女針。忙問若蘭受傷時間，已經兩日，好生驚異。說道：「這玄女針若中的不是要害，如不將傷處殘廢，至多一個時辰，毒氣攻心而死。申師妹能延長這麼多時候，足見道力高強了。」靈雲因紫玲知道來歷，便請她從速施治。

紫玲先要過凌渾所贈丹藥，與若蘭敷了半粒，又用半粒服了下去。然後道：「這種飛針，是取五金之精與百蟲百烏之毒，千錘百煉而成，再加多年修煉，再也狠毒不過。當初先母也會煉此種飛針，因為嫌它太毒，不曾修煉，僅煉了紅雲針與白眉針兩種。除白眉針萬不得已時作防身之用外，紅雲針中了並不要緊，僅僅使敵人受傷而已。聞金針聖母已遭天劫兵解，如此毒針隨便傳人，恐怕她末劫不易超拔呢！

「適才神鵰想是知道此針厲害，救主心切，竟橫展雙翼迎上前去。我們若來遲一步，李師妹雖仗劍光護體不致妨事，那神鵰必定受傷無疑。因為此針之毒，各家妙用不同。愚姊妹雖知破針之法，醫治傷處卻無解藥。若非凌真人賜的仙丹，申師姊道力高深，能以維持數日，雖不喪命，也殘廢了。」

第十章　幻滅死生

說時，若蘭自敷了神丹，紫血不流，疼癢立止，臂上一陣白煙過去，雖未立刻還原，浮腫漸消，皮膚也由紫黑轉成紅潤，屈伸自如。便要下床和眾人見禮。靈雲、紫玲連忙攔住。大家落座，細說前事，才知有芝仙舐臂之事。

且說南姑先見眾人前來，都忙著與若蘭治傷，不敢請求，心中卻是焦急非常。一見眾人坐定說話，再也忍耐不住，逡巡含淚，上前朝著靈雲等跪下，方要開口，英瓊已搶著將前事說了。

靈雲一面招呼南姑起來，聽完英瓊之言，說道：「不但靈翠峰下師祖藏有仙藥，凝碧全崖共有五峰九泉十八洞，到處皆藏有劍仙寶笈靈藥奇珍。只為蟬弟等年少喜事，掌教師尊未來，恐他無知妄動，所以未對眾同門詳說。如今錯已鑄成，芝仙通靈，既能平時出入峰內，料無妨礙。只索先去救人要緊。」南姑聞言，略放寬心，忙又叩頭稱謝不置。當下除了芷仙仍陪著若蘭外，連南姑都隨著眾人同去。

靈雲等到了丹台附近一看，只見仙雲瀰漫，彩光耀目，變幻不定，俱都讚嘆仙家妙用。靈雲先將身縱起高空細看仙陣門戶，下來對眾人說道：「這是師祖先天一氣仙符化成的兩儀微塵陣。聽家母說此陣共分生、死、晦、明、幻、滅六門，入陣的人只要不落幻、滅兩門，生死繫於一念。要入此陣，非從死門入內不可。若要破去此陣，恐非我等淺薄道力所能及了。」

寒萼素來好大喜功，方要開口，紫玲時刻留神，忙對她使了個眼色。靈雲已經覺察，便問：「何人願隨愚姊同往，去將被陷的人救出？」

寒萼聞言，首先答應：「妹子願隨大師姊入陣瞻仰。」

紫玲好生不以寒萼為然，但是話已出口，又不好叫她不去，好生不悅。餘人大半明白靈雲用意，同聲答道：「既有二位師姊入陣，料無妨礙。我等入門日淺，道力微末，如用不著時，不去也罷。」

靈雲又問紫玲：「可願同去？」紫玲自是謙遜不遑。金蟬方要開口，被朱文止住。靈雲也不勉強，便向朱文借過寶鏡，對寒萼道：「師祖仙法深參造化，恐非旁門法寶所能應付，可將此鏡帶在身旁，以備防身之用吧。」

寒萼暗想：「彌塵旛乃母親修煉多年的至寶，大師姊竟說是旁門法寶難於應付。不信這驅遣雲霧的陣法，倒有如此厲害。我不免入陣相機行事，倘能破去，豈不人前顯耀？」心中雖如此想，面上毫未顯出，含笑將鏡接過藏在懷裡，又向紫玲要了彌塵旛。紫玲微瞪她一眼，再三囑咐諸事小心，一切聽大師姊指揮。寒萼也不理會，只笑著點了點頭，便走過去問靈雲從何方入陣？

靈雲道：「此陣死門在東北，生門在西南，幻門在中央，滅門在極東，晦門在極南，明門在西北。被陷兩人尚不知在哪一門上。死門難入，易於求生；生門易入，容易被困；滅門是破陣的樞紐，此時尚談不到；幻門變化無窮，容易迷途，陷窒真靈；晦門黑暗如漆，恐非尋常所能應付；只有西北明門可以開通。妹子初來，不知峨嵋玄妙，不如你我分道而行。你由西北明門入陣，我去打通東北死門，一齊往中央會合，便可從幻景中用我的元陽尺、你的天遁鏡，觀察被陷的人所在了。」

寒萼聞言，雖然不甚心服，反正自己並不知此陣就裡，正好由容易之處下手，便即領命，與靈雲各道了一聲「請」，各用法寶護身，雙雙飛入仙雲彩霧之中。

寒萼因靈雲說，極東滅門，是全陣的樞紐，此門一破，全陣冰消，打算先將西北門打通，不赴中央，直往滅門相機行事。倘能仗身帶法寶破了全陣，豈不大有光彩？即或不能，便推說自己法力淺微，入陣之後迷了方向，有彌塵旛護身，也不愁無法脫身。主意打定，便往西北明門飛去，藝高人膽大，想要看看此陣到底有何玄妙。初入陣時，竟連彌塵旛也不用，駕著劍光，穿入雲霧之中。只覺彩雲瀰漫，圍繞周身，並無什麼異處，暗自好笑。英瓊說若蘭此次探陣百般小心，僅在陣門前略微觀望，並未深入，還遺失了一件法寶，才得脫身，實在張大其詞。

她卻不知此陣各門變化不同，若蘭入的是生門，根本便錯了步數。靈雲因連日見寒萼質佳氣銳，非修道人所宜，想藉故折服她。又因師祖陣法奧妙，恐她過分閃失，特地讓她由明門進去，又將天遁鏡與她護身，使她到時知難而退。寒萼既不知就裡，一味在雲霧中恃強前進，並不覺有什麼阻礙，逐步留神，毫無變故發生。只覺雲層厚密，除彩光眩眼難睜外，什麼也看不見。想起：「自己已經走了有好一會，要按外面所見形勢，這一堆彩雲至多不過數十畝方圓，劍光何等迅速，再按時間計算，這一會工夫，至少也飛行了百十多里，何以還未將陣走完？也看不出一絲跡兆？」

想到這裡，一面將彌塵旛取出，一面又將寶相夫人的金丹放起。要照平時，這兩樣法寶一經放起，一個是化成一個五色雲幢護住全身，一個是一團栲栳大的紅光，無論敵人法寶、陣法如何厲害，有此二寶護身，身隱彩色紅光之中，不但進退自如，還可破去敵人的法術、法寶。誰知不用這兩樣法寶還不怎樣，剛將二寶取出才一施展，便見紅光照處，身旁彩雲倏地流波滾滾一般，往四外退去，霎時雲散霧消，面前只剩一片白地。誤以為法寶生效，正好笑靈雲虛言，暗道：「這彩雲也不過平常驅遣雲霧法兒罷了。」

自覺明門已破，待要往正東方滅門飛去，四外一看，不由驚疑起來。原來彩雲退後，四外已通沒一絲雲影，只見一片平地，白茫茫四外無涯。再仰頭一看，天離頭頂甚低，也是白茫茫的上下一色。前面既看不見靈雲同被陷的人所在，後顧來路也看不見同門諸人。山谷林木俱都不是適才景色，彷彿又到了一個天地。先還以為自己飛了好一會，也許劍光迅速，穿出陣去，飛離凝碧仙府。後來又想：「憑自己目力，無論劍光如何迅速，飛到何處，也沒有四望無涯，看不見一絲邊際的道理。」再一想：「自己原是由西北直撲正東，眼前景象不似真的天地，莫非已經到了滅門？莫要被陣中幻景瞞過？」

想到這裡，重又振作起來，不問青紅皂白，反正有彌塵旛在手，且往東去，相機行事，不行再回來也不遲。當下仍用彌塵旛往前飛行，只見大地如雪，閃電般往腳下身後退去。走了又是好一會，前途依然望不見邊際，天卻眼看低將下來。

寒萼畢竟是一時神志昏迷，漸漸有些警覺；越走越覺情形不對，只是心中還未服輸。暗想：「彌塵旛能藏須彌於芥子，動念之間頃刻千里，何不飛身回到原處，看看是否仍在陣內？如果已飛出陣外，可見此陣並無多大玄妙；如果仍在陣內，再看情勢以定行止。」

想到這裡，便回身飛馳，心念凝碧崖，以為不難頃刻回到適才的所在。誰知一轉身，便見頭上的天越發低將下來。猛見手上彌塵旛與那粒金丹俱都還原，彩雲紅光全都消逝，才知不妙，又恨又急。這才想起靈雲之言，剛把天遁鏡從懷中取出，那頭上的天已如一張無垠廣幕一般罩將下來。霎時間天地混沌，一陣大旋大轉，七竅閉塞，頭暈腳軟，暈死過去。

等到醒來一看，已睡在太元洞若蘭室內石床上面。紫玲站在自己面前，面帶驚喜之容。一邊南姑手上抱著虎兒，也好似沉睡方醒，兩眼半睜半閉。金蟬手上卻抱定一個赤體的嬰兒，口中只管嘮叨。那嬰兒渾身白如凝脂，兩隻肥胖胖欺霜賽雪的小手環抱著金蟬頭頸，與身後朱文呀呀學語。餘人俱在室內或坐或立。

寒萼似夢方醒，正待起立，覺得身子有些軟綿綿的，重又睡倒。這才想起前事，暗想：「不好！莫非失陷陣內，被人救出？失閃師祖陣中並不算出醜，只是母親的彌塵旛和那金丹如有損壞，自己百死不能蔽其辜。」也不顧紫玲說她，忙問道：「姊姊見我們的彌塵旛麼？」

紫玲忍不住說道：「你有多大道行，竟敢妄窺師祖仙陣？大師姊見你狂妄無知，不好不准你去，特意借了朱師妹的天遁鏡與你，原是想你稍微瞻仰師祖道法，知難而退。你竟私下逞能，不肯先行取出應用。若非大師姊憐惜，諸事小心，特意命你從明門入陣，你再妄入晦、滅兩門，母親數百年辛苦、歷盡千災百難煉就的金丹至寶，豈不斷送你手？

「那楊成志誤入生門，看見仙草，妄動先天一氣靈符，困入陣內三日，雖被大師姊救出，有仙丹搭救，現在還是奄奄待斃。虎兒一念仁慈，得芝仙指點，避入明門，因不似你逞能深入，只是餓了三日，服了仙丹即可復原。芝仙因想救虎兒出險，靈符發動，也同時被陷在內。幸而它通靈，識得奧妙，見勢不佳，雖然不及遁走，只是被陷晦門附近，為雲層所困，總算萬幸，沒被傷害。不然，新來四人雖被我等所救，楊成志已經闖了大禍，再傷芝仙，罪更大了。

「大師姊仗著九天元陽尺，先救出芝仙、楊成志、虎兒。陣中變化無窮，九天元陽尺只能護著大師姊全身，發出來的光華也不過照見離身數丈以內，往返數次，並未見你的蹤跡。末次出陣，另由明門入陣，看見天遁鏡金光閃動，追蹤過去，才見你橫臥在一面神旗之下，一手拿著寶鏡和母親的金丹，一手卻拿著我的彌塵旛，業已人事不知。仍用九天元陽尺將你連人帶寶一齊救出陣來，總算僥天之倖。二寶在陣中雖然失了效用，出陣試驗並無損壞。除楊成志昏迷最甚外，只你一人連用丹藥和九天元陽尺救治，才得醒轉。以後休再以微末道行妄自嘗試了。」

寒萼吃紫玲訓斥了一頓，不禁滿面慚愧，不發一言。輕雲、文琪等見寒萼不好意思，各用言語又勸勉了一番。

寒萼雖得醒轉，還是四肢無力。靈雲囑咐她與若蘭、虎兒俱須養息些時。知道長眉真人的法術無人能解，只得等掌教師尊回山再作計較。因為連發事故，又有髯仙李元化先期警告，俱都不敢大意，當下又派金蟬、朱文、周輕雲、吳文琪四人分班帶了神鵰、袁星去守護後洞。等過了當日，再約飛雷洞石奇、趙燕兒來凝碧崖觀賞風景。

分派以後，靈雲同了紫玲、英瓊、芷仙四人便往太元洞側崖上去，查看若蘭用法術封閉的洞穴。到了穴旁一聽，裡面依舊金鐵交鳴。英瓊、芷仙俱說適才若蘭封洞時，洞中響聲業已漸小，這回聲音比前時要響亮得多。靈雲聞言，猜想穴中定然藏有飛劍之類的法寶，起初不及預防，業已飛去了一口。恐再有差錯，重用符咒封鎖，才行回轉太元洞去。這才分配眾人的住室。

輕雲與文琪同居；紫玲與寒萼同居；南姑仍和若蘭、英瓊同居一室。因恐新到之人再去生事，由金蟬帶著虎兒、于建、楊成志同居一室。議定之後，靈雲、紫玲又去看了楊成志的病狀，見他業已醒轉，只周身疲憊到了極處，便又給他吃了粒丹藥，吩咐靜養。便同紫玲回到若蘭屋內探視，見虎兒已能起立，南姑兩眼含淚正在勸說，神氣非常友愛。見靈雲、紫玲進來，忙又上前跪下謝罪。靈雲吩咐事已做錯，以後諸事小心，無須多禮。南姑姊弟稱謝起來，站過一旁。

這時除吳文琪在後洞防守、金蟬去採摘仙果準備款待新來同門外，餘人俱在室內。寒萼連服丹藥，業已復原。若蘭傷口也漸收合，毫不妨事。大家相見，分別就座。靈雲招呼南姑姊弟也隨便坐談。芷仙便將開闢飛雷捷徑與袁星合得三口寶劍之事說了，又將寶劍取出請靈雲作主。

靈雲道：「凝碧同門以芷妹根基較差，遭逢最苦，用功最勤，人最和善本分，因為未得教祖夫人傳授，僅隨我等練習，造詣不深，遠非諸同門之比。我們各有飛劍法寶，皆出師長所賜，慢說無命不便擅贈，即便贈了，芷妹也不能使用。難得仙緣湊合，又有袁仙留諭，自然歸芷妹佩用才是。

「惟獨袁星不比神鵰鋼羽有數千年道行，又經白眉禪師佛法點化，異日幫助我等光大本門，出力之處甚多。牠僅只是莽蒼山一個老猿猩，遭逢異數，得遇仙緣，蒙瓊妹將牠帶到這種洞天福地，享受莫大清福，已覺非分。現又平空得了這兩口玉虎劍，遇合太覺容易。

「適才在飛雷洞上空見牠在鵰背上舞動雙劍，雖不能脫手飛行，已有峨嵋嫡派家數，足見牠平日留心我等練習，藏有深心。用之於正，不但是瓊妹一條臂膀，同時令教外人看了，也覺峨嵋門下禽獸都有幾分仙氣，豈不光彩？只恐牠野心未退，得意忘形，出外為惡，就像楊成志那般無知妄為闖出禍來，莫說瓊妹，連我也擔待不起。劍是牠得的，自然歸牠，從此不但我等要多留一分心，連瓊妹也須時刻告誡，導入正軌才是。」

英瓊聞言，忙代袁星領謝遵命。芷仙聽了這一席話，心中暗自一驚，哪敢把眾人未回時、袁星帶了自己去探仙籟頂仙源之事說出。

英瓊又去將袁星從後洞喚來，向靈雲拜謝，將劍呈與眾人觀看，俱都代牠欣羨不置。只有靈雲正色訓道：「這兩口玉虎劍，乃你祖先袁仙在東漢飛昇時遺留之寶，非比尋常。你一個異類遭逢絕世仙緣，須要忠誠小心，時刻留意，謹守教規，努力潛修。異日教祖回來，我等自會代你懇求，使你脫胎換骨，得一正果。如敢得意忘形，犯了大過，你須知峨嵋教規最嚴，不但追去飛劍，並將你斬首消形，萬劫不復，那時悔之晚矣！此劍仍歸你佩用，由你主人李仙姑暇日傳你身劍合一練法。仍回後洞，小心防守去吧。」

袁星聞言，嚇得戰兢兢叩頭山響，將劍接過，捧在頭上，又向英瓊和室中請人分別跪叩，才倒退了出去。紫玲姊妹同南姑姊弟見靈雲寬嚴合宜，語言得體，無不暗中佩服警惕。

袁星去後，靈雲又道：「現在該商量新來四人的處置待遇了。起初我因我等既不能收徒，又未奉命師尊法諭，不敢將他等妄行帶回。偏偏凌真人見他等可憐，現身說情，尊長之命，不敢違拗，就是掌教師尊也未便不給情面，才由凌真人送他四人到此。按說凌真人用青螺舊址新創青海派，正須門人，他等四人資質大半中人以上，為何不自收留，卻要他等歸入峨嵋門下？我等此時決不敢妄自接受，僭收弟子。況他四人來了不多日，已經闖出禍來，雖說無知，終係大錯。

「據我聽虎兒之言，楊成志心術最不堪問，掌教師尊回山，決不收留。現因凌真人之介紹，如要遣去，凌真人性情古怪，不無耿介。若是仍留在此，慢說凝碧崖仙跡與寶藏甚多，恐他日久故態復萌，又出差錯。要等掌教師尊回來再行處置，諸多礙難。當初凌真人原說異日掌教師尊如不肯收歸門下，他願收留。

依我之見，此時對他四人暫以同等道友相待，暫時且不傳授劍法。如見四人中真有不堪造就之處，省得掌教師尊回山，關係凌真人情面為難，由我抽空借送還九天元陽尺為由，將他等一同送往青螺，向凌真人說明苦況經過，聽他處置。好在凌真人夫婦道術高深，別創一派，如蒙收歸門下，與在此間學劍僅止門戶不同，一樣可以深造。諸位以為如何？」

眾人自然惟靈雲之馬首是瞻。只苦了南姑姊弟，不知怎的，一到此地，便覺有了歸宿似的。起初因虎兒受楊成志利用犯了過錯，南姑早就提心吊膽。此時一聽靈雲之言，不禁惶急起來，見室中諸人，連日前再三懇託過的若蘭、芷仙、英瓊三人俱無異詞，猜是靈雲領袖群英，言出法隨，請求決然無用。心中埋怨虎兒，若非他做錯了事，尚可有詞求情。連日見三人對自己情意，如單為自己請求或能生效，但是又不捨與同胞幼弟分別。

低頭沉思了一陣，除了從此約束虎兒處處小心謹慎，暗中再分別求眾人說情之外，別無良法。她只顧思慮呆想，眾人俱看出南姑心意。英瓊看她可憐，才要張口，靈雲忙使了個眼色，英瓊只得用言語岔開。

大家商議了一陣，紫玲便請教靈雲如何下手用功。靈雲略微謙遜，便將峨嵋要訣盡心傳授，詳釋正邪不同之點，把紫玲姊妹聽了個心悅誠服。

靈雲料有神鵰在後洞防守，一時也未必有事，便叫輕雲去喊來吳文琪、金蟬參加練習，吩咐鵰、猿格外小心，有警即報。到了午夜以前，除該班守洞的人外，俱都回室用功。

到了丑初，是眾人在洞外互相練習擊刺的時候。靈雲率領眾同門來在凝碧崖前，有的分據幾個峰間和樹梢，有的站立當地，各人任意擇好了地方。只聽靈雲一聲吩咐，便分別將劍光朝中央靈雲站立的地方飛去。先彼此互相擊刺了一陣，然後乘虛蹈隙，三五錯綜，十餘道金光、紫光、青光、白光、紅光，在離崖十丈高下滿空飛舞，夭矯騰挪，變化無窮，舞到酣處，如數百條龍蛇亂閃亂竄。

內中只英瓊一人站立在飛雷徑洞口，居高臨下，正指揮著一道紫色長虹，與靈雲、金蟬二人的劍光，似三條神龍一般，在空中糾結。忽聽一陣金鐵交鳴之聲起自腳底，留神一聽，竟從下面洞穴中發出。暗忖：「這洞穴已經若蘭、靈雲二人先後用法術封閉，怎麼會響得連相隔數十丈以外都聽得這般大聲？」想到這裡，覺得奇怪，將手一招，將紫光先行收回，想到那洞穴前看個究竟。

靈雲姊弟看英瓊劍光退出，以為英瓊又要玩什麼花樣，把手一指，姊弟二人三道劍光，隨後追去。若蘭、朱文二人的劍光本是作對兒相敵，一見英瓊劍光收退，靈雲姊弟的劍光追上前去，雙雙不約而同地將劍光一指，迎上去敵個正著。五道劍光在空中糾結，相隔英瓊立處甚近。若蘭劍光較弱，加以重創新癒，堪堪有點不支。

金蟬倏地將手一指，一紅一紫兩道劍光，一個迎敵若蘭，一個竟反友為敵，幫助朱文向靈雲反攻起來。靈雲微微一笑，運一口氣噴將上去，光華大盛，力敵三人飛劍，毫無怯色。朱文覺得有趣，朝若蘭打了個招呼，喊一聲：「蟬弟休要逞能！」說罷，拋下靈雲，會合若蘭的飛劍，反轉來朝金蟬夾攻。

靈雲本是勁敵，再加上朱文、若蘭俱非弱者，金蟬堪堪不支，忍不住口中高叫道：「文姊太沒道理，我好心好意幫你，你們倒以多為勝起來。」紫玲、寒萼見他們幾人鬥得十分有趣，捨了輕雲、文琪，剛想上前代金蟬解圍，輕雲、文琪也抱著同樣心思。

四人劍光才剛飛到，忽聽英瓊在崖壁上一聲嬌叱。隨見英瓊站立之處，飛起一道青光，長約七尺，有碗口粗細，正往當空飛去。靈雲一見，喊聲：「不好！眾姊妹休放這道青光飛走。」言還未了，將足一頓，身劍合一，先自往空便起。眾人一見，不暇思索，也忙著駕劍光分頭堵截。

那道青光本是朝南飛走，迎頭被靈雲劍光攔住。剛要迎敵，覷便擒收，那道青光倏地盤空一個迴旋，青龍遊海，撥回頭如電閃星馳般飛逃。

靈雲用峨嵋祕授捉光掠影之法，一把未抓著光尾。同時眾人劍光分中左右三面隨後追攔上去，只有飛雷徑洞口那一面無人迎擋。那道青光識得退路，逕往這面飛去，疾如閃電般，轉眼便穿洞而入。眾人雖然劍光不比尋常，怎奈那道青光並不迎敵，只是逃遁，所以不易追上。

靈雲猛喝道：「紫妹還不用彌塵旛，等待何時？」紫玲聞言，剛將旛取出，未及施用，忽見飛雷徑洞口一條黑影一閃，眨眼現出個赤足小和尚，只一伸手，便將那道青光接住，拿在手裡。那青光先還似青蛇般亂閃亂跳，似要脫手飛去，被那小和尚兩手一搓，便變成尺許長一口小劍。同時袁星也從洞內飛身出來，手舞兩道青黃劍光，往那小和尚頭上刺去。那小和尚只一閃身，不知怎的一來，袁星早著了一掌，直跌下崖去。

第十一章 還鄉美眷

話說英瓊原是聽見穴內響聲，趕去看視，才到穴前，便聽出那響聲有異。先以為既有靈雲封鎖，決無妨礙。正想喊眾人去看，忽見穴上閃出一片金光，接著一陣雲煙過處，便見煙中飛起一條青蛇般的光華，出穴便飛。

英瓊因聽說洞內藏有飛劍，自己不會收劍之法，事起倉猝，一時慌了手腳，只顧驚呼，沒有將劍去攔。及見眾人紛紛上前一堵，正待相助，恰好那青光又往頭上飛回。英瓊相隔最近，自然不肯放過，忙將紫光放出追去，兩下相去僅有數丈遠近。猛見飛雷徑洞口閃出個小和尚，將青光接去。

英瓊記著髯仙留諭，後洞不久有人前來尋釁，這小和尚既未見過，又從後洞現身，不經把守的人通報，已猜是敵人無疑。又見袁星追去，被小和尚一掌，便跌下崖來，更難容忍，嬌叱一聲：「賊和尚休得無禮！」早將紫郢劍飛去。

眾人中倒有一半不認得來人的，又在追攔青光忙亂之際，遇見這般突如其來的怪事，眼看袁星吃了大虧，更未留意聽靈雲呼喚。在前面追趕的，除了靈雲、紫玲姊妹飛行最快，若蘭離得較近，同時呼叱連聲，紛紛將劍光法寶放起，飛上前去。金蟬追來，大聲喊嚷：「這是笑師兄，自己人，諸位師姊休得無禮！」那小和尚見神龍般的劍光連同彩雲紅光，似疾雷驟雨般飛到，早已自知不敵，一聲「失陪」，禿腦袋一晃，登時無影無蹤。等到四人聽明金蟬之言，輕雲、文琪、朱文也同時趕到，來人已不知去向。

袁星從崖下狼狼狽狽地爬了上來，走到眾人面前，躬身稟道：「吳仙姑因要回來比劍，原說去去就來，命袁星和鋼羽把守後洞。這小賊和尚從空中一個觔斗墜將下來，袁星被來人打下崖去，本未聽明來人來歷，先在後洞又吃了來人一些虧苦，未免有些氣憤，『賊和尚』三字衝口而出。」

金蟬見牠出言無狀，正要呵責，忽聽叭的一聲，袁星左頰上早著了一巴掌，疼得用一隻毛手摸著臉直跳。金蟬笑道：「打得好！誰叫你出口傷人？」英瓊見牠連連吃虧，於心不忍，一面喝住袁星，休得出言無狀，好好地說。金蟬不住口地喊：「笑師兄快現身出來，我想得你要死哩！」連喊數聲，未見答應。

袁星見金蟬這等稱呼，才明白來人竟是一家，自己白挨了許多冤打。眾人又在催問，只得忍氣答道：「袁星見和尚從空跌下，以為是什麼人把他從空中打下的，好意怕他跌傷，叫鋼羽來接。鋼羽卻說那和尚怕是奸細，且等他下來再說。袁星素來信服鋼羽，卻忘了前一時候和牠口角，牠藉此報復，給袁星上當，不但未去接救，反拔出劍來，準備廝殺。

「果然那和尚是存心捉弄人，眼看他快要落地，不知怎的一來，便沒有了影子。回身一看，他正往洞內跑，嘴裡頭還嘮嘮叨叨地說：『峨嵋根本重地，眼看不久一群男女雜毛要來大舉侵犯，卻用這麼一個無用的禿尾巴大馬猴守門，真是笑話。』因他不經通報，不說來歷，旁若無人地往裡就走，又口口聲聲揭袁星的短處，又忘了鋼羽也在洞前一塊山石上面站著，卻並未阻攔，一時氣忿不過，便追上前去。

「先因看不清是敵是友，只用劍將他攔住，問他是哪裡來的。他也不發一言，先站定將袁星從頭到腳看了個仔細，然後說道：『我看你雖然做了正教門下家養之獸，可惜還有一臉火氣，須得多幾個高明人管教才好。』弟子又忍氣再問他的來歷。他便退出洞去，說道：『你問我的來歷，想必是有人叫你在此做看家狗。你既有本事看家，來的敵人必定也對付得了。要是敵不住來人，你就想問明人家來歷，也是白饒。莫如我和你打一架玩玩，看看你到底可能勝任，再說來歷不遲。』

「袁星原是恨他罵人，又恐錯得罪了主人的朋友，巴不得和他交交手，便問他怎樣打法。他說他用空手，叫袁星用劍去砍他。袁星以為哪有這樣便宜的事，先怕錯殺了人，還是用手。是他連聲催促，袁星又吃他打了幾下很重。他人雖小，巴掌卻比鐵還硬。被打不過，好在是他逼袁星用劍。誰知不用劍還好，一用劍，任袁星將劍光舞得多急，只見他滴溜溜直轉，休想挨得著一點。被他連罵帶打，跌了十幾次觔斗，周身都發痛。他竟說我是無用的廢物，不和我打了。說罷，往裡便走。

「鋼羽始終旁觀，不來幫忙。和尚一走，直催弟子快追。追到此地，看出主人仙姑們和他並不認識，才想在他身後乘機下手。只覺得他一轉身，手上兩口劍好似被什麼東西擋住。接著便被他打了一下，踢了一腳，便跌到崖下去了。」

英瓊聞言，覺得其錯不在袁星，來人又是在暗中打人，未免有些不悅。這時，凡與來人認識的，俱都齊聲請笑師兄現出身來，與大家相見。

金蟬正喊得起勁，猛覺手上有人塞了一樣東西。金蟬在成都與來人初見時，常被來人用隱形法作弄，早已留心到此。也顧不得接東西，早趁勢一把抓了個結實。心中一高興，正要出聲，忽聽耳邊有人說道：「你先放手，我專為找你來的，決不會走。只是這裡女同門太多。我來時又見那猴子心狂氣傲，仗勢逞強，特意挫挫牠的銳氣。不想無心得罪了人，所以更不願露面。我還奉師命有不少事要辦，你同我到別處去面談如何？」

金蟬知他性情，只得依他。再看手上之物，竟是兩個朱果。無暇再問來歷，便對眾人說道：「笑師兄不願見女同門，你們只管練習。我和他去去就來。」說罷，獨自往繡雲澗那邊走去。英瓊一眼看見金蟬手上拿著兩個朱果，猜是莽蒼山之物，不由想起若蘭，心中一動，正要問時，金蟬業已如飛跑去。靈雲因法術竟封閉不住那洞穴，恐怕裡面還有寶物再出差錯，約了眾人同去查看，想法善後。不提。

金蟬過了繡雲澗無人之處，笑和尚才現出身來，手中拿著一口寒光射眼的小劍和一封書信。彼此重新見禮，互談了一些經歷。

原來慈雲寺事完之後，眾弟子奉派分赴各處，積修外功。笑和尚因與金蟬莫逆，便請求和黑孩兒尉遲火做一路，往雲南全省遊行，以便與往桂花山福仙潭去取烏風草的金蟬等相遇。

先並不知金蟬等中途連遇髯仙、妙一夫人，不回九華，逕赴峨嵋開闢凝碧崖仙府。後來計算金蟬等途程，該到桂花山，便和尉遲火商量，仗著隱形劍法，也不怕紅花姥姥看破，索性趕往桂花山福仙潭看個動靜。如紅花姥姥講理，答應給草便罷，否則還可助金蟬等一臂之力。

二人趕往福仙潭一看，那潭已成了火海劫灰，許多山石都被燒成焦土，找遍全山，不見一人。猜是金蟬等業已回山，只不知可曾得手，只得過些時日，再往九華相晤。他二人便決定深入民間，積修善行。他和尉遲火各人生就一副異相：一個是大頭圓臉，顏如溫玉，見人張口先笑，看似滑稽，帶著一團憨氣。一個是從頭到腳周身漆黑如鐵，聲如洪鐘，說話愣頭愣腦，毫無通融，帶著一團戇氣。又俱在年輕，看上去不過十四五歲，裝束又是一僧一道，不倫不類，結伴同行，遇見的人都以為他們是那寺觀中相約同逃的小和尚和小道童。

笑和尚見別人見他二人奇怪，越發瘋瘋癲癲，遊戲三昧，所到之處，也不知鬧過多少笑話。笑和尚心最仁慈，不到迫不得已，不妄殺人。惟獨黑孩兒尉遲火心剛性直，嫉惡如仇。無論異派淫凶、惡人、土豪遇見他，十有九難逃性命。笑和尚覺他太不給人以自新之路，恐造惡因，勸他多次，當時總改不了，只落得事後方悔。

這一日，走至昆明附近萬山之中，眼看夕陽已薄暮景，時交暮春三月，山光凝紫，柳葉搖金，景物十分絢麗。尉遲火忽對笑和尚道：「笑師弟，常聞人說，你一聲長笑，不但聲震林樾，百鳥驚飛，還可驚虎豹而懾猿猩。我比不得你幼入佛門，素食慣了的，又會辟穀之法，吃不吃都不打緊。我雖在玄門，師父從未禁我肉食。腰中只剩師父給的五七兩銀子，業已沿途食用精光。這幾日化些齋飯，難得一飽。滿想在山裡打隻虎豹之類，烤肉來吃，既為世人除害，又可解饞。這裡盡是些深山大壑，形勢險惡，四外並無人煙，必有猛獸潛藏。你何不笑上一回，驚出些虎豹之類的猛獸來，請我受用？」

笑和尚雖然本領高強，但是才脫娘胎，便被苦行頭陀度化。因他生具佛根，極受鍾愛。苦行頭陀戒律最嚴，笑和尚奉持清規，潛移默化了十五六個年頭。初次出世，積修外功，雖也有不免見獵心喜之時，鬧著玩還可，總不願無故隨便殺生。便答道：「虎豹雖是吃人猛獸，但是牠潛伏深山之中，並未親見牠的惡跡，我等用法兒引牠出來殺死，豈不上干天和？恕難從命。」

尉遲火道：「你真是獃子！天底下哪有不吃人的虎豹？現今不除，等到人已受害，再去除牠，豈不晚了？你如不信，你只管笑牠出來，我們迎上前去。如果牠見我們不想侵犯，可見是個好老虎，我們就不殺牠。你看如何？」

笑和尚強他不過，只得答應。兩人先尋了一個避風之處，又搬了幾塊大石，支好野灶，然後同往高處。四下看了一看，果然到處都是叢林密莽，危崖峻嶺，絕好的猛獸窟宅。猛回頭，遠望山東北一個深谷裡面，霧氣沉沉，谷口受著斜日餘照，現出一片昏暗暗的赤氛。

笑和尚心中一動，暗想：「這時候天氣清明，雖說是山高峰險，林菁茂密，可是這裡有不少嘉木高林，雜花盛開，被這斜陽一照，到處都是雄奇明豔的景致。怎麼向陽的一面，卻是這般赤暗昏黃的晦色？憑自己目力，竟會看不到底。自入雲南以來，沿途也遇見過許多毒風惡瘴，又與今日所見不類。那個地方，決不是什麼好所在。」

正想到這裡，黑孩兒連聲催促。笑和尚笑道：「黑師兄，聽仔細，莫要震聾了耳朵。」說罷，大腦袋一晃，延頸呼吸，調勻了丹田之氣，微張開口，先發出的是一種尖音，聲如笙簧，非常悅耳。發聲不過剎那，便聽側面樹林之中，撲騰撲騰，起了一陣騷動。天邊晚鴉，聞得長吟，俱都飛翔過來，就在二人頭上展翅飛翔，盤旋不去。末後連別種雀鳥也聞聲飛來，越聚越多，把二人所在之處，直遮成了一片黑影。

尉遲火笑得打跌道：「笑師弟，原來學會的是女人腔。似這般引逗烏鴉耍子，幾時才飽得了我的肚子？還教我留神耳朵，算了吧。」言還未了，就在這餘音未歇之際，笑和尚倏地引吭長笑，轟轟連聲，如同晴天霹靂當頭壓下，山嶽崩頹，風雲變色。只嚇得空中飛鳥登時一陣大亂，亂飛亂竄，擾作一團。有的嚇得將頭埋入翅間，不能自持，紛紛墜地。有那闖出重圍的撥轉了頭，束緊雙翼，如穿梭般紛紛失群，四下飛散。

尉遲火也覺禁受不住，直喊：「笑師弟，快些住口，這不是玩的，再笑，我耳朵都要聾了！」笑和尚也急忙住口頓足道：「糟了！糟了！我只顧一時高興，和你打賭，卻不料誤傷了許多鳥雀，師父知道，如何是好？」說著，又連聲稱怪道：「我用師父所傳，運化先天一氣，練為長笑。每一發聲，的確可以驚百獸而懾飛鳥。怎麼連用剛柔之音，不但虎豹，連猴子也不見一個？我不信這裡百里方圓之內，連一隻虎豹都沒有！」

正說之間，忽聽聲如洪鐘般一聲大喝，從山腳下跑上一個滿頭長髮，身披豹皮，手執一根鐵鐗的矮短漢子，近前大喝道：「哪裡來的小雜毛小禿驢，在這裡怪叫，將我哥哥嚇死！」說罷，對準笑和尚，劈頭就是一鐗。

笑和尚先見那人裝束，形如野人，以為這一帶多族雜處，定是苗民之類，本想拿他開開玩笑。及聽他說話口音，竟是漢人，想必自己適才狂笑，驚動人家，錯在自己，便不和他計較，身微一閃，才待避開。尉遲火早一手將那人持鐧的手抓住，喝道：「哪裡來的野人，出口傷人，動手就打，待我管教管教你。」

那人原因笑和尚怪笑，將他一個病中的好友嚇暈過去，特地前來拚命尋仇。卻沒料到一鐧打下去，眼前人影一晃，便沒有蹤跡，同時身子卻被一個黑面的小道士將持鐧的手捉住。彼此一較勁，誰也沒有將鐧奪了去。那人一著急，起左手烏龍探爪，劈面便抓。他原不會什麼武術，尉遲火只微一偏身，又將他左手擒住。尉遲火因見那人太凶橫，不問青紅皂白，就用重兵器傷人，這一鐧要換了別人，怕不打得腦漿迸裂，死於非命。存心想將他跌倒，打服了再問他來意。他卻不知那人有一肚皮的氣苦和天生就的神力。雖然將他兩手擒住，用力一抖，並未抖動。

尉遲火心中一動，大喝一聲，拉緊來人雙手，用力先往懷中一帶。猛地左臂一歪，右腳一上步，緊跟著用擒拿法，右臂烏蛇盤肘，蓋向來人左腕。右腳膝照來人腿彎，往前一靠。同時左肘橫起來，點向那人右脅。滿擬那人決難禁受，必定倒地無疑。誰知那人看去愚蠢，心卻靈巧。未等尉遲火上步，也是一聲大喝，兩臂同時往上一振，差點被那人將雙手掙脫。那人不只是一股子蠻勁，尉遲火連用許多巧招，都被那人隨機應變避開，心中好生驚異。

笑和尚早從旁看出那人外愚內秀，骨格非凡，已有幾分愛惜。見尉遲火跌他不倒，上前笑說道：「我等在這裡笑著玩，怎生便會將人嚇死？你先別和我師兄打，何不把事情說出來，看看誰是誰非？如果真是我嚇死的，我給你救他回生如何？」

那人被尉遲火擒住雙手，拚了一陣，心中惦記山穴內嚇暈過去的好友，情知鬥這小黑道士不過，已不想打，急於想回去看視，偏又脫不得身，急得頸紅臉漲。一聞此言，一面仍和尉遲火廝拚，口中罵道：「都是你們這兩個小賊！我媽在時，說我力大，怕打死人，從來也沒和人動過手。適才天未黑時，我哥哥正在生病，聽見你這禿賊鬼叫，他偏說是飛來了鳳凰。我扶他出來一看，才知是你這個禿賊叫喚。先時還不甚難聽，招來了一群黑呱呱，我哥哥也很喜歡。他不認得你，卻知道你姓孫。正說你好，你卻號起喪來。我哥哥大病才好一些，被你幾聲鬼嗥，當時嚇死過去。

「我將哥哥抱回洞去，拿了打老虎的鐧，打死你，給我哥哥抵命。你卻不敢動手，卻讓這黑鬼用鬼手抓人。是好的，你叫他放了手，同我回去，看我哥哥跟那日一樣，死了半天，又活回來沒有？要是活了，我聽我媽死時的話，不要你這兩個小賊的命。要是不死不活，我便和你們對打三鐧。你先動手，打完我，我再打你同這黑鬼。誰打死誰，都不許哭一聲，哭的不是好漢。」

說到這裡，尉遲火已聽出原因，微一疏神，兩手鬆得一鬆，早被那人掙脫了手，撥轉頭，捷如飛鳥般，往側面數十丈高崖縱了下去。接連幾個跳躥，早躥入崖後，沒了影兒。

尉遲火未去追，回望笑和尚，也不知去向，知是用隱形法追去，便也跟蹤前往。

才到崖後，便聽山石旁一個低穴內有人說話。一看裡面，地方不大，光線甚是黑暗。近門處一塊大青石上，亂置許多衣被，上面躺著一個少年，業已死去。那人喊了兩聲，不見答應，大喝一聲，持鐧往洞外衝出。剛一出穴，便見面前人影一閃，笑和尚現身出來。那人先是吃了一驚，及至看清面目，分外眼紅，舉鐧當頭便打。笑和尚微閃身形，便到了他的身後。那人頭一次學了乖，鐧未到頭，先準備收勁。一鐧打空，未等鐧頭落地，早收鐧回身，尋找敵人。一見笑和尚態度安詳，滿面含笑，站在身後，第二鐧當頭又到，二次又被笑和尚如法避開。

那人將一柄鐧，只管揮舞得和潑風一般。笑和尚也不還手，只圍住那人身軀，在月光之下，滴溜溜直轉，休想得沾分毫。尉遲火袖手旁觀，不由哈哈大笑，引得那人越發急得暴跳如雷。末後知道再打下去，也不能奈何人家，氣得將鐧往地下一丟道：「我不打死你，不能解恨。這麼辦，照剛才的話，你先打我三鐧，我決不躲。打完，我再打你。要不這樣辦，你躲到天邊，我也得追著將你打死，豈不麻煩？」

笑和尚笑道：「我同你無冤無仇，何必打死你則甚？」

那人急怒道：「實對你說，我自幼就挨打慣了的。我的頭，常和山撞，你決打不死我。我因為你太滑溜，比那黑鬼還不是好人，才想出這個主意。你打我不死，我卻一下就打死你，豈不報了仇？」

笑和尚道：「你把心事都對我說了，我豈肯還上你的當？我不打你，你也不好意思打我，多好。」

那人越發急怒道：「你這話對。我為什麼要對你說我的主意？如今你不打我，我也打不了你。你也出個主意，讓我打你，怎麼樣？」

笑和尚道：「這多新鮮！我為什麼那樣賤，活得不耐煩了，出主意讓你打我？」那人眼看仇人在側，奈何不得，瞪著兩隻大眼睛，目光炯炯，恨不能把笑和尚生吃下去。又怕笑和尚覷便逃跑，笑和尚微一轉動，便攔了上去，一攔總是一個空，急得滿頭大汗。尉遲火卻只是含笑旁觀，不發一言，笑和尚估量已將那人火氣磨了個夠，才笑說道：「你不但奈何我不得，連攔我也攔不住。我要想走，你連影子都休想追上。你只依得我一件事，我便將你哥哥救活，如何？」

那人聞言，半信半疑地說道：「人要是沒了氣，那就叫死。我媽死時，我找了多少人，請過多少醫生來，都沒有救活。末後還是把她葬了。適才我已聽你說過，我只不信，我哥哥已經沒了氣，你會救活？只要他真能活，上天入地，我都聽你。」

笑和尚道：「既然如此，且不說別的，先救人給你看，如何？」

那人聞言，大喜道：「那敢情好。不過我不哄你，我現時抓你不著，是這裡四無遮攔。

那洞口可沒出路，你要和從前那些醫生一樣，人救不活時，我只把洞口一攔，你休想出來。我現在把話對你說明，省得你後悔。」笑和尚也不理他，逕自走進洞去。那人果然把門一攔，注目看笑和尚施為，等人救不活時，下手報仇。

其實笑和尚適才早已隨他隱形入洞，一眼便看出那青石上死去的少年骨格清奇，連那矮漢都是生有異稟，暗中驚異。心想：「荒山野谷之間，怎會有這麼兩塊未經雕琢的美玉？此番出外積修外功，師父曾說，積千功不如度化一人。師父門下，只自己一個，如有閃失，師父衣缽，便無人承繼。這兩人資質，俱不在中人以下。這少年僅是病後氣虛，受驚暈倒，並未真死，何不如此如此？」

當下打定主意，先暗中和尉遲火使了一個眼色，叫他不要多事。自己把那矮漢捉弄了一陣，進洞再看少年，經了許多時間，已有微息。便將師父給的丹藥取出一粒，塞進口內，對著嘴，一口元氣渡了進去。丹藥化成元津，隨氣運行，直入腹內。不到片刻，便聽那人喊一聲：「震殺我也！」立時緩醒過來。

他要掙扎坐起，笑和尚連忙按住說道：「你大病新癒，須要將養，先閉目養神吧。」說時，又給他服了一粒丹藥。那少年覺得丹藥入口清香，一到口中，便順津而下，一股暖氣，直達湧泉。他生病已有二月，醒來覺著渾身舒暢，知是異人搭救。待要喚人時，那矮漢一見少年果然起死回生，早擲了手中鐧，撲了上去，抱頭歡笑道：「哥哥，你真活了！這小和尚真是好人。」

少年道：「二弟休得胡言。愚兄病入膏肓，雖蒙二弟扶持，已難望好。這時覺得周身輕快自如，似沒病一樣，定是仙佛真人搭救。愚兄遵命，不敢下床，可代我上前拜謝恩人。」那人聞言，慌不迭地答應，立刻擊石取火，點燃了一束松燎。是時尉遲火也走了進來。他便走過去，朝著笑和尚、尉遲火二人，納頭便拜。笑和尚也不再打趣，忙將他扶了起來。

那人道：「你真是活神仙，將我哥哥救醒。適才我得罪你，請你不要見怪。你要辦什麼事，你說吧，我哥哥已活，只要不離開他，全都聽你的。」

笑和尚道：「那事現在先談不到，你且說你弟兄二人來歷名姓。」

那人道：「我媽姓商，我也跟著姓商，小名叫風子。我哥哥姓周。這是你，別人我不說真話。」

笑和尚這才知道他和那少年並非同胞兄弟，見他對友如此血誠，愈發驚異。那人又要說他和姓周少年結交經過，那少年已在石上插言道：「我這兄弟天真爛慢，二位恩公，由我說吧。」

笑和尚同尉遲火聞言，便走了過去。那少年又要起身，笑和尚攔住道：「你雖服了丹藥，元氣虧傷太過，須待三個時辰以後，方能復原。你此時說話還可，且不要動。明朝起床，便不妨事。最好能吃點什麼粥食才好。」那少年也覺著腹中饑餓，便問商風子，可有什麼吃的？

商風子答道：「哥哥要吃東西，真是好了，快活死人。還是前日你叫我將你的衣服賣了一兩五錢銀子，買得些米，熬了一鍋菜粥。你吞吃不下，我心中難過，也沒有吃，留在那裡，我給你生火煮去。」說罷，便去生火煮粥，嘴裡卻嘮叨道：「我哥哥好了，又來了兩個好人朋友。偏偏這一月多天氣，這天蠶嶺野獸都死絕了，連鹿兒也撈不著一個。我再幾天不吃，倒不要緊。這兩個好人朋友，一定還未吃東西，又救了我哥哥，拿什麼給人家吃？真正難死我了！」

笑和尚一聽說近日山中猛獸絕跡，可見以前是有，想起適才長笑之事，好生奇怪。那少年因商風子一說，也想起因商風子食量洪大，他先還打野獸來吃，自從野獸絕跡，自己和他一月多工夫，已將所帶銀錢衣物吃盡賣光，沒法款待來人，不由著急起來。

笑和尚看出他意思，說道：「你先不要著急。我吃素，吃不吃，沒關係。我這位師兄倒吃葷。我們出家人都能餓個十天八天，你不用管我們。我看你言行服飾，面容手掌，定然出身富貴之家，怎生到此？你且說個詳細。如有為難，我二人或許能助你一臂，也未可知。」少年聞言，也實無法想，只得在枕上頷首，說明經過。笑和尚一聽，原來那少年不是外人，竟是醉道人新收不久的弟子周雲從，便也說了經過，愈加高興起來。

原來第一集上的周雲從，自從在慈雲寺被陷，大風雷雨的夜裡，身經百險，逃出龍潭虎穴，多蒙張老四父女二人搭救，棄家逃出。行至神眼邱林家中，遇見峨嵋派醉道人收歸門下。因張氏父女對雲從有救命之恩，由醉道人作伐，命雲從與張女玉珍聯了婚眷，又賜他一口霜鐔劍，算是與玉珍的聘禮。醉道人要往碧筠庵會合眾仙俠商議破慈雲寺，匆匆只傳了雲從一部劍法入門，便即別去。

雲從與張氏父女拜送醉道人走後，到了次日，雲從主僕與張氏父女一行四人往家鄉進發。一路上有張氏父女護持，且喜沒有出事。及至到了貴陽，張老四本想先尋一店房住下。後來因為雲從十六個同年慘死，他又是半途回家，雖說事先並沒結伴同行，到底有許多不便，盤算了一陣，還是同去的好。當下雲從便叫小三兒騎著快馬，先去向父母密稟，將內室整頓出一間來，以備玉珍居住。

雲從的父親子敬，自從雲從走後，不多幾日，未知因何便覺心驚肉跳，坐立不安。他們老弟兄九人原極友愛，且九房只此一子，均為雲從入京之事著急。俱都後悔有如許家財，又是書香之裔，雲從已有功名，比不得是個白丁，只顧一時高興，由他跋涉山川，求取功名。這般萬里遼隔，倘有閃失，如何是好？老弟兄九人，只一見面，都是談的雲從進京之事。

子敬又說了自己近來夜夢不祥，常有警兆。雲從小孩子不說，老家人王福偌大年紀，原教他不要心疼銀錢，路上一遇便人，就捎信回家。初上路還不斷有平安信回，這多日來，簡直音信全無，好叫人放心不下。眾人聞言，焦急了一陣。子敬說：「今日已不早，如明日沒有音信，準定派人多帶銀錢，兼程趕路，追上前去，如能將雲從追回，再好不過。如雲從定不肯回，便叫那人跟隨照應。沿路打聽往來客商，不惜花費，託他隨時捎信回來。如無便人，至遲不過半月期限，哪怕專人往返，也不能讓信息中斷。」大家多以子敬之言為然。

周氏弟兄雖未分家，卻都住在鄰近，分灶度日，每月也有幾次輪流會食。這日大家心緒不佳，各自分別回去。

子敬正在焦愁煩惱，忽見小三兒滿臉灰塵，一手提著一根馬鞭子，急匆匆跑了進來。子敬夫妻一見小三兒半途回轉，想起前日許多警兆，俱都大吃一驚。偏小三兒跑得太急，口中又直喊旁立的人出去，益發叫子敬夫妻心慌意亂，誰都不敢先開口，問公子安否。還算小三兒機靈，看出主人著急，頭一句叫人出去，第二句緊接著說：「老爺夫人萬安！公子回來了。」

子敬夫妻本來恬淡，原不計較功名，一聞雲從回家，好似天上掉下一顆明珠，喜出望外，忙問公子現在何處。小三兒見從人業已退盡，上前低聲道：「公子身經百難，出生入死，多蒙一位姓張的老英雄相救，現在護送公子平安回家，已離家不遠，著小的回來報信。張老英雄有一位姑娘，請老爺命人先行收拾兩間住室。等公子回來，再詳說一切。」

子敬聞言，又驚又喜，一面叫人去收拾屋子，又叫人與八位兄弟送信，又不住口問小三兒詳情。小三兒慌道：「這裡面有多少事，公子說暫時先不要聲張，等公子見面再說，先收拾屋子要緊。」子敬聞言無奈，便叫他妻子楊氏先去命人收拾屋子，自己帶了小三兒，忙到門外去觀望。望到黃昏過去，天色漸黑，才見雲從同了一個老者、一個少女騎馬走來。小三兒趕忙迎上前去，拉住馬嚼環。

雲從一見父親倚閭凝望，想起前事，不禁一陣心酸，搶步上前，便要行禮。子敬在這個把時辰，已從小三兒口中得知一些大概，連忙喚住，身子往旁一偏，揖客入內。自有小三兒和旁立諸人，去幫同拿了三人行李，開發把式。

子敬父子引了張氏父女直入內廳。雲從的母親也得信趕了出來，一見面，不顧別的，先把雲從抱在懷裡，把好兒子連叫。子敬已知張氏父女是風塵中英雄，還未引見，有多少正經話要說。一面喚住妻子，一面招呼張老四父女落座。

雲從過來，拜見了父親，起來先朝子敬使了個眼色。然後躬身給張氏父女引見，說道：「孩兒不孝，因不耐長途風霜跋涉勞頓，又想起父母伯叔無人侍奉，行至半途，便趕了回家。船在江中遇險，多蒙張家岳父與玉珍姊姊奮不顧身，從百丈洪濤中，救了孩兒出險。因為玉珍姊姊救孩兒時救人情急，忘了男女之嫌，事後思量，打算終身不嫁。經一位仙長作伐，聘了玉珍姊姊為妻，一路護送回轉，還望爹爹、母親恕孩兒從權訂婚之罪。所有經過情形，等過些時再行詳稟吧！」

子敬也甚機警，見雲從所言與小三兒之話不大相符，知有緣故，便不再問。雲從的母親放了雲從，一眼看見一個面容美秀、丰神英爽的女子，已在讚許。及經聽出是雲從的聘妻，是救命恩人，又見她隨侍在她父親身旁，幾番讓座，都只謙辭答謝，越愛她知道禮教。未及雲從把話說完，便過去強拉了來，坐在身旁，問她是怎生救的雲從，不住地問長問短。

玉珍因雲從未來時囑咐，知道有許多地方要避人耳目；未過門媳婦，初見婆婆的面，又不便說誑，答否皆非，正在為難。恰好雲從把話說完，子敬招呼他妻子道：「聘媳初來，有話少時你怕問不完，還不隨我拜謝救命恩人張親家，只顧嘮叨些什麼？」一句話將雲從母親提醒，還忘了拜謝恩人，連忙捨了玉珍，隨著子敬過去，夫婦雙雙下拜。張老四也連忙跪下還拜。雲從朝玉珍看了一眼，小兩口也各跟父母跪在一旁。

子敬口中說道：「寒門德薄，弟兄九人，只此一子。此次不該由他小孩子心性，急於功名，跋涉長路。若非親家令愛搭救，險些葬身魚鱉之口，寒門祖宗血食，亦將因之中斷。又蒙親家不棄，訂以婚姻，親自護送到此，越發令人感恩不盡。」

張老四早年也是江湖豪俠，長於應對，一見子敬為人爽朗知禮，不以富貴驕人，越覺女兒終身有靠，歡喜非凡，隨口謙遜了幾句。大家拜罷，起身落座。

雲從母親總是想問出個詳細，見子敬連使眼色，心中又忍耐不住，便對子敬道：「媳婦遠來，適才小三兒話又沒說明白，也不知她住的房，對她心意不？年輕人莫要委曲了她。你且陪親家說話，我領她看一看去。」說罷，和張老四客套兩句，拉了玉珍，便往裡走。玉珍萬想不到自己配著這般如意郎君，偏偏公婆又是這般慈愛，早已心花怒放。明白婆婆言中之意，當即含笑起立，用手扶著雲從母親，往後面走去。雲從母親見她如此大方伶俐，也是喜愛得說不出口。婆媳二人，喜喜歡歡入內。不提。

子敬、雲從又陪著張老四看好了房子，擇好住所，遣退從人。雲從早忍不住淚如泉湧，重又上前跪下，打慈雲寺遇險逃出，多蒙玉珍搭救，二次遇見醉道人點化作伐，贈劍脫險之事，詳說一遍。子敬雖有涵養，也不禁舐犢情深，心如刀割，淚流不止。當下重又謝了張老四幾句。因為同行諸人俱都廢命，各有從人留在重慶，異日難免不發生極大糾葛，覺得明說與隱瞞，兩俱不妥。商量了一陣，還是暫時隱瞞為是，大家想好了同一的言詞。下人早將酒飯備好，靜候主人吩咐。

子敬知道天已不早，別人都用了飯。雲從本應親往各房叔伯處叩見，因人數太多，雲從又是歷遭顛沛之餘，好在大家友愛，視雲從如親生，可以不拘禮節，索性吃完了飯，再命人去請來團聚。計議已定，雲從母親命小三兒來說，酒飯已擺在內堂，請老爺、少爺陪著張親家老爺入內用飯。子敬聞言，略一沉思，便邀張老四入內。

雲從跟隨在後，一眼看見自己母親兩眼哭得又紅又腫，知道玉珍已然稟明了實情，不禁傷心到了極點，早越步上前，母子二人又是一場抱頭大哭。張氏父女再三勸慰才罷。雖然大家都是想起前情，十分痛心，只是事已過去，雲從依舊無恙回來，還得了一個美貌俠女為妻，悲後生喜，俱都破涕為笑。

雲從、玉珍是共過患難夫妻，子敬夫妻又是灑脫的人，不拘束什麼形跡，邊談邊吃。玉珍更是應對從容，有問必答。這一頓酒飯，倒是吃得十分歡暢。等到吃完，業已將近午夜。子敬才想起只顧大家談笑，還忘了給各位弟兄送一喜信。若是這時去請，大家就是睡了，也許得信趕來，慢說人數太多，雲從長途勞乏，不勝應對之繁。並且這般夜深，驚動老輩，也於理不合。決定還是明朝著雲從親自登門稟安為是。主意想定，便和雲從母親說了。

雲從母親聞言，不由「噯呀」一聲道：「我們只顧說話，竟會忘了此事。別位兄嫂不要緊，惟獨她有個小性兒，平時就愛說些閒話，近來又有了喜，越發氣大，豈不招她見怪？」子敬道：「二嫂雖然糊塗，二哥倒還明白。我弟兄九人，都讀書明理。今已天晚，其勢又不能命雲兒單去她家一處。明日對大家說了詳情，縱然二嫂見怪，二哥也未必如此，隨他去吧。」夫婦二人便將此事擱過不提。

子敬又和張老四聯坐密談，商量雲從夫妻合巹之事，直到三更過去，才行就寢。雲從的母親又撥了兩名丫頭服侍玉珍，當晚就叫玉珍和自己同睡，叫子敬父子到外面書房去睡。父子婆媳，難免在床上還有許多話說。

第二日早起，雲從起身，正準備去拜見各房尊長，洗漱剛完，便見僕人入報，各位老爺太太駕到。子敬夫妻也得著信，父子夫妻四人慌忙迎了出去，眾弟兄妯娌已滿臉堆歡走了進來。子敬見來的是大、三、五、六等八位兄嫂，二、四、八、九等四房夫妻還未來到。一面命雲從上前叩見，便要著人分頭送信。

子敬的大哥子修笑道：「老七，你不要張羅，我們先並不知雲兒回來，還是昨晚二更左右，你二哥著人挨家問詢，說有人見雲兒回來，老七可曾著人送信不曾？我猜定是雲兒回來太晚，你怕他一人走不過來，所以沒叫雲兒過去。我想雲兒長途勞乏，此次不考而歸，必有緣故，若叫他一家一家去問安回稟，未免太勞。所以我得了信息，忙著叫人分頭說與大家，吩咐今日一早，到你這邊吃飯團聚，又熱鬧，又省雲兒慌張，話反聽不完全。我來時順路喊了三弟、五弟、六弟，又叫人去催老二他們，想必一會就到了。」

子修是個長兄，人極正直，最為弟兄們敬服，平素鍾愛雲從，不啻親生。雲從聽完了這一番話，忙上前謝過大爹的疼愛。剛剛起立，子敬的二哥子華、四哥子范、八弟子執、九弟子中等也陸續來到，只子華是單身一人，餘者俱是夫婦同來。大家見禮已畢，子敬夫婦問二嫂何不同來？子華臉上一紅，說道：「你二嫂昨晚動了胎氣，今日有點不舒服，所以未來。」

雲從母親聞言，朝子敬看了一眼，說道：「少時快叫雲兒看看他二娘是怎麼了？」又問子華：「可請醫生看了沒有？」子華只是含糊其詞答應。

雲從原是一子承祧九房香火，諸尊長俱都來到，忙著問安稟話，當時並未上子華家中去。全家團聚，自是十分歡樂。由雲從照昨晚商就詞句，當著諸尊長面前稟過。末後才由雲從母親陪了諸妯娌入內，引了玉珍上前拜見。外面也引見了這位新親家張四老爺。男女做兩起飲宴。席後，雲從要往子華家中探病，又被子華再三攔住，說：「雲從初回，你二娘又沒有什麼大病，改日再去不晚。」雲從連請幾次，俱被子華攔住。一陣談說，不覺天晚。接連又是夜宴，席間大家商定，準在最近期中，擇吉與雲從夫妻合巹。直到夜深，才分別回去。

第二日一早，雲從便到子華家中探病，只見著子華一人，子華妻子崔氏並未見著。臨出門時，看見外面廂房門口站定一人，生得猿背蜂腰，面如敷粉，兩目神光閃爍不定，並不是子華家人。見雲從出來，便閃進房內去了。雲從當時也未做理會，順路又往各位伯叔家稟安。這些伯叔們都是老年無子，除子華外，雲從每到一家，便要留住盤桓些時，直到夜深，才回家。

雲從知道諸位伯母中，只二娘崔氏是續絃新娶，出身不高，與妯娌不合，恐父母不快，回去並未提起不見之事。末後又連去了兩次，也未見著。趕到雲從喜期，崔氏正在分娩期近，更不能來。這時老家人王福，業已著人喚回。

雲從自經大難，早已灰心世事。因是師命，玉珍又有救命之恩，所以才遵命完婚。夫妻二人雖是感情深厚，閨房之內卻是淡薄。每日也不再讀書，不是從著乃岳學習武藝，便是與玉珍兩人按照醉道人傳的劍訣練習。

雲從的父母伯叔鑑於前次出門之險，他既無意功名，一切也自由他。過了不到一月，崔氏居然生下一子。這一來周氏門中又添了一條新芽，不但大家歡喜，尤其雲從更為遂心。子華大張筵宴做了三朝，又做滿月。親友得信來賀者，比較雲從完婚，還要來得熱鬧。

玉珍完婚三日，曾隨雲從往各房拜見尊長，只崔氏臨月，推託百天之內忌見生人，連子華也不讓入內，只許兩個貼身丫鬟同一個乳母進去。玉珍先未在意，及至滿月這天，諸妯娌仍未能與崔氏相見。

到了晚間回家，臨行之時，玉珍剛要上轎，一眼瞥見雲從前日所見的那個猿背蜂腰的少年，不禁心中一動。回家問雲從，雲從說道：「白天入席之前，也曾見那人一面，大家都以為是不常見面的親友，均未在意。自己卻因回家時曾見過那人住在二伯家內，覺著稀奇。席散時節，趁二伯一人送客回轉，便迎上前去，想問問那人是何親友，為何不與大家引見。說未兩句，便見二伯臉脹通紅，欲言又止。猛一回頭，看見那人正站離身旁不遠，用目斜視，望著自己，臉上神氣不大好看。同時二伯也搭訕著走去，沒顧得問。」

玉珍聞言，忙著雲從去請她父親進來，將前事說了。張老四聞言，大驚道：「照女兒所說，那人正是慈雲寺的黨羽。府上書香官宦人家，怎會招惹上這種歹人？」

第十二章　夜探盜窟

雲從聞言，也嚇了一大跳，忙問究竟。張老四道：「我當初隱居成都，先還以為智通是個有戒行的高僧。直到兩年以後，才看出他等無法無天，便想避開他們。一則多年洗手，積蓄無多，安土重造，著實不易。且喜暫時兩無侵犯，也就遷延下去。

「有一天，我同女兒去武擔山打獵回來，遇見一夥強人，在近黃昏時往廟內走進，正有此人在內。彼此對面走過，獨他很注視我父女。第二日智通便著人來探我口氣，邀我入夥。來人一見面，就是開門見山的話，將我行藏道破，使我無法抵賴。經我再三謝絕，說我年老氣衰，武藝生疏，此時只求自食其力，絕無他志。我指天誓日，決不壞他廟中之事，走漏絲毫風聲，才將來人打發走去。

「後來我越想越覺奇怪。我青年時，雖然名滿江湖，但是只憑武藝取勝，並非劍俠一流。智通本人不是說門下黨羽多精通劍術之人，要我何用？若說怕我知道隱密，不但似我這種飽受憂患、有了閱歷之人，決不敢冒險去輕捋虎鬚；即使為防備萬一，殺人滅口，也不費吹灰之力。只猜不透他們用意。我彼時雖未入夥，卻同那知客僧了一談得很投機，時常往來，慢慢打聽出他們用意，才知是那人洩的機密。

「那人名叫碧眼香狒閔小棠，是智通的養子。我和他師父南川大盜游威，曾有幾面之識。我初見他時，才只十四五歲，所以沒認出來。他卻深知我的底細，並非要我入夥相助，乃是他在廟門看見珍兒，起了不良之心，去與智通說了，打算做了同夥，再行由智通主持說媒。被我拒絕，雖不甘服，當時因他還有事出門，智通又因善名在外，不肯在成都附近生事，料我不敢妨他的事，閔賊已走，也就放過一邊。

「我知道了實情，深憂那裡萬難久居，驟然就走，又難保全，只得隱忍，到時再說。一面暗中積蓄銀兩，打點棄家避開；又向菜園借了些錢，在附近買了十來畝地，竭力經營，故作長久之計，以免他們疑心。不久便隨你逃到此地。起初只知閔賊出門作案，不想冤家路窄，下手之處，卻在你家。

「這廝生就一雙怪眼，認人最真。只要是他，早晚必有禍變。他當初師父就很了得，如再從智通學了劍術，連我父女也非敵手。為今之計，只有裝作不理會，一面暗中稟明令尊，請他覷便問令伯，這廝怎生得與府上親近，便可知他來歷用意。我再暗中前往，認他一認。如果是他，說不得還要去請像令師這一流的人物來，才能發付呢！」

雲從恐父母聽了著急，還不敢實話實說，只說見那人面生可疑，想知道他的來歷，和二伯有何瓜葛？

子敬聞言，嘆了口氣道：「這事實在難說。當你中舉那年，不知怎的一句話，你二伯多了我的心，正趕你二伯母去世，心中無聊，到長沙去看朋友，回來便帶回了一個姓謝的女子。我們書香門第，娶親竟會不知女家來歷，豈非笑話？所以當時說是討的二房。過了半年多，才行扶正。由此你二伯家中，便常有生人來往。家人只知是你二伯的內親。

「我因你二伯對我存有芥蒂，自不便問。你大伯他們問過幾次，你二伯只含糊答應，推說你二伯母出身小戶小家，因她德行好，有了身孕，才扶的正。那些新親不善應酬，恐錯了禮節，不便與眾弟兄引見。你諸位伯叔因你二伯也是五十開外的人了，寵愛少妻，人之恆情。每次問他，神氣很窘，必有難言之隱。老年弟兄不便使他為難，傷了情感。至多你二伯母出身卑下，妻以夫貴，入門為正，也就不聞不問。

「及至你這次出門，你二伯母將她家中用了多年的女僕遣去，那女僕本是我們一個遠房本家寡婦，十分孤苦，無所依歸，我便將她留了下來。被你二伯母知道，特地趕上門來不依，說那女僕如何不好，不准收留，當時差點吵鬧起來。你母親顧全體面，只得給那女僕一些銀子，著她買幾畝田度日，打發去了。

「據那女僕說，你這二伯母初進門時，曾帶來兩個丫頭，隨身只有一口箱子，分量很重。有一天，無意中發現那箱子中竟有許多小弓小箭和一些兵器。不久她連前房用的舊人，一起遣去，內宅只留下那兩個丫頭。二伯問她，她只說想節儉度日，用不著許多人伺候。她娘家雖有人來，倒不和她時常見面。除此便是性情乖謬，看不起人，與妯娌們不投緣罷了。」

雲從聞言，便去告知張老四。張老四沉思了一會，囑咐玉珍：「雲從雖然早晚用功，頗有進境，但是日子太淺，和人動手，簡直還談不到。醉仙師賜的那口寶劍，不但吹毛斷鋼，要會使用，連普通飛劍全能抵禦，務須隨時留心，早晚將護才好。」

到了第二日晚間，張老四特意扮作夜行人，戴了面具，親身往子華家中探看。去時正交午夜，只上房還有燈光。

張老四暗想：「產婦現已滿月，無須徹夜服侍。這般深夜，如何還未熄燈？」大敵當前，不敢疏忽，使出當年輕身絕技，一連幾縱，到了上房屋頂。耳聽室內有人笑語。用一個風飄落葉身法，輕輕縱落下去。從窗縫中往室內一看，只有子華的妻子崔氏一人坐在床上，打扮得十分妖豔。床前擺有一個半桌，擺著兩副杯筷，酒餚還有熱氣。張老四心中一動，暗喊不好，正要撤步回身，猛聽腦後一陣金刃劈風的聲音。

張老四久經大敵，知道行蹤被人察覺，不敢迎敵，將頭一低，腳底下一墊勁，鳳凰展翅，橫縱出去三五丈遠近。接著更不怠慢，黃鵠沖天，腳一點，便縱出牆外。耳聽颼颼兩聲，知是敵人放的暗器，不敢再為逗留，急忙施展陸地飛騰功夫，往前逃去。且喜後面的人只是一味窮追，並不聲張。張老四恐怕引鬼入宅，知道自己來歷，貽禍雲從，只往僻靜之處逃去。

起初因為敵人腳程太快，連回頭緩氣的工夫都沒有。及至穿過一條岔道，跑到城根縱上城去，覺得後面沒有聲息。回頭一看，城根附近一片草坪上，有兩條黑影，正打得不可開交。定睛一看，不由叫聲慚愧，那兩人當中，竟有一個和自己同一打扮，一樣也戴著面具，穿著夜行衣服。那一個雖縱躍如飛，看不清面目身材，竟和前年所見的那個碧眼香狒閔小棠相似，使的刀法，也正是他師父游威的獨門家數。

本想上前去助那穿夜行衣服的人一臂之力，後來一想不妥，自己原恐連累女婿，才不敢往家中逃去。難得湊巧，有這樣好的替身，他勝了不必說，省去自己一分心思；敗了，敵人認出那人面目，也決不知自己想和他為難。權衡輕重，英雄肝膽，到底敵不了兒女心腸。正待擇路行走，忽見適才來路上，飛也似地跑來一條黑影，加入閔小棠一邊，雙戰黑衣人。這一來，張老四不好意思再走，好生為難。終覺不便露面，想由城牆上繞下去，暗中相助。

剛剛行近草坪，未及上前，便聽那黑衣人喝道：「無知狗男女！你也不打聽打聽俺夜遊太歲齊登是怕人的麼？」一言未了，閔小棠早跳出了圈子去，高喊雙方住手，是自己人。

那夜行人又喝問道：「俺已道了名姓，我卻不認得你二人是誰。休想和剛才一般，用暗器傷人，不是好漢。」

閔小棠道：「愚下閔小棠，和貴友小方朔神偷吳霄、威鎮乾坤一枝花王玉兒，俱是八拜之交。這位女英雄也非外人，乃是王玉兒的令妹、白娘子王珊珊。若非齊兄道出大名，險些傷了江湖義氣。我和珊妹因近年流浪江湖，委實乏了。現在峨嵋、崑崙這一班假仁假義的妖僧妖道，又專一和江湖中人為難，連小弟養父智通大師，都沒奈何他們。公然做案，他們必來惹厭。恰好珊妹在長沙遇見一個老不死心的戶頭，著實有很大的家財，便隨了戶頭回來。本想當時下手，又偏巧珊妹懷了身孕。

「那戶頭是個富紳，九房只有一個兒子，還不是他本人親生。前月珊妹分娩，生了個男孩，樂得給他來個文做，緩個三二年下手。一則可避風頭，二則借那戶頭是個世家大戶，遇事可以來此隱匿。不料近日又起變化，遇見一個與我們作對的熟人，只不知被他看出沒有，主意還未拿定，須要看些時再說。好在那廝雖是父女兩人，卻非我等敵手。如果發動得快，一樣可以做一樁好買賣。到底田地房產還是別人的，扛它不動。不如文做，趁著他們九房人聚會之時，暗中點他的死穴，不消兩年，便都了帳，可以不動聲色，整個獨吞。今晚看齊兄行徑，想是短些零花錢，珊妹頗有資財，齊兄用多少，只說一句話便了。」

齊登人極沉著，等閔小棠一口氣將話說完，才行答道：「原來是閔兄和王玉兄的令妹，小弟聞名已久，果然話不虛傳。適才不知，多有得罪。恭喜二位做得這樣好買賣。峨嵋派非常猖獗，小弟縱橫江湖，從來獨來獨往，未曾遇見對手，近來也頗吃兩個小輩的虧苦，心中氣忿不過。現在有人引進到華山去，投在烈火祖師門下，學習劍術，尋找他們報仇。路上誤遭瘴毒，病了兩月。行到此地，盤川用盡。此去倒並不須多錢，只夠路上用費足矣。」

閔小棠與王珊珊同聲說道：「此乃小事一端。本當邀齊兄到家一敘，因耳目不便，我等出來時已不少，恐人覺察，請齊兄原諒。待我等回去，將川資送來如何？」

齊登道：「我們俱是義氣之交，又非外人，無須拘禮，二位只管回去。川資就請閔兄交來，小弟愧領就是。」說罷，閔、王二人便向齊登道歉走去。一會，閔小棠單身送來了一個包裹，交與齊登，大概送的金銀不少。齊登謙謝，便行收下。閔小棠又要親送一程，齊登執意不肯，才行分別走去。

齊登原是在安順、銅仁一帶作案，路遇諸葛警我從關索嶺採藥回山，吃了大虧，幸得見機，沒有廢命。齊登立誓此仇不報，決不再作偷盜之事。誰知路上生了一場大病，行至貴陽，待要往前再走，錢已所餘無幾，重為馮婦，又背誓言。心中煩悶，進城尋了一家酒舖，買了些酒肉，獨個兒往黔靈山麓無人之處，痛飲吃飽。想了想，這般長路，無銀錢還是不行。藉著酒興，換了夜行衣，恐萬一遇見熟人，異日傳成笑柄，便將面具也戴上，趁著月黑天陰，越城而入。

一看前面是一片草坪，盡頭處有一條很彎曲的小巷，正要前進，因為飲酒過量，貴州的黃麯後勁甚烈，起初不甚覺得，被那冷風一吹，酒湧上來，兩眼迷糊，覺著要吐，打算嘔吐完了，再去尋那大戶人家下手。剛剛吐完，猛覺身後一陣微風，恍惚見一條黑影一閃。未及定睛注視，巷內躥出一人，舉刀就砍。這時齊登心中已漸明白，見來人刺法甚快，不及湊手，先將身往前一縱，再拔出刀來迎敵。兩人便在草坪上爭鬥起來。

閔小棠本從智通學會一點劍術，雖不能飛行自如，也甚了得。因為昨日遇見熟人，晚間便來了刺客。張氏父女和周家關係，早從子華口中探明，便疑心來人定與張氏父女有關。所以緊追不捨，仗著腳程如飛，想追上生擒，辨認面目，問明來因，再行處死。

偏巧一出小巷，便見敵人停了腳步。先後兩人，俱是一般身材打扮，所以他並不知道這人並非先前奸細。及至打了半天，各道名姓，竟是聞名已久的好友。彼此忙中有錯，忘了提起因何追趕動手之事，自己還以為無心結納了一個好同黨。萬不料適才刺客，已經隱祕而去。

張老四等他二人走後，才敢出面。暗想：「幸虧自己存了一點私見，如果冒昧上前，一人獨敵三個能手，準死無疑。如今詳情已悉，自己越裝作不知，敵人下手越慢。」因為出來已久，恐女兒擔心，耳聽柝聲，已交四鼓，便繞道回來。果然玉珍已將父親夜探敵人之事對雲從說知，正準備跟蹤前往接應。一見張老四回來，夫妻二人才放了心，忙問如何？

張老四連稱好險，把當時的事和自己主意，對雲從夫妻說了。命雲從暫時裝作不知，最好借一個題目，少往諸伯叔家去。又說：「聽敵人口氣，對我們尚在疑似之間，此時我就出門，容易招疑。你可暗稟令尊，說我在江湖仇人太多，怕連累府上，可從明日起，逐漸裝作你父母夫妻對我不好，故意找錯冷淡我。過個一月半月，裝作與你們爭吵，責罵珍兒女生外向，負氣出走。對方自昨晚鬧了刺客，必然每晚留心，說不定還要來此窺探。不到真正侵犯，千萬不可迎敵。他見我等既不去探他動靜，又不防備，定以為珍兒沒有認清。最近期內，他要避峨嵋派追尋，必不下手。我卻逕往成都去尋令師，尋不見便尋邱四叔，轉約能人，來此除他，最妙不過。」大家商議已定，分別就寢。

閔小棠、王珊珊兩個淫惡等了三天，不見動靜，竟把刺客著落在齊登身上。但還不甚放心，第四日夜間，到雲從家中探了一次，見全家通沒做理會，便自放心走去。

子敬並不知箇中真相，一則因張老四是全家恩人，加上相處這些日來，看出張老四雖是江湖上人，其言行舉止，卻一點都不粗鄙，兩人談得非常投機。故由親家又變成了莫逆至好，哪裡肯放他走。說是縱有仇家，你只要不常出門，也是一樣隱避，何必遠走，再三不肯。經張老四父女和雲從再三陳說利害，雲從母親只此一子，畢竟膽小怕事，才依了他們。

子敬終是怕人笑話忘恩負義，做不了假。結果先是過了半月，由張老四藉故挑眼，和玉珍先爭吵了兩句。雲從偏向妻子，也和乃岳頂嘴。雙方都裝出賭氣神態，接連鬧了好幾回假意氣。周家雖是分炊，等於聚族而居，弟兄們又常有聚會，家中下人又多，漸漸傳揚出去。各房都知他翁婿不和，前來勸解。

張老四更是人來瘋，逢人說女生外向，珍兒如何不對，鬧得一個好女婿，都不孝敬他了。自己雖然年邁，憑這把力氣，出門去挑蔥賣菜，好歹也掙一個溫飽，誰希罕他家這盌嘔氣飯吃，有時更是使酒罵座，說些無情理的話。鬧不多日，連這一班幫他壓服雲從夫婦的各房伯叔都說是當老輩的太過，並非小輩的錯。

內中更有一兩個稍持門第之見的，認為自己這等世家，竟與種菜園子的結了親，還不是因為救了雲從一場。如今他有福不會享，卻成天和女兒女婿吵鬧，想是他命中只合種菜吃苦，沒福享受這等豐衣足食。先還對他敷衍，後來人都覺他討厭，誰愛理他？

張老四依舊不知趣似的，照樣脾氣發得更凶。子敬知道一半用意，幾次要勸他不如此，都被雲從攔住。張老四終於負氣，攜了來時一擔行李，將周家所贈全行留下，聲稱女兒不孝，看破世情，要去落髮出家。鬧到這步田地，子敬不必說，就連平日不滿意張老四的人，也覺傳出去是個笑話，各房兄弟齊來勸解，張老四暫時被眾人攔住，只冷笑兩聲，不發一言，也不說走。等到眾人晚飯後散去，第二日一早，張老四竟是攜了昨日行囊，不辭而別。玉珍這才哭著要雲從派人往各處廟宇尋找，直鬧了好幾天才罷。這一番假鬧氣，做得很像，果然將敵人瞞過。

雲從夫婦照醉道人所傳口訣，日夜用功。雲從雖是出身膏粱富厚之家，嬌生慣養，但卻天生異稟，一點便透。自經大難，感覺人生脆弱，志向非常堅定。閨中有高明人指點，又得峨嵋真傳，連前帶後，不過三數月光景，已是練得肌肉結實，骨體堅凝。別的武藝雖還不會，輕身功夫已有了根柢。一柄霜鐔劍，更是用峨嵋初步劍法，練得非常純熟。就連玉珍也進步不少。

夫妻二人每日除了練劍之外，眼巴巴盼著張老四到成都去，將醉道人請來，除去禍害，還可學習飛劍。誰知一去月餘，毫無音信。倒是玉珍自從洞房花燭那天，便有了身孕，漸漸覺著身子不快，時常嘔吐，經醫生看出喜脈，全家自是歡喜。玉珍受妊，子敬夫妻恐動了胎氣，不准習武。只雲從一人早晚用功。

雲從因聽下人傳說，二老爺那裡現時常有不三不四的生人來往；張老四久無音信，也不知尋著醉道人沒有？好生著急煩惱。

有一天晚上，夫妻二人正在房中夜話，忽然一陣微風過處，一團紅影穿窗而入。雲從大吃一驚，正待拔出劍來，玉珍已看清來人，忙喊休要妄動，是自己人。雲從一看，來人是個女子，年約三十多歲，容體健碩，穿著一身紅衣。手裡拿著一個面具，腰懸兩柄短劍，背上斜插著一個革囊，微露出許多三稜鋼尖，大約是暗器之類。舉動輕捷，顧盼威猛。

玉珍給來人引見道：「這位是我姑姑，江湖上有名的老處女無情火張三姑姑。」說罷，便叫雲從一同上前叩見。

張三姑道：「姪婿、姪女不要多禮，快快起來說話。」

三人落座之後，玉珍道：「八年不見，聞得姑姑已拜了一位女劍仙為師，怎生知道姪女嫁人在此？」

三姑道：「說起來話長，我且不走呢。姪婿是官宦人家，我今晚行徑，不成體統。且說完了要緊話，我先走去，明日再雇轎登門探親，以免啟人驚疑。」玉珍心中一動，忙問有何要事？

三姑道：「姪女休要驚慌。我八年前在武當山附近和你父女分手後，仍還無法無天，作那單人營生。一天行在湘江口岸，要劫一個告老官員，遇見衡山金姥姥，將我制服。因見我雖然橫行無忌，人卻正直，經我一陣哀懇，便收歸門下。同門原有兩位師姊。後來師父又收了一個姓崔的師妹，人極聰明，資質也好，只是愛鬧個小巧捉弄人。我不該犯了脾氣，用重手法將她點傷。師父怪我以大欺小，將我逐出門牆，要在五年之內，立下八百外功，沒有過錯，才准回去。只得重又流蕩江湖，管人閒事。

「因為我雖在劍仙門下，師父嫌我性情不好，劍法未傳，不能身劍合一。如今各派互成仇敵，門人眾多，不比昔日。所以和江湖上人交手，十分留心。上月在貴州入川邊界上，荒野之中，遇見你父親，中了別人毒箭，倒臥在地，堪堪待死。是我將他背到早年一個老朋友家中，用藥救了，有一月光景，才將命保住。

「他對我說起此間之事，我一聽就說他辦得不對。姪婿是富貴人家，嬌生慣養。醉師叔是峨嵋有名劍仙，既肯自動收姪婿為徒，他必看出將來有很好造就，豈是中道夭折之人？遇見家中發生這種事，就應該自己親身前往成都，拜求師尊到來除害才是，豈可畏懼艱險？你父親早年仇人甚多，卻叫他去跋涉長路。姪婿雖然本領不濟，按著普通人由官道舟車上路，並不妨事。反是你父親卻到處都是危險。就算尋到醉師叔，也必定怪姪婿畏難苟安，缺少誠敬，不肯前來。怎麼這種過節都看不到？

「你父親再三分辯，說姪婿父母九房，只此一子，決不容許單身上路，又恐敵人伺機下手，一套強詞敷衍。我也懶得答理。因多年未見姪女，又配的是書香之後，峨嵋名劍仙的門下，極欲前來探望。又因你父親再三懇託，請我無論如何都得幫忙，最好先去成都尋見醉師叔，婉陳詳情，請他前來。又說醉師叔如何鍾愛姪婿，決不至於見怪等語。我看他可憐，因他還受了掌傷，須得將養半年，才免殘廢。我將他託付了我的好友，便往成都碧筠庵去，見著醉師叔門下松、鶴二道童，才知慈雲寺已破，醉師叔雲遊在外。那裡原來是別院，說不定何時回來，回來便要帶了松、鶴二童同往峨嵋。

「我將來意說了。一想慈雲寺瓦解，這裡只有閔小棠、王珊珊兩淫賊，估量我能力還能發付。等了兩三天，又去問過幾次，果不出我之所料。這後一次，醉師叔竟然回來又走去。聽松、鶴二道童說，醉師叔聽了這裡的事，只笑了笑道：『你周師弟畢竟是富貴人家子弟，連門都懶得出，還學什麼道？你傳話給張三姑，叫她回去，說你師弟雖然今生尚有凶險，只是若做富貴中人，壽數卻大著呢。凡事有數，窮極則通，久而自了。』松、鶴二童關心同門，把詳情對我說了。我一聞此言，只路遇熟人，給你父親帶了個口信，便趕到此地。

「日裡住在黔靈山水簾洞內，夜裡連去你二伯父家探了數次。本想能下手時，便給你家除去大害，再來看望你夫婦。誰知到了那裡一看，閔、王兩淫惡還可對付，因為慈雲寺一破，一些奉派在外的餘黨連明帶暗，竟有十三四個能手在這裡。你二伯父迷戀王珊珊，任憑擺佈，做人傀儡，對外還替他們隱瞞，只說是他妻子娘家鄉下來了兩三個親戚，其實連他自己也不知來了多少人。如今鬧得以前下人全都打發，用的不是閔賊同黨，便是手下夥計。所幸他們至今還不知姪婿這面有了覺察。

「因避峨嵋耳目，準備先將家中現有金銀運往雲南大竹子山一個強盜的山寨中存放，然後再藉著你二伯家隱身，分赴外縣偷盜。末了再借公宴為由，用慢功暗算你全家死穴，你全家主要數十人，便於人不知鬼不覺中，陸續無疾而終。最後才除去你的二伯，王珊珊母子當然承襲你家這過百萬的家業，逐漸變賣現錢，再同往大竹子山去盤踞。你道狠也不狠？

「我見眾寡不敵，只得避去。想了想，非由姪婿親去將醉師叔請來，餘人不是對手。他們雖說預備緩做，但是事有變化，不可不防。我一人要顧全你全家，當然不成。若單顧你父母妻子，尚可勉為其難。意欲由姪婿親去，我明日便登門探親，搬到你家居住，以便照護。至於姪婿上路，只要不鋪張，異派劍仙雖然為惡，無故絕不願傷一無能之人。普通盜賊，我自能打發。天已不早，我去了。明早再來，助姪婿起程。」

說罷，將腳一頓，依舊一條紅影，穿窗而去。雲從夫婦慌忙拜送，已經不知去向。因聽張老四中途受傷，夫妻二人越加焦急，玉珍尤其傷心。因為三姑性情古怪，話不說完，不許人問，等到說完，已經走去，不曾問得詳細，好不懸念。知道事在緊急，雲從不去不行，又不敢將詳情告知父母，商量了一夜。

第二日天一亮，便叫進心腹書僮小三兒，吩咐他如有女客前來探望少太太，不必詳問，可直接請了進來。一面著玉珍暗中收拾一間臥室。自己還不放心，請完父母早安，便去門口迎候。不多一會，老處女無情火張三姑扮成一個中等人家婦女，攜了許多禮物，坐轎來到。雲從慌忙迎接進去，稟知父母。那轎夫早經開發囑咐，到了地頭，自去不提。

子敬夫妻鍾愛兒媳，聽說到了遠親，非常看重，由雲從母親和玉珍婆媳二人招待。雲從請罷了安，硬著頭皮，背人和子敬商量，說是在慈雲寺遭難時許下心願，如能逃活命，必往峨嵋山進香。回來侍奉父母，不敢遠離，沒有提起。連日得夢，神佛見怪，如再不去，必有災禍。

子敬雖是儒生，夫妻都虔誠信佛。無巧不巧，因為日間籌思雲從朝山之事，用心太過，晚間便作了一個怪夢。醒來對妻子說了，商量商量，神佛示兆，必能保佑雲從路上平安，還是准他前去。雲從聞知父母答應，便說自家擔個富名，這次出門，不宜鋪張，最好孤身上路，既表誠心，又免路上匪人覬覦。

子敬夫妻自是不肯。雲從又說自己練習劍術，據媳婦說，十來個通常人已到不了跟前。這些家人，不會武藝，要他隨去何用？當時稟明父母，悄悄喚了七八個家丁，在後院中各持木棍，和雲從交手。子敬夫妻見雲從拿著一根木棍當劍，縱躍如飛，將眾家人一一打倒，自是歡喜。雲從又各賞了一些銀子，吩咐對外不許張揚出去，說主人會武。子敬夫妻終嫌路上無人扶持，雲從力說無須，只帶了小三兒一人。又重重託了張三姑照看父母妻子，然後拜別父母起身，循著貴蜀驛道上路。因為想歷練江湖，走到傍晚入店，便打發了轎子，步行前進。

走了有四五天，俱不曾有事。最後一日，行至川滇桂交界，走迷了路，誤入萬山叢裡。想往回走，應往西北，又誤入東南，越走越錯。眼看落日啣山，四圍亂山雜沓，到處都是叢林密莽，蔽日參天，薄暮時分，猿啼虎嘯，怪聲時起。休說小三兒膽戰心驚，雲從雖然學了一些武藝，這種地惡山險的局面，也是從未見過，也未免有些膽怯。主僕二人一個拔劍在手，一個削了一根樹枝，拿著壯膽，在亂山叢裡，像凍蠅鑽窗般亂撞，走不出去。頭上天色，卻越發黑了起來。又是月初頭上，沒有月色，四外陰森森的，風吹草動，也自心驚。

又走了一會，雲從還不怎麼，小三兒已坐倒在地，直喊周身疼痛，沒法再走。幸得路上小三兒貪著一個打尖之處，臘肉比別處好吃，買了有一大塊，又買了許多鍋盔（川貴間一種麵食），當晚吃食，還不致發生問題。雲從覺著腹餓，便拿出來，與小三兒分吃。小三兒直喊口渴心煩，不能下嚥，想喝一點山泉，自己行走不動，又不便請主人去尋找，痛苦萬分。

雲從摸他頭上火熱，周身也是滾燙，知已勞累成病，好不焦急。自己又因吃些乾鹹之物，十分口渴。便和小三兒商量，要去尋水來喝。小三兒道：「小人也是口渴得要死，一則不敢勞動少老爺，二則又不放心一人前去，同去又走不動，正為難呢！」

雲從道：「說起來都是太老爺給我添你這一個累贅。我這幾個月練武學劍，著實不似從先。起初還不覺得，這幾日一上路，才覺出要沒有你，我每日要多走不少的路。走這半天，我並不累。今天憑我腳程，就往錯路走，也不怕出不了山去。你如是不害怕，你只在這裡不要亂走，我自到前面去尋溪澗，與你解渴。」這時小三兒已燒得口中發火，支持不住，也不暇再計別的，把頭點了一點。

雲從一手提劍，由包裹中取了取水的瓶兒，又囑咐了小三兒兩句，藉著稀微星光，試探著朝前走去。且喜走出去沒有多遠，便聽泉聲聒耳。轉過一個崖角，見前面峭壁上掛下一條白光。行離峭壁還有丈許，便覺雨絲微漾，直撲臉上，涼氣逼人，知是一條小瀑。

正恐近前接水，會弄濕衣履，猛看腳下不遠，光彩閃動，潺湲之聲，響成一片。定睛一看，細瀑降落之處，正是一個小潭。幸得適才不曾冒昧前進，這黑暗中，如不留神，豈不跌入潭裡？水泉既得，好不欣喜，便將劍尖拄地，沿著劍上照出來的亮光，辨路下潭。自己先喝了幾口，果然入口甘涼震齒。灌滿一瓶，忙即回身，照著來路轉去。

這條路尚不甚難走，轉過崖角，便是平路，適才走過，更為放心大膽。如飛跑到原處一看，行囊都在，小三兒卻不知去向。雲從先恐他口渴太甚，又往別處尋水，他身體困乏，莫非倒在哪裡？接連喊了兩聲，不見答應，心中大驚。只得放下水瓶，邊走邊喊，把四外附近找了個遍，依然不見蹤影。

天又要變，黑得怕人，連星光通沒一點。一會又颳起風來，樹聲如同潮湧，大有山雨欲來之勢。雲從恐怕包裹被風吹去，取來背在身上，在黑暗狂風中，高一腳低一腳地亂喊亂走。風力甚勁，迎著風，張口便透不過氣來。背風喊時，又被風聲擾亂。且喜那柄霜鐔劍，天色越暗，劍上光芒也越加明亮。雲從喊了一陣，知是徒勞，只得憑藉劍上二三尺來長一條光華，在風中掙扎尋找。不知怎的一來，又把路徑迷失，越走越不對。

因在春天，西南天氣暖和，雲從雖只一個不大的隨身包裹，但是裡面有二三百兩散碎銀子，外加主僕二人一個裝被褥和雜件的大行囊，也著實有些分量。似這般險峻山路，走了一夜，就算雲從學了劍訣，神力大增，在這憂急驚恐的當兒，帶著這些累贅的東西，一夜不曾休息，末後走到一個避風之所，已勞累得四肢疲軟，不能再走。

暗想：「黃昏時分，曾聽許多怪聲，又刮那樣大風，小三兒有病之身，就不被怪物猛獸拖去，也必墜落山澗，身為異物。」只是不知一個實際，還不死心，準備挨到天明，再去尋他蹤跡。

此時迷了路徑，劍光所指，數尺以外，不能辨物，且歇息歇息，再作計較。便放下行囊，坐在上面，又累又急，環境又那麼可怕，哪敢絲毫閤眼。只一手執緊霜鐔劍柄，隨時留神，觀察動靜。山深夜黑，風狂路險，黑影中時時覺有怪物撲來。似這樣草木皆兵的，把一個奇險的後半夜度去。

漸漸東方微明，有魚肚色現出，風勢也略小了些，才覺得身上奇冷。用手一摸，業已被雲霧之氣浸濕，冷得直打寒噤。雲從先不顧別的，起立定睛辨認四外景物。這一看，差一點嚇得亡魂皆冒。

原來他立身之處，是塊丈許方圓的平石，孤伸出萬丈深潭之上，上倚危崖，下臨絕壑。一面是峭壁，那三面都是如朵雲凌空，不著邊際。只右方有一尖角，寬才尺許，近尖處與右崖相隔甚近。兩面中斷處，也有不到二尺空際，似續若斷。因有峭壁攔住風勢，所以那裡無風。除這尺許突尖外，與環峰相隔最近的也有丈許，遠的數十百丈之遙。往下一看，潭上白雲滃莽，被風一吹，如同波濤起伏，看不見底，只聽泉聲奔騰澎湃。

第十三章　舉步失淵

雲從立腳之處最高，見低處峰巒僅露出一些峰尖，如同許多島嶼，在雲海中出沒。有時風勢略大，便覺這塊大石搖搖欲墜，似欲離峰飛去，不由目眩心搖，神昏膽戰。哪敢久停，忙著攏了行囊包裹，走近石的左側。一夜憂勞，初經絕險，平時在家習武，一縱便是兩三丈的本領，竟會被這不到兩尺寬，跬步可即的鴻溝嚇住，一絲也不敢大意。離對崖邊還有兩三尺，便即止步，將劍還匣，先將行囊用力拋了過去，然後又將小包裹丟過，這才試探著往前又走了兩三步，然後縱身而過，脫離危境。

雲從驚魂乍定，才往崖邊又看了一看。暗想：「昨晚拿劍觸地，一路亂走，都是實地。曾記有一空隙，劍光照見是一條尺多寬的溝，只顧隨便跨了過去，恰好走的正是離對面大石極近之處。當時若非勞累已極，不能再走時，稍一多走兩步，便墜入萬丈深潭，怕不粉身碎骨？」想到這裡，又急出了一身冷汗，覺出有點頭暈，不敢再看。

待去尋小三兒時，不知路徑應如何走法。高喊了幾聲，不見答應。默想昨晚來路，以為再往前越走越遠，便回頭覓路。且喜這條來路，倒甚平坦，只是路甚曲折，樹木也不甚多，還是且走且喊。走來走去，忽見前面兩邊危崖壁立，出口路分左右，時聞一股幽香，隨風襲人。

站定想了想，想出該往右崖轉走。這崖左半伸出路側，右半卻是凹縮進去。雲從剛剛往崖右轉過，便見滿山滿崖，俱是奇花老松，紅紫芳菲，蒼翠欲流。對崖一片大平坡，萬千株梅花，雜生於廣原豐草之間。花城如雪，錦障霏香，時有鳴禽翠羽啁啾飛翔。崖上飛瀑流泉，匯成小溪，白石如英，清可見底。溪水潺湲，與泉響松濤交應，頓覺悅耳爽心，精神一振。若非關心小三兒憂危，幾乎流連不忍遽去。

沿溪行完崖徑，轉入一個山環，走到一個峭壁底下。這山谷裡面，陂陀起伏，豐草沒脛，山勢非常險惡。有松梅之屬，雜生崖隙，比起來路景物，清華幽麗，相去何止天淵。雲從一路喊一路走，還不時回望梅林景致。

正行之間，猛聽頭上面鼻息咻咻。抬頭一看，離頭三四尺高處盤石上面，正爬伏一個吊睛白額大虎，渾身黃繡，彩色斑斕，瞪著一雙金光四射黃眼，看看雲從，張開大嘴發威。雲從幾曾見過這個，嚇得哪敢再看第二眼，拔步便跑。逃出有半箭之地，忽聽那虎在後面一聲狂嘯，登時山鳴谷應，腥風大作，四外豐草如波浪一般，滾滾起伏。定睛一看，怕沒有百十條大虎，由草叢中跑了出來。

雲從匆忙逃走，包裹行囊，竟會忘了卸下，跑起來十分累贅。等到想起卸下，那些大虎已分四方八面包圍上來。雲從心膽皆裂，眼看無路可逃，猛地靈機一動，暗想：「死生有命，自己雖不比劍俠一流，據妻子玉珍說，因為師父劍訣是峨嵋真傳，數月工夫，通常數十人休想近前。尤其這一口霜鐔劍，吹毛過鐵。枉自學了本領，何不拚他一拚？」想到這裡，不等那虎近前，先將寶劍舞起。

那劍映著日光，分外顯得青光閃閃，晶瑩生輝。那些虎群本已近前，作勢待撲，見了這般景象，想是知道厲害，那頭一條大虎吼了兩聲，首先旋轉身軀退去。其餘眾虎，也都分別竄入豐草之中，轉眼沒了蹤影。

雲從知是師父寶劍之力，膽氣為之一壯。這時才覺腹中饑餓，因為所剩食物不多，不知今日能否出山上路，又怕尋著小三兒沒有吃的，忍著腹饑，背了行囊前進。滿想小三兒如果未死，只須尋著昨晚瀑布之所，便可跟蹤尋覓。誰知直走到午牌時分，雲從心急如焚，施展輕身功夫，且跑且喊，也不知翻了多少崇山峻嶺，登高四望，慢說小三兒，連那昨日黃昏分時所見的景致，都看不到。被他四路亂跑，越走越遠。

走到午後，周身疲乏，飢火中燒。沒奈何，將昨日所剩的吃食取出一看，還剩有七個鍋盔，斤許臘肉，各吃了一小半，略解肚饑。喝了一些山泉，歇息了一會，太陽業已啣山。知道不特小三兒尋找不著，今晚恐怕也難走出山去，不得不預為準備，只好掙扎上路。這次兩俱絕望，且先尋了落腳住處再說。

走不多遠，便見山崖旁有一石洞，入內一看，洞裡倒甚乾淨，便將被褥打開鋪好。進洞時已近黃昏，往附近高處觀望，還作那萬一之想。觀望了一會，仍是毫無徵兆。下山時節，猛見道旁樹林內一條黑影一閃。雲從驚弓之鳥，連忙舉劍準備。定睛看時，一隻蒼背金髮、似猿非猿的東西，如飛從林中躥出，疾若飄風，轉眼間縱到對面峰後去了。

雲從因牠不來侵犯，只受了點虛驚，準備回洞安歇。猛覺腳底下踏著一樣軟綿綿的東西，低頭一看，正是小三兒穿的一件外衣，不知被什麼東西撕破，上面留有血跡爪印，腥氣撲鼻。適才又見那許多大虎，知他準死無疑。想起自幼相隨，這次跋涉長路，辛苦服侍，何等忠心。悔不該不由官道坐轎馬走，害他葬身虎口，不禁痛哭起來。

讀書人畢竟有些酸氣，他見小三兒死去，只剩一件血衣，沒有屍骨，便想用劍掘土埋了，當作墳墓。那劍何等鋒銳，觸石如粉，不消一會，便埋了血衣。雲從又用劍在山石上劃了「義僕小三衣塚」六個大字。

一切做完，已是夕陽落山，暝色向暮，不敢再像昨日莽撞夜行，獨個兒空山弔影，踽踽涼涼，回到洞中坐定。才想起這裡野獸甚多，此洞焉知不是牠們巢穴，少時睡著，前來侵害，如何是好，再走勢又不能，而且哪裡都不是安樂之地。籌算了一會，又往洞外去搬了許多大小石塊，當洞門堆了兩個石堆，擺放一前一後，特意做得不牢固，一碰便倒，以便夜中聞聲驚覺。將石堆好，委實力盡精疲，再也不能動轉。因為連日連夜辛勞，身一落地，便睡得如死了過去一般。

一夢非常酣適，忽覺有東西刺眼，醒來一看，早晨陽光，正斜射到臉上，洞門口石堆還是好好的。暗想：「自己昨晚竟睡得這樣香法，且喜沒有出事。」覺著腹中饑餓，且先不管它。略揉了揉眼睛，伸了伸懶腰，手提著劍走出洞去一看，洞門挨近處，竟伏了一地的斑斕大虎。

這一驚非同小可，連忙舉劍縱身時，見那些虎都不怎動彈。留神一看，滿地都是血跡，心肝五臟灑了一地，那些虎個個腦裂腸流，傷處都在腦背兩處。雖然死去，卻都是爬伏在地，沒有倒臥的，虎目圓睜，威猛如生。那虎何等凶惡，尚且死了這些，那殺虎東西，必定比虎還要厲害十倍。昨晚迭經猛虎怪獸之險，自己竟絲毫不覺，安然度過，不由越想越怕。知道這裡不是善地，連東西都不顧得吃，回洞取了隨身包裹，算計小三兒決無生理，擇那輕便得用之物帶了，餘者連行囊都不要，省得上路累贅。二次出洞。

忽見洞口遺有一個提籃，籃裡盡是些松榛杏子同許多不知名的山果，好似採摘未久，有的還帶著綠葉。算計是販賣果子的小販，山行至此，為虎所傷，遺留在此。昨晚自己入洞時天色向晚，不曾發現。自己正愁食物只夠一頓，心中焦急，這滿滿一提籃，也可敷三四日之用。左右無主之物，便用手提了，繞過那群死虎，死心塌地，專打出山主意。

先以為此地既有小販來往，必離山外不遠。誰知一路攀籐附葛，縋澗穿壑，也不知受了多少辛苦顛連，行到日落，依然只見岡嶺起伏，綿亙不斷，不知哪裡是出山捷徑。想起家中之事，著急也是無法。沒奈何，只得又去尋找山洞住宿。連遭驚險，長了閱歷，不敢再為大意，老早就籌備起來。

尋到山洞之後，相看好了地勢，先運兩塊大石到洞裡去，將地鋪打好。再出洞去搬運石塊，將洞口堆塞，只留一個尺許寬、三尺來長的孔隙，作為出入口。然後將餘剩的臘肉、鍋盔和那拾來的松榛山果，胡亂飽餐一頓。天將近黑，便即入洞，將兩塊大石疊做一起，連那僅可容人的孔隙，一併填沒。因時光還早，事到如今，惟有一切聽天由命，不再憂急。睡了一會睡不著，便起來做了陣功課，才行就臥。

第二日倒沒什麼異處，仍舊認定一條準方向往前走，不管是什麼地方，出山就有了辦法。就這樣在萬山之中辛苦跋涉了十多日。最後一天，登高四望，才見遠處好似有了村落，還隔有好幾個山嶺。知道自練劍訣以來，連日山行經驗，目力大增，至少還得走一兩天，才能走到那所在去。總算有了指望，心裡稍微安慰一些。自己離家日久，決計一到有人煙地方，問明路徑，便僱車船，兼程往成都進發，以便早日請了師父同回，免得父母妻子懸念。

一看提籃中山果，還足敷三數日之用，不由想起自打那日拾這提籃，第二日便斷了糧，這十多日山行，全仗它充飢，怎麼老不見少，還是這麼多？若說命不該絕，神靈默佑，怎又不見形跡？這晚因見路旁有適宜的地方，老早便歇了下來。閒中無事，將那些山果一一數過，再行飽吃了一頓，看看明日還有那麼多沒有。第二日早起一看，籃中山果竟少去十分之二。走到下午，又吃了一頓，簡直去了一少半。並不似往日，天天吃，天天都是那麼多。

雲從好生後悔，想道：「不該數它，破了玄機，行糧再有二日，便要斷絕。一路上雖然見有不少野生果樹，彼時因攜帶不便，籃中之果又甚多，趕路心急，不曾留意摘取。末後這兩日，夾道松篁，並無果樹，須要早些趕出山去才好。」想到這裡，越發不敢怠慢，努力前行。

且喜行到第二日午牌時分，已望見遠處山腳附近人家水田，有了村落，心中大喜。決計趁今日傍晚時分，趕出山去。沿途又經了許多艱險難行之路，直到日色偏西，才走到盡頭一看，是一座大峭壁，離下面還有百十丈高下。繞行了許多路，有的還隔著深潭大壑，壁立聳拔，四無攀援。眼看下面就是村落，只是無法下去。

乾著了一會子急。末後看到一處離地較低，長著許多藤蔓，上面叢刺橫生。雲從情急無奈，揀那粗的拉起，用劍將刺削去，以便把握，用力試試，倒還堅韌。將十來丈的大籐接好了兩三大盤，先尋大石掛住，放下崖去，將劍插在背後包裹上面繫牢，然後兩手摸籐，倒換手往下縋落。

崖底附近人家，先見這亙古無人的高崖上面有人來往，非常詫異。村人聞聲驚動，群出圍觀。雲從一時心急，竟有一盤刺未削盡，下到半崖，手上已被籐刺扎傷了好多處，覺得非常麻痛，其勢欲罷不能，只得奮勇咬牙下落。眼看離地還有兩丈多高，兩手一陣腫痛酸麻，再也支持不住，手一鬆，墜落下去。幸得練過輕身功夫，連日山行，長了不少勇氣閱歷，又在生死關頭，疼痛迷惘中，將氣一提，一個蜻蜓點水架勢，兩腳著地。那些村人見雲從從兩丈多高失手墜落，都代他心驚，以為即使不死，必帶重傷。見落地無恙，不由轟雷也似地喝了一個大彩，紛紛上前相問。

這時雲從兩手已腫起一兩寸高，疼脹得連話都說不出來。眾人中有一個姓姚的老年人，在本村算是首富，早年也曾進過學，因為性子倔強，革了衣領，隱居在此，已有三十多年，人極好善。見雲從穿著雖不甚華貴，形容舉止都是衣冠中人，便排眾上前，對雲從道：「這北斗巖是此間天生屏障，從沒有生人來往，尊兄怎得到此？」說時，見雲從牙關緊咬，面色難看，一眼又看到雲從的手上，說道：「這位尊兄中了毒刺，難怪不能言語。快著兩人來扶他到我家去想法醫治吧。」說罷，便有兩個壯漢，一人一邊，將雲從架住。

雲從幾次想要說話，都覺口噤難開，周身發冷，手痛又到了極處，連謙謝都不能謙謝，只苦笑著，點了點頭，任那兩人扶起就走。到了姚家老者家中，已是面如金紙，失了知覺。幸得主人好善，村中又有解毒籐刺傷的藥，先與他將毒刺一一用針挑出，敷上解藥，日夕灌飲米湯。不消二日，毒是解了，只是一連十多日在山中飽受的驚險勞乏，風寒濕熱，一齊發作，重又病倒。醫了兩日，問起地名，叫做萬松山，有數百里的絕緣嶺，盡頭已入雲南腹地。四周山巒雜沓，僅有一條八百里山徑小道，可通昆明省城。如要入川，須由此路到昆明附近大板橋，再僱舟車上路。

雲從心憂禍患，惦記著父母妻子，便將自己迷路事向主人說了。只隱瞞了家中現有隱患一節，說自己有大事在身，出門已有多日，急於入川尋人，決計帶病上路，請主人設法，覓一代步。姚老者因他病勢沉重，時發時癒，疾發時便不知人事，勉強又留住兩日。

雲從病中也勉強用功，連出過兩回透汗，覺著好些，再三謝別要走。姚老者勸他不住，只得好人做到底，派了兩個老成可靠佃戶，用山兜抬著他走。姚老者是個富家，救命之恩無法答謝，只得口頭上謝了又謝，問明了姚老者住址，同他兩個兒子名字，記在心裡，準備將來得便報恩。姚老者又帶了兒子親送了一程，才行作別回去。

那兩個佃戶極為誠實，久慣山居，行走甚速。雲從有時昏迷，全仗他二人照料。不時把些銀錢與他，愈加感激賣力，雖是病中行路，卻比山行還覺舒適。

一路無話。這日走離大板橋還有二十里路，離省城也只有二十八里，地名叫做二十八溝。雲從一行三人到了店中打尖，覺著病已好了十分之四，心中甚喜。剛剛擺好酒飯未及食用，忽聽人聲鼎沸，鬧成一片。雲從喜事，走到店門前一看，隔壁也是一家飲食鋪子，門前有一株黃桷樹，樹上綁著一個黑矮漢子，相貌奇醜。兩個店夥嘴裡亂罵，拿著籐鞭木棍，雨點般沒頭沒臉地朝那醜漢打去。那醜漢低著頭任人打，通沒作理會，也不告一聲饒。

雲從看著奇怪，忙喊跟來佃戶前去打聽。店小二從旁插口道：「客官不要多事。這是本鎮上有名賴鐵牛，前年才到此，也不知哪裡來的。想是爹娘沒德，生下他，一無所能，有氣力又不去賣，只住在山裡打野獸吃。打不著沒有吃的，就滿處惹厭，搶人東西。如今官府太惡，事情小，不值得和他經官。他每次來攪鬧一次，人家就將他痛打一頓。他生就牛皮，也不怕打。每次搶東西吃了，自知理短，也不還手，只吃他的，吃完了任人綁在樹上毒打。打夠了，抖手一走，誰也追他不上。

「他曾到小店中搶過幾次，我們老掌櫃不叫打他；別人打他，還勸說。後來他也就不來搶了。隔壁這家，原本也小氣一些，一見必打。他也專門搶他，搶時總是跳進店堂，或搶一個臘豬腿，再不就整塊熟肉，邊吃邊走。你打他，雖不還手，如果想奪回他搶去的東西，二三十人也近不了前。隔壁這家恨他入骨，可是除了臭打一頓，有什麼法子？打夠了的時候，他自會走的。客官外方人，不犯招惹這種濫人，由他去吧！」

說到這裡，忽見隔壁出來一個面生橫肉的大胖子，手中拿著一個燒得通紅的大火鉗，連跑帶罵道：「你這不知死的賴鐵牛！平常十天半月專門攪我，今天也會中了老子的圈套，且教你嘗嘗厲害。」那醜漢見火鉗到來，也自著急，想要掙脫綁繩，不料這次竟然不靈，把一株黃桷樹搖晃得樹葉紛飛，呼呼作聲，眼看那火鉗要烙到那醜漢臂上。雲從早就想上前解勸，一看不好，一著急，一個旱地拔蔥，縱將過去，喊聲：「且慢！」已將那胖子的手托住。

那胖子忽見空中縱下一個佩劍少年，嚇了一跳，凶橫之氣，不由減去大半，口中仍自喝問道：「客人休要管我閒帳！這賴鐵牛不知攪了我多少生意，他又不怕打。今番好容易用了麻漬和牛筋絞了繩子，用水浸透，將他綑住，才未跑脫，好歹須給他一些苦吃才罷。」

雲從道：「青天白日，斷沒有見死不救，任人行兇之理。你且放了他，他吃你多少錢，由我奉還如何？」

那胖子聞言，上下打量雲從兩眼，獰笑一聲道：「我們都不是三歲兩歲，說話要算數，莫待他跑了，你卻不認帳。」說罷，便吩咐兩個店夥停打解綁。那綁繩本來結實，又經水泡過，發了脹，被矮漢用力一掙，扣子全都結緊，休想解開。那醜漢仍掙他的，口中罵不絕口，直喊：「好人休要多事，我不怕他。」那胖子見他罵人，搶了鞭子，又上去打。

雲從方要解勸，說時遲，那時快，耳聽卡嚓卡嚓連聲大響，塵土飛揚，觀眾紛紛逃竄，一株尺許粗細的黃桷樹，被那醜漢連根拔斷，連人帶樹朝胖子撲去。一個用得力猛，手又倒綁樹身，樹根斷處，還有尺許，帶著許多根株，焉能行走。還未搶走兩步，早已連樹帶人，撲倒在地。

那胖子早知不好，三腳兩步跑進店去，搶了一把廚刀，奔將出來。雲從一見，想起身佩寶劍，未容胖子近前，拔劍出匣，日影下青光閃處，綁繩迎刃而解。醜漢將身一搖，背上斷樹連枝帶葉，倒在一邊。同時胖子也提刀趕到，口中大喊：「我這條命與你們拚了！」說時，提刀便砍。雲從見勢不佳，迎上去將劍輕輕一撩，廚刀連柄削斷。胖子見雲從的劍晶光耀眼，寒氣逼人，高喊：「強盜殺人了，地方快來！」說著，掉頭就跑。那醜漢也要追去，卻被雲從橫身上前攔住。

醜漢急得直跳道：「好人放手，我力氣大，休跌了你。因他上月罵我死去的娘，我想起原是怪我不該強拿他東西，這兩回都只尋別人要，並沒尋他。今天我到村裡討些鹽回來煮菜吃，已走過他的門口，是他著人追上我，說他店裡新煮肥臘肉，問我要不要？我說你只要不罵我娘就要，他滿口答應。給肉我吃了，才說要打我，看看到底我有多大本領。一來事前沒有講吃了不打，二來這些日身上癢蘇蘇的，只得憑他。他卻使巧法，用他水泡過的牢瘟繩子綑我，使我打夠了，掙不脫，才用火來燒，我豈能饒他？」說著，便想繞道追過去。他雖然天生神力，怎奈雲從身法靈活，他又不願將雲從撞跌，只是著急。

雲從暗想：「小三兒已死，這人如此誠厚多力，我不久便是世外之人，講什麼身分？何不與他結交，也好做暫時一條膀臂。」便誑他道：「你休得倔強，不聽我勸，打死人要償命的。你死了，何人管你死去的娘？陰靈也不得安。若就此丟手，我情願與你交朋友，管你一世吃喝穿用。你看如何？」

那醜漢聞言，低頭想了想，說道：「你說得對。我娘在時，原說我手重，如打死人，她沒得靠的，便要尋死。如今她死了，人還在土窟窿裡睡著。山上野兔野豬多，莫不鬧得沒人管。還是信我娘的話，吃了點虧，算了吧。只是我還從沒遇過你這樣的好人。話可說在前頭，你管我吃，我可吃得多。你要嫌我時，打我行，一不許你罵我娘，二不許如那胖豬一般，用火燒我。」

雲從見他一片天真，言不忘母，好生喜歡。因為那胖子已去喊了地方和一夥持棍棒的人來到，猛想起昆明還有兩個親友世家，心中一寬。忙對醜漢道：「你說的話，我件件依從，連打都不打你。你現在可不許動，由我分派。」說罷將劍還匣，迎了上去。

這兩個跟來的佃農見雲從亮劍，以為要出人命，嚇得躲在一邊，這時聽明雲從意思，才放心走攏。未及說話，一眼看見那兩個地方盡是熟人，心中大喜，不等雲從吩咐，早搶先迎了上去，那正地保早先本是那佃農同鄉，受過姚老者大恩。一聽佃農說起經過，雲從又是位舉人老爺，姚老者的上賓，心下有了偏向，早派了那胖子一頓不是。

那胖子不服道：「我雖用巧打他，也是他禍害得我太厲害。就拿今天這株黃桷樹說，還是我爺爺在時所種，少說也值五六錢銀子，如今被他折斷，難道憑你一說，就算完了？」

雲從笑道：「你先不用急，樹已折了，沒法復活。連他吃你的臘肉一起，算一兩銀子給你，準可完了吧？」

胖子還待不依，地方發話道：「你這人也太不知足。這位老爺不和你計較，只說好的，給你銀子，世上哪裡去找這樣勸架的人？賴鐵牛誰不知他渾身不值三個錢，莫非你咬他兩口？再不依，經官問你擅用私刑打人，教你招架不起。」

胖子見地方著惱，又經旁人說好說歹，才接了銀子要走。地方又拉住道：「你可記住，銀子是舉人老爺買價，那黃桷樹須不是你的，當面講好，省得人走了，又賴。」

胖子見地方想要那樹，又不服起來。還是雲從勸解，樹仍舊歸他，另賞了地方一兩銀子，才行了帳。地方謝了又謝。眾人都說，畢竟當老爺的大方，一出手，就講銀子。那賴鐵牛不知交了什麼好運，免了火燒，還跟老爺走，正不知有多少享受呢。紛紛議論，不提。

雲從再尋醜漢，他獨自一個人坐在斷樹身上，瞪著眼正望著前面呢。雲從喚他近前，同進店中。病後用了些力，覺著有些頭暈，當時也未在意。先命醜漢飽餐一頓。問起他的姓名家鄉，才知姓商，並不姓賴，乳名風子，本是烏龍山中山村的人。他母親做閨女時，入山採野菜，一去三年，回來竟有了身孕。家中本有一個老母，想女身死。鄰舍見她不夫而孕，全不理她。好容易受盡熬煎，又隔了一年零八個月，生下風子。

三四歲上，便長得十來歲人一般。加以力大無窮，未滿十歲，便能追擒虎豹，手掠飛鳥。人若惹翻了他，捱著就是半死。幸是天生至孝，只要是母命，什麼虧都吃，什麼氣都受。眾人畏他力大，不敢再欺凌他母子。及見他娘並不護短，又見他力大無窮，想法子支使磨折，不當人待。他原是塊渾金璞玉，心中何嘗不知眾人可惡，礙著母命，仍是埋頭任人作踐。有時問他母親：「怎麼人都說我無父，是個畜生，什麼緣故？」他母親一聽就哭，嚇得他也不敢再問，自始至終只從母姓。

後來他母親實受眾人欺負不了，才由他背了，到天蠶嶺東山腳下居住。母子二人，都不懂交易。先時他打來的野獸皮肉，都被眾人誆要了去，所以自始至終，不知拿野獸換錢。那村的人雖不似先時村人可惡，也利用他不肯明說，眾人給他打了一條鐵鐧，叫他去打野獸。打了來，拿點破衣粗鹽。日用不值錢的東西和他換。有時他母子也留些自用。

他母終究受苦不過，得病將死，急得他到處求人。他又沒錢，打聽是醫生，就強背回去醫治，始終也未治好。死時說：「你爺是熊……」一句話未完，便即嚥了氣。因死前說過那村也沒有好人，娘死了，可將娘葬在遠處，也休和他們住在一處等語，自己用斧子斫了幾根大木，削成尺許厚的木板，照往時所見棺材的樣，做了一口大材。盛殮好了屍首，將鐵鐧及一切應用的東西綁在材上，也不找人相助，兩手托著材底，便往山裡跑。由嶺東直到嶺西，走了兩天，好容易才尋著一個野獸窟穴，將野獸一齊打死，就穴將材埋葬。

每日三餐，邊吃邊哭，邊喊著娘。因為先時披著獸皮打獵嚇傷過人，守著死母的誡，一到沒有吃的，出山強討，總是穿著那件舊衣，不圍獸皮。他也能吃，也能餓，知人嫌他，不到萬般無奈，從不出山。近兩月天蠶嶺野獸稀少，所以才時時出山強討，不想遇見雲從。吃完之後，見雲從仍和先時一樣，只和他溫言問答，喜得不知如何是好。

雲從問完他話，那兩個佃戶也和地方敘了闊別進來，鄉下人老實，也沒管閒事。一行四人，同著起身，到了大板橋，又給商風子買了衣服。因為適才耽誤，天已不早，須得明早上路。那兩個佃戶又說家中有事，要告辭回去。雲從給每人二兩銀子，打發走了。不時覺著身上不舒服。商風子也說要走，雲從問他為何，他說要回去看娘。雲從才把「人死不能復生，人生須要做一番事業，你縱守廬墓一生，濟得甚事？」種種道理，婉言告訴。

商風子恍然大悟，只是執意還要回去跟娘說聲，請雲從先走，只要說了去路，自會追上。雲從不便再攔他孝思，又恐他憨憨呆呆，明日追迷了路。心想：「反正今日不能起身，即或回不來，明早打他那裡動身，再僱車馬，也不妨事。自己又不是沒有在山中宿過，何不隨他同去看看？」當下便問路的遠近。風子道：「並沒多遠，我一天走過十來個來回，還有耽擱呢。」

雲從便說要和他同去。風子聞言大喜。雲從存心和他結交，命他不要滿口好人，要以兄弟相稱。當下算完店帳，由風子買了些吃食，拿了雲從包裹，一同前走。

走到無人之處，雲從想試試他腳程，吩咐快走。風子道：「哥哥你趕得上嗎？」雲從說是無妨。風子笑了笑，如飛往前跑去。雲從到底練習輕身法不久，又在病後，哪當他生具異稟，穿山如飛，勉強走了一二十里路，休說追上，還覺有些支持不住。風子也跑了回來道：「我說哥哥追不上呢！」雲從稱讚了他兩句，一同將腳步放慢。

又走了二十多里，雲從見山勢越發險惡，夕陽照在山背後，天暗暗的，十分難看，便問還有多遠。風子道：「再轉一個山環就到了。」二人邊走邊說，快要到達。行過一個谷口，風子因洞中黑暗，想搶在前面，去把火點起來。剛前走沒多遠，忽聽雲從在後喊道：「你看這是什麼？」風子聞聲，回頭見赤暗暗一條彩霧，正往谷裡似飛雲一般捲退回去。雲從晃了兩晃，直喊頭暈，等到風子近前，業已暈倒。

風子連問：「哥哥是怎麼了？」雲從只用手指著心口同前邊，不能出聲。風子大驚，便把雲從捧起，跑回山洞，放在鋪上。第二天還能言語，說是昨天走過谷口，看見谷裡飛也似地捲出一條彩霧，還未近前，便聞見一股子奇腥，暈倒在地，如今四肢綿軟，心頭作惡等語。說到這裡，便不省人事。由此雲從鎮日昏迷，風子又不知延醫，直到遇見笑和尚、尉遲火，才行救轉。

笑和尚一聽雲從是醉道人新收弟子，便將自己來歷說了。雲從聞言，越發心喜，忙即改了師兄稱謂。又說起家中隱患及自己出來日久之事，不覺泣下。

笑和尚道：「師弟休要傷心，既遇我和尉遲師弟，便不妨事。你病後還得將養數日，由我傳你運氣化行之法，才能完全復原。醉師叔終日在外雲遊，你行路遲緩，去了還不一定便能相遇。他既知你家中有這種隱患，慢說是自己得意門人，就是外人，異派餘孽如此猖狂，也決不袖手。他原見你資質雖好，卻出身膏粱富厚之家，恐你入門不慣辛苦，特地示意，命你親去受些磨折，試試你心地專誠與否。現在已然連遭大難奇險，終未變卻初志，即此一樁，已蒙鑑許，恐怕不俟你趕到成都，你家之事已了。

「為萬全計，我二人俱能御劍飛行，往返成都也不過一日。可由一人先去，如見醉師叔未去你家，可代你呈明中途迷路遭險，養病荒山之事，必蒙憐憫垂援。你這事看似重大，其實倒無關緊要。反是適才見那谷口妖氣籠罩，你又在那附近中過毒，裡面必有成形的妖魔之類潛伏，看神氣離成氣候已是不遠。我二人奉命出外積修外功，難得遇見這種無形大害，萬不能不管，正好趁牠將發未發之際除去，以免後患。不然牠一出世，左近數百里內生靈無噍類了。」

雲從自然是惟笑和尚之馬首是瞻，不住伏枕叩謝。當時議定，由尉遲火去成都，就便尋同門師兄，要些銀子路上使用，由笑和尚看護雲從。吃粥之後，互談了些往事。商風子先見尉遲火一道光華，破空飛行，又聽笑和尚說了許多異跡，忽然福至心靈，懇求笑和尚教他本領。笑和尚道：「我哪配收徒弟，你如有心，且待事完之後，以你這種天性資質，不患無人收錄。且待明日尉遲師弟回來，除妖之後再說。」

當晚三更時分，笑和尚跑到洞外先觀看那妖物的動靜。商風子也要跟了前去。笑和尚又給雲從服了一粒丹藥，吩咐睡下，才同風子出洞。到了高處，商風子見谷裡黑沉沉沒有什麼跡象，便對笑和尚道：「笑師兄隔這麼遠，哪裡看得見，何不往前看去？」

笑和尚道：「你是肉眼，哪裡看得透。待到天色將明，便有把戲你看。這妖物我也斷不透牠的來歷，我在這裡都聞見腥味，定然其毒無比，慢說近前，無論什麼飛禽走獸，離牠二三丈以內，休想活命。怪不得白日裡，我笑不出野獸來。我本可遙祭飛劍將牠除去，只是還想趁牠未成氣候以前，看清是個什麼東西，長長見識。你且噤聲，少時自見分曉。如有舉動，你千萬不可上前，一切俱要聽我吩咐。」說罷，便尋了一塊石頭坐下。

又待了一會，不覺斗轉參橫，天將見曙。

第十四章　千年邪火

話說風子見仍無動靜，正想開口，笑和尚連忙用手點了他一下，風子便覺周身麻木，不能出聲。正在驚異，忽然聽遠遠傳來一種尖銳的怪聲，好似雲從在那裡喚他一般。再看笑和尚，蹤跡不見。心疑雲從出了什麼變故，想奔回洞中看視，怎奈手腳都不得轉動，空自著急。忽見谷內冒起拳頭大小兩串綠火，像正月裡耍流星似的，朝空交舞了一陣，倏地火龍歸洞似地依次收了回去。覺著有人摸了自己一下，不禁失口說了一聲：「這是什麼玩意？」同時手腳也能動轉。

惦記雲從，正想奔回洞去，猛覺有人將自己拉住，回頭一看，正是笑和尚。商風子剛想問笑和尚，使什麼法兒將自己制得不能動轉？笑和尚道：「真險真險！我稍疏虞一步，差點誤了你和周師弟的性命。現在天色已明，我們回洞再說吧。」

風子滿腹茫然，待要問時，笑和尚已邁步前行。回到洞中一看，雲從睡夢方酣，還未醒來。便問笑和尚道：「適才你往哪裡去了？我聽見我哥哥喊我，可有什麼事？」

笑和尚道：「那是妖怪的叫聲，哪裡是你哥哥喊你。日裡我見那谷中妖氣瀰漫，與尋常妖氣不同，便疑心可有特別凶毒怪物潛伏。我自幼從師，常聽師父說，在深山大澤之中行走，如聞異聲呼喚名字，千萬不可答應，否則氣機相感，必被牠尋聲追上，遭了毒手。又教給我許多鑑別妖物之法，因此知道厲害不過。我隨恩師到處斬妖除害，像谷裡那般狠毒的東西，連恩師也只知道來歷，沒有見過。

「這東西乃千百年老蠍與一種形體極大的火蜘蛛交合而生，名文蛛，卵子共有四百九十一顆。一落地，便鑽入土中。每聞一次雷聲，便入土一寸。約經三百六十五年，蟄伏之地還要窮幽極暗，天地淫毒濕熱之氣所聚，才能成形，身長一寸二分。先在地底互殘同類，每逢吃一個同類，也長一寸。並不限定身上何處，吃腳長腳，吃頭長頭。直到吃剩最後一個，氣候已成。再聽一回雷聲，往上升起一尺，直到出世為止，那時已能大能小。

「這東西雖是蛛蠍合種，形狀卻大同小異。體如蟾蜍，腹下滿生短足，並無尾巴。前後各有兩條長鉗，每條長鉗上，各排列著許多尺許長的倒鉤刺，上面發出綠光。尖嘴尖頭，眼射紅光，口中能噴火和五色彩霧。成了氣候以後，口中所噴彩霧，逐漸凝結，到處亂吐，散在地面，無論什麼人物鳥獸，沾上便死。牠只要將霧網一收，便吸進肚內。尤其是沒有尾竅，有進無出，吃一回人，便長大一些。

「腹內藏有一粒火靈珠，更是厲害。日久年深，等被牠煉成以後，仙佛都難制服。還會因聲呼人。起初離牠五六里之內，聽見牠的叫聲，無論誰人聽了，都好似自己親人在喊自己名字，只一答應，便氣感交應，中毒不救，由牠尋來，自在吞吃。以後牠的叫聲越叫越遠，直到牠煉形飛去為止，所到之處，人物都死絕了。因牠形體平伸開來宛似篆寫文字，所以名叫文蛛。秉天地窮惡極戾之氣而生，任什麼怪物，也沒牠狠毒。

「先前我用定力慧眼遠看，見暗霧中有兩條長臂帶著一串綠星，隱約閃動，便疑心是這怪物。及至聽見叫聲，又稍看清了上半截形象，與當年恩師所說一般無二，更知是牠。此時見你站在旁邊，恐你一答應，雖然牠全體尚未出土，不致追來吃你，一則初見這種怪物，不敢拿準，二則氣機相感，中的毒也非同小可。事在緊急，又恐周師弟醒轉，聞聲答應，連忙將你點了啞穴，才回來用法術封了這洞。再趕去時，牠已隱入土中。

「這東西要等全身現出，才可下手，一入土中，便無法除牠。從今日起，如無我話，千萬不可離開此洞。周師弟新癒，你二人尚無吃的，待天大明之後，我飛身入城，與你二人化點飯食度過一頓。尉遲師弟回來，帶有銀錢，你二人便不愁用度了。」

說罷，略待片時，雲從醒轉。笑和尚恐風子無知莽撞，又再三囑咐雲從。將雲從霜鐔劍要來，暗懸洞口之內，又用法術封了洞口。然後取了飯缽，別了二人，笑嘻嘻將大腦袋一晃，轉眼間不知去向。約有個把時辰，端了一缽熟飯，還買了許多葷菜、鍋盔回來。風子一見大喜，上前便接過去，首先端與雲從食用。

笑和尚笑道：「我因見你能吃酒肉，服侍周師弟這幾日，必定饞得可以，適才還為你破了戒，平白拿人家十兩銀子，又拿銀子去偷換了許多葷菜與你。恩師知道，說不定還怪我呢。」說罷，又從身上取出幾兩散碎銀子，交與風子。

雲從好生過意不去，忙問究竟。笑和尚道：「我每日代尉遲師弟向人化齋，從未遇見這等刻薄人家，不給我飯是他本分，硬說我是他逃走的僱用小廝，要叫人綑我。是我氣他不過，隱身形打了他兩個嘴巴，順手掏了他十兩銀子。和尚不便買葷，我又隱形到了舖中，取了葷菜。我見那施主甚是本分，留了一半銀子與他。自從出家，做賊還是第一次呢。」

風子聽笑和尚戲耍那刻薄人家，不由哈哈大笑。笑和尚本能辟穀，齋飯有時還吃，卻不動葷。雲從病後腹饑，風子更是連餓數日，狼吞虎嚥，各吃了一個大飽。飯後雲從精神大振，覺著腹痛作響，由笑和尚扶著，出外行動了一次，才向笑和尚重新跪謝。笑和尚無法，還禮起來，便在洞外閒眺，也無甚動靜。

下午過去，谷中赤氛又起。尉遲火也從成都趕回，得知醉道人自打發了張三姑娘，不多幾日，留話給松、鶴二童，說有要事往衡山一行，歸途還往雲從家去代他除害。又代他起了一卦，本人凶險甚多，且喜吉人天相。如有人來，可著原人護送雲從回家，待他妻子生產，安排好了家務，不必再往成都，逕往峨嵋飛雷洞李師叔處相見等語。雲從聞言，自是大放寬心。

尉遲火又問笑和尚，可知這裡妖物來歷。笑和尚道：「看你神氣，必然遇見前輩師伯叔指教，何妨先說給我聽聽！」

尉遲火道：「我倒未遇見別位尊長，只因周師弟等要用錢，知道辟邪村玉清師太存有不少施主善資，前去討些。說起我和你在此，玉清師太便問可曾發現什麼妖氣？我對她說了。她說她昔日打此經過，知道這天蠶嶺潛伏著一個極厲害的妖物，名叫文蛛，只因時刻未到，無法下手。非等今年五月端午，大雷雨後，不能出世。現時各位師尊為準備三次峨嵋鬥劍，均有要務在身，她又在端午前後要連往青螺魔宮兩次，去救她當年一個同門生死患難之友，不能建此大功。如有人將牠除去，不下立十萬外功，還得妖物的腹內一顆乾天火靈珠，助將來成道之用。囑咐你我須要小心從事，莫放妖物跑了！

「據她算計，妖物還不應該遭劫，如今只兩條前鉗出土，不到端午，白費辛勞。最好叫你我先行送周師弟回去。不要打草驚蛇，等端午前一日趕到，便可下手。你看的又是怎樣？」

笑和尚道：「與玉清大師所說一些不差。她既如此說法，幸喜不曾冒昧下手。為今之計，只好先送周師弟回去再說。只是那妖物雖然還不能現身害人，但毒氣太重，又能發聲叫人，生物挨近一些，便難活命。倘如我們走後，有人誤來此地，我等知而不備，豈不有罪？」

尉遲火道：「據我看，這山勢崎嶇危險，二三十里方圓，連樵徑都沒有，常人決難到此。有幾個似這位呆兄弟，到這種好地方來往？這層倒也過慮。」風子也說，終年並無人跡，只有野獸來往。如今才想起，自從谷裡每日下午有了紅霧，連野獸都逐漸稀少絕跡。隨大家去極好，但是他娘還葬在這裡，恐屍首被妖物所害，要笑和尚想個法兒。

笑和尚說：「已死的人，相隔又遠，絕無妨礙。不過就此一走，終難放心，恐怕有人誤蹈險地。」當下先飛身上空，相好地勢。然後下來，在二三十里周圍要口山石上面，口誦真言，畫了許多靈符。若有人到此，自會被許多法術妙用化成的怪獸大蟒嚇退。

笑和尚先沒想到最厲害的妖物文蛛，自己又不願往世俗人家跑。原打算叫雲從在這裡養病，傳他運氣化行之法，日夕打坐，就便自己除妖。今見妖物毒氣如此重法，又有玉清大師傳語，不敢怠慢，只好先送雲從回家之後再來。佈置完竣，便要動身。風子又去他母親葬處，將身伏在土堆上，不住數說。三人見他雖未出聲大哭，淚落不止，知是傷心到了極處，用好些譬解，才行勸住。將雲從交給尉遲火，笑和尚帶了風子，吩咐緊閉二目，喊一聲：「起！」破空便飛，覺著風子並不骨重，越發愛他資質。

劍光迅速，飛到貴陽雲從家中，天不過二更向盡。這時敵人方面因為接著一個受了重傷的同黨送信，說是由川入貴途中，在野外遇見張老四和一個峨嵋門下小輩，名叫孫南的，打聽醉道人蹤跡，露出一些口風，雖未聽得詳細，已知與周家之事有關。那人又打聽到醉道人要往衡山一行，趁張老四與孫南分手走單時節，將他用暗器打倒。自己往回走時，不知怎的，竟會被那小輩孫南追上。正在危急受傷之際，幸遇一人相救，才得活命，一路將養到來，請大家留心在意。

敵人一聽這信，才知蹤跡果被張氏父女看破，喜得張老四已中毒藥暗器身死，還不妨事。只恐夜長夢多，便提前由雲從父子先下手。及至一打聽，雲從業已走了數日，猜知必是張老四不回，親往成都、峨嵋兩處求救。當天即派同黨分兩路去追，追上便行殺死。這裡也同時發動，數日之內，連用重手法，暗中點傷了好幾個周氏老兄弟。

張三姑因自家勢孤，玉珍又有身孕，如要解救，反啟敵人注意，禍發更速，惟有權且隱忍，等醉道人來了施治。事已至此，雲從的父母又因子遠出，思念太切，還不如說明的好，便命玉珍便中婉言略說真相。

雲從的父母因家中新出變故愁煩，一聽媳婦張玉珍說了經過，心中大驚。想起雲從一去多日，尚未出貴州境內，托便人捎過兩封書信，以後連親家張老四都渺無音信。雖媳婦和張三姑俱說無礙，到底不放心。而雲從夫妻又是恐嚇著老人，一番孝心，不得不從權行事，勢難怪他們。仇敵如此狠毒，事若經官鬧明了，反而愈加猖獗，全家具有性命之憂。張三姑和媳婦只能保住自己全家，不能兼顧別人，眼前同胞骨肉，命在旦夕，焦急如焚。

他卻不知敵人勢大，正因為雲從不在家中，恐怕打草驚蛇，想等人將雲從追上殺死，再行下手，否則頭一個就是他全家遭殃。張三姑和玉珍豈有不知之理，不過恐二老憂驚過甚，不得不拿話壯膽罷了。

誰知天不絕人。在大、三、四、五、六房相繼出事，無故病倒，除了雲從父母知道禍變，他人俱還悶在鼓裡之際，有一晚雲從父母在中堂以內，正和張三姑、玉珍愁顏相對，忽然一陣微風穿簾而入。張三姑疑是敵人行刺，大喝一聲，便飛身迎上前去。燭影閃動處，現出一個背紅葫蘆的道人。玉珍認得是醉道人，喜從天降，首先伏地下拜。三姑也收劍上前，招呼雲從父母一同見禮，又叩謝了救子之恩。坐定以後，一見雲從並未跟來，心下好生不定。

醉道人看出了心意，說道：「令郎雖然近時災晦很多，但處處因禍得福，絕無妨礙。貧道先從卦象上看出敵人發動還早，想往衡山會一位老友，隨後再來。路遇同門師姪孫南中了妖法，我將他安頓好，即到此地，每日在尊府各房巡視，都由貧道暗中向受傷的人說了經過。恐妨打草驚蛇，令這一干妖孽又逃往別處，為禍世間，將賢昆仲一一救轉之後，仍請他們裝病不起，靜等貧道所約的兩個同伴到來，一齊下手，省得敵人漏網。適才同伴已到，事完之後，便要遠行。

「令郎已收歸貧道門下，將來前途甚佳。因承祧九房，不能不勉徇世俗之見，令他略盡人事，生子娶妻，即此已誤他許多功行了。不久雙喜臨門，尊府積善之家，日後子孫必能昌達。只是令郎非功名中人，如生子之後強留在家，反倒於他有損無益。知賢夫婦愛子情深，恐難割捨，特在事前面告。再約半月，自有高人送他回轉。生子週年，他必入山學道。又過三年，他仍可時常回家省親，並非從此便棄家不返。那時，賢夫婦望勿攔阻。」

說罷，玉珍、三姑還想叩問自己前途時，醉道人袍袖展處，一道光華，破空而去。雲從父母嚇得慌忙下拜，起來思量，幾曾見過這樣飛行絕跡的仙人？不由信心大增。知道愛子不久便從他去，成仙雖是好事，到底難於割捨，既是命中注定，想留也未必能夠。且喜弟兄無恙，雲從再有半月即回，仙人之言，決不會差，才放了心，一切俱等到時再說。

第二日，家人偷偷報信，說是：「昨晚三更後，二老爺上房院中光華亂閃。今日午前，二老爺親自開門，喊近鄰三老爺家去幾個人，幫他打掃。入內一看，上房院內有好幾灘黃水，只丟下二老爺和他跟前的外少爺、奶媽。其餘從二太太起，連那些親友下人，俱都不在。二老爺說昨晚和二太太拌嘴，天沒亮就吵著回娘家。那些下人，原都是那些親戚薦用，夫妻一賭氣，所以二太太連閒住的親戚和那些下人都帶走了。二老爺沒人使喚，所以喚去幾個服侍，一面招呼舊日用人回來……」等語。

子敬一聽，吩咐下人：「二老爺性情不好，你們休要亂說。」一面入內，去喊媳婦和張三姑來問。只玉珍一人到來，問起此事，玉珍說：「昨晚張三姑曾隨後追了醉仙師去，天明前回來，說醉仙師約有兩位劍仙，共同將敵人用飛劍殺死，一個也未曾漏網。末後，又用化骨丹將屍首化去。二伯父已於前晚看破敵人奸謀，所以並不難過，只向醉仙師懇求，留下那小孩。醉仙師因小孩無知，本不想殺戮，便即走了。三姑因有他事，又要去看望媳婦父親，托媳婦代為辭行，回家去了。」

子敬夫妻聽了，好不駭然。一會，九房弟兄齊來，背人互說了經過，分別囑咐家人，不准傳揚。好在周氏是積善之家，那些人俱非本鄉本土，一去不歸，先還有人詫異，事不關己，久亦淡忘。

這晚正在計算日期，忽見一道金光直墜庭心，現出四人，竟有雲從在內。以為同來的人，又是劍仙一流，忙著便要下拜。笑和尚早料到此，先就攔住。雲從也忙著略說了一些來歷。問起家中之事，果然已了，好不欣慰。因為不是外人，一面著人去喚玉珍與笑和尚等見禮。然後才分別落座，細說詳情。

雲從父母和玉珍見雲從面容消瘦許多，本已擔心他路途受苦，及聽說完經過，才知又是出死入生。小三兒還不知存亡下落，俱都傷心不止。感激笑和尚等相救之德，免不了朝三人又有一番稱謝。

雲從因自己行蹤奇特，恐啟人疑，悄悄傳來心腹家人，囑咐了一套說詞。一面安排來賓住處。笑和尚、尉遲火二人，除教雲從、風子二人一些初入門的口訣功夫外，所有外人一概不見。常時依舊出門積修外功，有雲從財力相助，救助孤寒的事，著實做了不少。

光陰迅速，轉眼還有五日，便到端陽。笑和尚因此去除妖，不便攜帶風子同行，命風子與雲從做伴，等玉珍分娩，盡完人事，同往峨嵋尋師，再圖相見。自己同了尉遲火二人，告辭上路。雲從又備了不少黃金白銀，請二人帶在身旁行善。二人離了周家，駕劍光直飛天蠶嶺。行至雲貴交界，遇見矮叟朱梅，在空中將二人喚住，一同收了劍光，落地敘話。笑和尚拜見之後，請示機宜。

朱梅道：「你出世未久，便去建立這樣大功，休說斬除惡妖，功德無量，文蛛腹內那粒乾天火靈珠，如能得到，加以修煉，與身相合，將來成道時，也可抵千年功行，真是曠世難逢的機遇。不過那妖物護這粒火靈珠甚於性命，先斬了牠，珠便自行飛去。先得珠時，斬妖又恐生變化。此事關係重大，非同小可。

「那妖物未出土以前，必將珠吐出離牠頭頂三丈以內，照著妖物出來，同時往上升起。妖物全身脫殼出土，便即與珠合為一體，成形飛去。不到正午，不可下手。可是妖物出土，也只一剎那工夫，稍縱即逝。等到妖物身與珠合，就非你的能力所能勝任。所以下手的時節，須要一人在前，去搶那珠。珠到手後，妖物必不干休，定然放出滿腹毒氣追來。那珠本是牠的內丹，相生相應，無論你怎樣隱形潛跡，也能跟蹤而至。縱用法力將牠斬掉，但是業已中了牠的毒氣，難於解救。這時全仗在後之人，從後面用飛劍斬牠，才能完全成功。

「那乾天火靈珠乃天材地寶，正邪各派俱都重視，非有積世福德根基，不配享受。適才袖占一卦，若論斬妖，還不怎麼，只恐有陰人從旁暗算。你二人又面帶晦色，主有災難，我和諸位道友俱有要事在身，無暇及此。如為萬全之計，最好你二人趁這還有數日餘暇，尋找劍術較深的同門師兄弟相助，以防其他妖人暗算。事不宜遲，必須慎重小心從事。切記：專顧得珠，便不能建除妖之功；想建功，便不易得那珠。二者輕重差不多，只能各居其一，不存貪念，當無妨礙。」說罷，先行飛去。

二人拜送之後，尉遲火自知能力有限，一切全憑笑和尚主持，無所希冀。笑和尚起初以為妖物縱然厲害，到底初次成形。憑自己能力，還不手到擒拿？及至聽了矮叟朱梅囑咐，先時也未敢怠慢。計算小輩同門，自己素常不慣和師姊妹交往，不便相煩。這投契相熟的，只有玄真子門下諸葛警我，還有金蟬、尉遲火三人。金蟬道行雖淺，兩口寶劍卻是至寶，不畏邪污。

此時已聽尉遲火在成都得來消息，說金蟬端陽節前要往青螺。其他同門雖多，不是不熟，便是本領不濟。想了想，還是找諸葛警我去。到了東海三仙洞府中一打聽，只遇見玄真子一個道童，說三仙俱在丹爐旁祭煉寶劍，諸葛警我奉命往雁蕩採藥未歸。

笑和尚聞言，也沒驚動三仙，逕直離了東海。一則藝高人膽大，一則貪功心甚，不由改了念頭。暗想：「自己本領，隱形潛蹤，出神入化，縱有異派妖人作梗，難道還勝似慈雲寺那一干妖孽不成？再說各位前輩俱知那妖物出世，為禍不小，豈有不去翦除，放在一邊之理？明明憐愛小輩，將這般大功留給自己，自己還不領受，只管找人相助則甚，那火靈珠只得一顆，又不便分潤，只須自己事前多加留神便了。」

他這一念之差，才惹出失劍百蠻山，再遇綠袍老祖，智劈辛辰子，三探陰風洞，再斬文蛛，風雷洞面壁十九年，幾乎喪了道行之事，這且不提。

笑和尚自把主意決定後，心想：「矮叟朱梅曾說有妖人在側暗算，何不早去兩日，仔細搜索，作一個預防之法，以備萬一，省得臨時出錯。」當下同了尉遲火，逕飛天蠶嶺，仍往風子所居的土穴潛身。

到時天色尚早，見谷裡雖無甚動靜，妖氛已濃。飛身四外查看自己前時行法之處，知道無人來過，略覺放心。便叫尉遲火去到村裡，備辦他自己的食糧，等他回來，再設法封山，遮掩異派中人耳目。還恐妖人早在山內潛伏，尉遲火走後，獨自又往周圍數十里內加意搜查，稍覺形跡可疑之處，絲毫也不肯放過。到了下午，除谷內妖氣較前更濃外，一無所獲。自信一雙慧眼，決不至於看漏，想是妖人要到時才來。

這時尉遲火業已回轉，二人又商量了一陣，到時由笑和尚在前面去搶珠子，尉遲火由後面下手斬妖，只要引得那妖物回首，笑和尚再由前面回身，兩下夾攻，合力將牠除去。這種算計，笑和尚雖然略存私心，但是要換了尉遲火在前，委實也有些能力不夠。

計議定後，笑和尚才向天默祝，朝著東海下拜，叩求師父法力遙助自己成功。祝罷起身，走到山崖上面，叫尉遲火站在身後，暗運飛劍護法，相機保衛。自己盤膝入定，按照苦行頭陀所傳「兩界十方金剛大藏」真言，施展開來，用佛法改變山川，潛移異派視線，到時縱有妖人想來，也無門可入。由戌初直到第二日辰初，才行完了大法。起身問尉遲火：「昨晚在這密邇妖穴的高巖上面冒險行法，可曾見什麼異象？」

尉遲火道：「自你入定，一會便隱去身形。我知你還坐在我前面，不敢大意，四外留神，先倒沒有什麼異兆。一交子時，遠遠看見谷內一點紅光，比火還亮，引起兩串綠星，離谷底十丈高下，如同雙龍戲珠一般，滿空飛舞。那紅光先時甚小，後來連那兩串綠星，都是越長越大。直到月落參橫，東方有了明意，彷彿見紅光左近不遠，冒起一陣黃煙，那紅光引著兩串綠火，倏地飛入黃煙之中，只一個轉折，疾若流星趕月一般，便飛入谷裡，連那黃煙都不見了。你難道一絲也不曾看見？」

笑和尚道：「我煉這兩界十方金剛大藏非同小可，煉時心神內斂，不能起絲毫雜念。恐妖物知道不容，前來擾害，所以才請你護法，為備萬一，還將身形隱去。這還是妖物不曾出土，敢於輕試，否則豈敢輕易冒險？此法一經施展，別的妖人休想到此，我們可以安心從事了。你所說情形，大約還是妖物獨自作怪，且等晚來親見再說吧。」

因隔端陽還有兩夜，閒著也是無事，仍和尉遲火遍山搜尋。因昨日時間已晚，一恐打草驚蛇，二因下午毒氣太重，全山俱都查遍，只谷內妖穴沒有輕易深入，便著尉遲火在離谷不遠的高坡上瞭望。自己趁著正日照中天，陽光最盛之際，飛身入谷，查看妖穴。

到了谷中一看，那谷竟是個死的，恰如瓶口一般。谷底四面危崖掩護，終日不見陽光。地氣本就卑濕，再加崖上野生桃杏之屬，成年墜落谷中，爛成一片沮洳，臭氣潮蒸，中人欲嘔。靠近妖穴處，有一個丈許方圓的地穴，背倚危崖，拔地千丈，慧眼觀去，深不見底，骨嘟嘟直冒黑氣。時見五色煙霧，耳中聞得呼嚕呼嚕之聲，響成一片。笑和尚內服靈丹，還是凌空下視，已覺氣味奇腥，頭目昏眩，估量這般奇毒險惡之區，除了妖物，異派中縱有能人，也決難潛伏。不願再作流連，便往回飛走。

出谷之際，一眼瞥見谷口內有一塊凸出的岩石，上面安排著八堆石塊，成一個八卦形勢，門戶分得非常奇特。石旁野生著許多叢草矮樹。猜是前人鎮壓之物。因為看了谷裡形勢，甚合下手心意，急於要和尉遲火商量，沒有十分在意，匆匆飛回。見尉遲火正在那裡呆望，近前一看，覺著尉遲火臉上顏色發青。

笑和尚到底細心，問尉遲火可覺身體有些異樣？尉遲火說：「想是昨晚在山頭露立了一夜，適才又往谷口看了一看，順風聞著腥味，便即退回，也許稍中了一些妖毒。現時只覺頭有些暈，並不怎樣。」笑和尚囑咐小心，不要妄入，一切由自己安排。當下給他吃了一粒丹藥，也就放過一邊。他卻不想尉遲火縱然劍術造就不及他深，但是從師多年，已能飛行絕跡，身劍相合，豈是一夜風露和那些毒氣所能侵襲？這一大意，幾乎害了尉遲火性命，這且留為後敘。

尉遲火服藥之後，頭暈稍好，兩人商量下手之策。因聽苦行頭陀說，妖物天生異稟，全身只要一見風，便變成了鋼鱗鐵骨。只當胸前有一白團，是牠心竅，連那初出土時兩隻後爪，比較柔嫩。別處縱用飛劍斬斷，也不能將牠除去。且這東西最靈，一受傷，自知不敵，便要化風逃走，無法跟尋。算計妖物從地穴中一出土，必往谷口方面衝出，到時著尉遲火在谷底危崖頂上，居高臨下，運用元神，指揮飛劍，靜等笑和尚搶珠到手，先用飛劍斬去那兩隻後爪，妖物必然負痛回身。笑和尚再駕無形遁光，從前面遠處動用飛劍，乘牠後爪斬斷、前爪登起之時，直刺牠的心竅。雙管齊下，前後夾攻，以防牠棄珠不要，入土遁走，異日又為禍人世。

計議停妥，不覺到了下午。這次不比往日，夕陽啣山，異聲便起，谷內外宛似百十畝晴雲籠罩，邪彩氤氳。二人看了，暗自心驚。待了一會，異聲漸厲，彷彿是喚二人名字。二人雖是預知厲害，屏息凝神，不去理它，笑和尚還可，尉遲火已覺聞聲心顫，煩躁不寧。

子夜過去，一粒鮮紅如火的明星，倏地從彩霧濃煙中疾如星飛，往上升起，紅光閃耀，照得妖穴左近的毒氛妖霧，如蒸雲蔚霞，層絹籠彩，五色變幻，絢麗無儔。耳邊又聽軋軋兩聲，接著飛起兩串綠星，都有盌大，每串約有二十多個，綠閃精瑩，光波欲活，隨著先前紅星，互相輝映，在五色煙霧中，上下飛翔。舞到極處，恰似兩條綠色蛟龍，同戲火珠。忽而上出重霄，映得滿山都是紅綠彩影，忽而下落氛圍，變成無數星燈。氤氳明滅，若隱若現。尉遲火看到奇處，不由目定神移，幾番出聲呼怪，俱被笑和尚止住。

等到天將見曙，紅綠火星漸漸由高而低，由疾而緩，倏地沖霄三次，瞥然下落，沒入妖穴，不見蹤影。陽光升起，妖雲猶未散去，仍如五色輕紗霧縠，籠罩崖穴。只尉遲火昨早所見妖穴附近的黃煙，始終沒有出現，未免又疏忽過去。

算計過了今晚，明日正午端陽，便該是妖物出土之期。二人恐驚動妖物，一同飛到遠處，各將飛劍放出，互相演習了一陣。尉遲火不知怎的，總覺人不對勁，氣機不能自如，吃力勉強。向笑和尚要了一粒丹藥服下，又運用了兩個時辰內功，一同回至天蠶嶺。此番不往妖穴查看，只在附近周圍巡視，以防萬一有異派妖人潛伏。這連日查看結果，只到處都是些零亂鳥毛，鳥身卻不見一個，野獸自然早已絕跡。知道這些飛禽俱為妖物吞食，吃剩羽毛，隨風飛散。且喜別的尚無異兆，當下回到風子土穴。

尉遲火獨自坐在石床上進食，忽然失聲道：「笑師兄，我們先後在這土穴來了多少次，你覺著有些和別處異樣麼？」笑和尚問是為何？尉遲火道：「先我並不覺得，這些年蒙恩師指教，已能寒熱不侵。自從前晚到谷口轉了一下，便覺身上煩熱，連服兩次丹藥，也未全好。我只一坐在這石頭上，心裡便涼爽起來。起初還認為是偶然，今早聽了那妖物怪聲，又同你練了一回劍，老是心煩發熱，神志不寧。適才進來，又坐在這石頭上，一會便寧貼了許多。莫不這石頭還有些異處？」

笑和尚日來一心只在除妖搜敵，百事俱未在心，一聞此言，不禁起了好奇之想，叫尉遲火起來，仔細端詳這土穴和那塊大石形勢，看出那土穴附在崖腳，泥石夾雜，並無別的異處。五月天氣，穴內自較外面涼爽，原不足奇。那塊大石是風子昔日睡處，雖然是一塊方形青石，卻是通體整齊，有六尺見方，四面端正，出土約有三尺，下截埋在地裡。穴口大小，風子縱有天生神力，決難運進。石身又是那般四周平滑光潔，穴內清涼，撫石卻有溫意。據風子說，本是狐貛之類扒掘的巢穴，何以洞裡面卻藏著這一塊方石？越看越覺稀奇，左右暫時無事，想查個水落石出。

略一尋思，先不動石，二人合力將石旁亂石泥沙用劍撥開。然後用穴中風子留下的鍬鏟，不一會工夫，便將那石扒見了底。細一端詳，竟是上下四方，高下如一，毫釐不差。憑二人神力，毫不費事將石抬開，往下一看，粗如人臂的黃精，似無數黑蟒般，糾纏盤結做一堆，也不知有多少？

笑和尚折了一截來嘗，入口甘芳，勝似先前所食十倍。猛然心中一動，大喜道：「斬妖之後，師弟將乾天火靈珠讓我獨享，受之有愧。今見這石形如此奇異，起初以為有別的寶物藏在下面，今見這好而又多的黃精附生石底，先前你又有清心感覺，定是石中寶物靈氣感應。再說石中如無寶物，外形決不會如此整齊，如人工磨就一般。說不定還能幫助明日除妖之事，也未可知？

「不過我雖常聽師父說，莽蒼山萬年美玉晶英結成溫玉蓮花，與將來光大峨嵋門戶有關，只是還不到出世之期，也只聽說，沒有見過。這石頭摸上去倒也溫熱，可不知裡面是否也藏有溫玉之類的寶物？既經發現，又有這半日餘閒，其勢不能放過，憑我二人飛劍，不難削石如泥，但是不知此石來歷，要在無心中損毀了，豈不可惜？石形四方，寶物必定蘊藏石中。我較你略微細心，還是由我一人動手，如能僥倖得著寶物，仍贈你如何？」

尉遲火還要推謝，笑和尚已叫他站過一旁，手指處，一道金光繞石旋轉，四周如同霰迸雪飛，霜花四灑。頃刻之間，剝繭碾玉一般，早去了三分之一。先時毫無異狀，只石質越往後越覺細膩，金光閃閃，玉雪紛飛。不多一會，六尺見方一塊大青石，變成尺多方圓，六尺高的一根石柱，仍是一無所獲。

笑和尚一面動手，正在後悔自己不該貪心，將天然生就一塊光滑成形的大石，削得一無所用。眼看越削越小，已只剩八九寸粗細，忽見金光影裡，似有銀霞。連忙住手，近前一看，這石上下皆形如常玉，只中心處有銀色從石裡透出，隱約可辨，估量大小，也不過六七寸之間。知道所料不虛，寶物行即發現。金光過處，先將上半截青石切去，移開一邊，再將下半截同樣削斷。

第十五章　積慮深仇

笑和尚剛將石心捧起，準備拿過一旁細看，尉遲火無心中低頭往下半截石根上一看，只見哧地一股清泉，細如人指，從下半截石根心處直噴起來。尉遲火猝不及防，濺了一臉。猛覺口裡沾了一點，覺著甘芳涼滑，沁人心脾，知是靈泉。自己正在煩渴之際，恐怕灑落可惜，也顧不得喊笑和尚，張開一張大口，堵著泉眼便接，骨嘟嘟連飲兩口。立刻覺著身心輕爽，頭腦空靈，煩渴一法，如釋重負。不捨住口喊人，便將兩腳直頓，反手招搖。等到笑和尚過來問他，尉遲火才住口喊他去飲時，口才一住，同時泉也涓滴無存。

尉遲火說了泉的好處，笑和尚恍然大悟道：「你飲的分明是靈石仙乳，萬載空青。我只注意怎樣取出石中寶物，未及分潤一口。幸而你平素遲鈍，這次卻有靈機，否則靈泉無多，轉瞬流盡，大家都吃不成了。可見一飲一啄，莫非前定，仙緣際合，各有來因。我這樣用心，竟會一時大意，忘了上下兩頭，若照先前削法，豈不可以分潤一些？適才我將石心捧過，覺著手上溫潤，連忙回身，見你頭伏石根，回手招我，已是不及。恭喜師弟，飲了這空青仙乳之後，不但可抵多年功行，目力還大異尋常，雖未必視徹九幽，比我煉就的慧眼，就強多了。」

尉遲火笑道：「師兄且慢，可惜這石下半截既有，上半截難道便無？何不將那上半截石根細細探尋，如有時，豈不是你我又可多得一點仙氣？」

笑和尚聞言，也覺有理。果然取過上半截斷石，仍用劍光細削，直到連下半截石根都削完，哪有涓滴。且喜石心有寶，業已斷定，兩人坐到一起，重用劍光細細磋磨，對於石裡的銀色，一絲也不敢傷損。不多一會，銀色愈顯，彷彿在石中跳動，益發兢兢業業，不敢大意。忽見一絲白氣，從石眼裡哧的一聲噴出，轉瞬即滅。再看石面上，現出七個小孔。二人業已看透石層裡面，竟是空的，中間好似盤著一個東西。劍光削處，七個小孔越顯越大，見石中之物乃是一條銀色小牛，在裡面轉動不停。

二人都不知是什麼寶物，恐怕取出遁走，便停了手。誰知石裡銀牛透了外面空氣，漸漸行動由急而緩，一會工夫，伏在石上，不再動轉。尉遲火主張取出，笑和尚還不甚放心，先使了禁制之法。然後再用金光將石面削去一看，石心圓平，形如盤盂。那牛非石非玉，通體銀光燦爛，碧眼白牙，四蹄朱紅，餘下連角都是銀色，形態如生，全是天然生就，看不出一絲製作之痕。明知天生靈物，只不知用處來歷。二人俱都大喜，尤其尉遲火愛不忍釋。笑和尚抽了幾根僧衣上麻縷將銀牛繫好，掛在尉遲火貼胸之處，另用符咒禁制，以免真形飛去。

寶物得到，時已黃昏。尉遲火服了石乳空青，身心益發通暢。高高興興一同走出穴外一看，對面妖谷業已妖雲瀰漫，毒霧蒸騰，映著落日餘霞，滿山都是暗赤色彩，比昨晚還要濃厚許多。

二人看了一會，日落西山，夜色已濃，滿天繁星，一點微風都沒有。四外靜悄悄的，只見谷中妖氣，蓬蓬勃勃湧個不住，時而現出點紅綠光影。因為相隔明日端午還有不少時辰，此時也無法下手，便同飛到遠處，盤膝用功。

三更過去，以前所見的紅綠火星相繼出現。這次星光愈大，更顯光華，已能看出妖物兩條長爪，一個尖頭，在煙霧中飛舞隱現。一交子夜，愈更猖獗。紅星長有栲栳大小，引著兩串盌大綠火，在妖穴上空亂飛，映得妖雲毒霧，如同蜃光疊彩，五色迷離，分外好看，不時聞得奇腥之氣。妖物身形，也越來越顯，似要現出全身，出土飛去。二人若非玉清師太與矮叟朱梅諄囑，幾乎就想上前動手。

因恐妖物覺察，笑和尚早已隱去身形，尉遲火也在僻靜之處潛伏。細看那妖物，渾身碧色，頭尖口銳，闊腮密鱗，身形頗似蟾蜍。腹下生著兩排短腳，形如鳥爪。兩條前爪長有三丈，色黑如漆，盡頭處形如蟹鉗；中節排列著許多尺許長的倒鉤，形如花瓣，發綠光的便是此物。只剩兩條後爪，尚有半截沒有出土。近身半截，與前爪大同小異，只顏色卻是白的。

玉清師太曾說妖物腿射紅光，此時並未看出。那鳴聲卻異常淒厲，聽了叫人心神難安。正在觀察之際，忽見前面妖物不遠，另有幾點綠火，夾著一陣黃煙，直撲妖物頭上火星。就這一轉眼的工夫，時光離天明還早，倏地妖雲亂捲，毒火齊收，如流星墜雨般紛紛落下，連妖物全身都沒入土內，不見蹤跡。只剩一堆毒氛彩霧，如五色錦堆般籠罩巖谷。直至天明，也不見再有動靜。

二人俱都詫異，與往日不同，先疑是妖物自己弄的狡獪，並未想到別的。等到交了巳正，日麗天中，碧空萬里，又是端陽藻夏，風和日暖，休說雷風暴雨，連一絲雲彩影子都無。尉遲火道：「玉清師太曾說，今日午時大雷雨後，妖物才得出土。你看天氣這般好法，哪有雨來？」

正說之間，笑和尚抬頭一看，只見西北天際，似有幾縷輕雲飛動，果然沒有雨意。因昨晚情形不似往日，也覺有些疑慮。時已不早，且不管天氣怎樣，仍照以前商定下手。當下同了尉遲火，由高空飛行，越過妖谷，到了那千丈危崖之上，下面便是妖物出土的巢穴。一切俱經預先商定，勿庸再為諄囑。又恐驚動下面妖物，俱都用手略微示意。笑和尚安置好了尉遲火，往回飛走，打算飛到前面谷口內平崖之上，等妖物出土，上前搶那乾天火靈珠。仗著隱去身形，靜等尉遲火將妖物兩條後爪斬斷，護痛回身之際，再行飛回，兩下夾攻。

身剛飛落平崖，忽然一陣狂風吹過，抬頭一看，時光剛交午初。就在這一會工夫，西北烏雲已如潮湧捲至，轉眼陽烏匿影，四方八面的雲霧疾如奔馬，齊往天中聚攏。滿天黑雲瀰漫，彷彿晝晦，天陰已極。倏地黑雲層的電光，如金蛇亂竄，只閃得一閃，震天價一個大霹靂打將下來。那些籠罩巖谷的毒氣妖霧，經這大雷一震，全都變成彩絲輕縷，隨風四散。接著妖谷上空電光閃閃，雷聲大作。那大霹靂緊一陣，慢一陣，轟隆轟隆之聲，襯著空谷回音，恰似山崩地陷，入耳驚心。只震得山石亂飛，暴風四起，同時酒杯大的雨點也如冰雹打下。

那大雷雖然響個不停，卻只在妖穴上空三四丈高下發火震散，並不下擊。妖谷中先時一任雷聲震動天地，毫無動靜。那雷聲直打了一個半時辰，漸漸雷聲愈大，雷火也愈形降低，雷火去離妖穴只有丈許遠近。忽然一道紅光疾如星飛，直往天空衝起，照得山谷通明，比電光還要明亮。這時正有一個霹靂朝那穴打下，經這紅光一衝，竟在天空衝散。隨後雷聲越響越高，那道紅光仍往妖穴落下。紅光才收，雷火也隨著降低。二次紅光再起，又將雷火沖高。似這般幾起幾落，眼看午時將近，妖穴不遠冒起一陣黃煙，忽然雷聲停息，雲散雨收。

妖穴中先是紅光閃了兩閃，那毒霧妖雲騰騰勃勃由穴中湧出，將妖穴附近籠罩，恰似一個彩堆錦障，映著陽光，越顯奇麗。待了不多一會，又見彩煙中衝起一粒紅星，離地約有三丈多高，停在空中，不住滾動。遠看好似渾圓一個火球，沒有前幾次所見的大，光輝也凝而不散，不似先前雖然光焰較大，卻帶陰晦之色。知道妖物經了這次雷劫，氣候已成，那粒乾天火靈珠也凝煉精純，可大可小。因妖物身軀還未出土，不敢貿然去搶。

正在盤算之際，倏地妖穴裡又冒出千百條五色匹練般的毒氣，蕩漾空中。緊接著兩條三四丈長的前爪先行出土，爪上綠星在陽光下倒不顯怎樣光明，只是那發出來的毒氣卻異常腥臭，聞著頭腦昏眩。知道妖物快要出土，益發不敢大意，聚精會神，真氣內斂一處，準備相機下手，眼看妖物兩條前爪直伸向天，舞了幾下，那空中停留的乾天火靈珠也由近而遠往前移動。

長爪盡頭，先現出妖物身軀，裹著一身腥涎毒霧，好似非常疲倦，緩緩由穴內升了上來。大白日裡，分外看得真切，有時兩爪交叉，果似一個古寫的半截「文」字。尖頭上生著一雙三角眼睛，半睜半閉，射出紅光。嘴裡的煙霧，一噴便似十來丈長的匹練，噴一回，往上升起一些。看牠神氣，頗覺吃力。

笑和尚見妖物轉瞬出土，這般厚重的毒霧，如何近身？那粒乾天火靈珠照在妖物頂上，四周俱有毒霧妖雲環繞，不拚冒著大險，決難搶到手中。這時那妖物兩條後爪又上來了半截，前爪交叉，直撐空際，後爪著地，全身畢現。加上那樣生相凶惡，奇形怪狀，又知妖物毒氣非常厲害，縱然口中含了靈丹，也未必能保無恙。又知時機稍縱即逝。正在為難，忽見妖物後爪只出來了一半多，倏地停止不動，伏地怪嘯起來。嗚聲異常尖銳淒厲，叫得人耳眩心搖，不能自主，比較前時還要格外難聽。

叫約有四、五十聲，倏又昂頭將身豎起，兩眼閉攏，將尖嘴闊腮一張，白牙森森，吐出來的火信疾如電閃，鄰鄰吞吐，肚腹一陣起伏，似往裡吸收什麼。先前所噴出來的毒霧妖雲似五色匹練，如眾流歸壑一般，紛紛向妖物口中吸湧而進，頃刻間只剩妖物口前有兩三尺火焰，所有妖氛一齊被牠收去。同時牠又人立起來，兩條後爪快要出完，空中乾天火靈珠也似在那裡往前移動。

笑和尚一看，還不下手，等待何時？說時遲，那時快，當下駕起無形劍遁，直朝那粒乾天火靈珠飛去，口誦避毒真言，伸手便搶。方喜容容易易將珠得到手中，及至搶了珠子，回身飛遁，才覺那珠似有一種東西在下面牽引，拿著飛走，甚是吃力。百忙中往下一看，那妖物已有了覺察，一雙三角眼全都睜將開來，尖嘴中火信直吐，待要噴出毒霧。

笑和尚大吃一驚，在這千鈞一髮之際，急中生智，一手提定那珠，往回飛走，手指處將飛劍放出，往那粒乾天火靈珠下面一繞，果然無心中將妖物真氣斬斷。那珠失了依附，入手輕靈，與先前重滯宛不相同。笑和尚用飛劍時不能隱形，已被妖物覺察。還算妖物初經雷劫之後，正在出土吐納養神之際，氣體不充，飛行不遠，只怒得怪嘯連聲，口中一二十丈長的毒氣又似匹練般直朝空中噴去，同時兩條後爪也一齊出土，待要全身飛起。笑和尚見已得手，哪敢怠慢，早已收回劍光，隱形飛遁。

同時，尉遲火在危崖上潛伏注視妖物動靜，見大雷雨後，妖物果然現身，火靈珠停在空際，左右毒氣甚重，先時也代笑和尚著急。及見金光閃了一閃，火靈珠不見，知已得手，心中一喜歡，略微慢了一慢，那妖物業已全身出土。先時動作尚慢，突然颳起一陣腥風，妖物口中亂噴五色匹練，周身有彩霧煙雲環繞，張開四爪，恰似一個七、八丈長的四腳蜘蛛，往前便飛。

尉遲火才大喝一聲，將劍飛出去斬妖物兩條後爪。這時妖物離地也不過才兩三丈高，還待向上去追仇敵。忽見谷口一個伸出的危崖上面，先是一溜綠火，直敵尉遲火的飛劍。接著起了一陣綠煙黃霧，恰似一面百數十丈方圓的煙網。煙霧中一個斷臂長人，面貌猙獰，披頭散髮，手持一面紙旛，連人帶煙，直朝妖物撲去。這時先前那一溜火，已迎著尉遲火的飛劍兩下一碰，同時一綠一白兩道光華，雙雙墜地消滅。

笑和尚原意，是遁出毒霧氛圍，再回身運用飛劍，與尉遲火前後夾攻。剛飛出去里許地面，猛一回身，正見那斷臂妖人破了尉遲火飛劍，用一團黃綠煙霧，網一般圍住妖物全身，連人帶煙，抱住妖物，破空飛去。不由大吃一驚，忙喝道：「大膽妖孽休走！」手指處，一道金光疾如閃電，往前便追。那斷臂妖人想是知道厲害，也不回身迎敵，怪嘯一聲，疾如飄風，直從尉遲火潛伏的危崖上面飛越過去。

笑和尚劍光何等神速，連忙追去時，剛剛飛至危崖上面，忽然聞著一股奇腥，立刻覺著天旋地轉，目眩頭暈，若非素常修養精純，幾乎倒地。就在這略一停頓之際，妖人逃走已遠。再看尉遲火，業已倒地不省人事。

笑和尚大吃一驚，不顧再追敵人，因崖上毒氣太濃，不敢停留，百忙中屏著一口真氣，就地上抱起尉遲火，先飛離了險地再說。知道一時疏忽，闖了大禍。到了土穴左近，將尉遲火放在地上一看，尉遲火兩目緊閉，渾身綿軟，只前胸以下肉色未變，其餘自頸以上，俱是色如烏漆。連忙塞了兩粒丹藥下去，在旁守護。等了兩個時辰，絲毫不見醒轉，知他受毒已深，靈丹無效，越發憂急。

這時妖物雖然逃走，餘氛猶自籠罩巖谷，在晴空中隨風飄蕩。倘若隨風吹散，必要貽禍於人，也是將來隱患，只苦無法消除，乾看著急。準備尉遲火到晚上不醒，只好自己抱著他，駕劍光回轉東海，拚著一身不是，求師尊們搭救，別的暫時也顧不得了。

漸漸日色偏西，正在無法可施之際，猛見一道匹練般金光，電閃星馳般地飛來，宛似神龍夭矯，圍著妖穴附近繞去。接著便是震天價一個大霹靂，那道金光往巖谷上面只繞了一轉，便掉轉頭長虹瀉地般直往妖穴射去。笑和尚一見金光，便認出是三仙一派，來了救星，只不知是三仙中哪一位，不由又驚又喜。不等來人現身，早合掌跪在當地，不敢抬頭。耳旁又聽霹靂兩聲，悄悄拿眼偷覷，金光斂處，現出一位慈眉善目的清瘦法師，緩緩從空中往二人存身之處行來。

笑和尚見是師父，目前妖氛已盡，尉遲火也不致喪生，固然忻幸。但是想起自己許多措置失當之處，雖然師父平日鍾愛，定難免去責罰。嚇得跪在地下，不敢出聲，只不時拿眼偷看動靜。

苦行頭陀也似不曾看見笑和尚跪在地下一般，逕走近尉遲火身前，將他扶起，手指處一道金光，細如人指，直往尉遲火口中鑽去。一會工夫，那金光穿口出鼻，就在尉遲火七竅中鑽進鑽出，不住遊走。約有頓飯光景，苦行頭陀才收回金光，雙手合掌，口誦真言，搓了兩搓，手上放出光華，往尉遲火上半身摸了一遍。然後取了兩粒光彩晶瑩、綠豆大小的丹藥，塞進尉遲火口內。又過了頓飯時候，才聽尉遲火長長地咳了一聲，緩醒過來，見是苦行頭陀，連忙起身下拜。

苦行頭陀道：「這次很難為你。如非事先疏虞，未看出妖人潛伏之處，妖物定然授首。我同玄真子道友在東海煉丹，正是火候吃緊，那丹關係三次峨嵋鬥劍及幾輩峨嵋道友生死存亡，我三人採藥多年，才得齊備，一毫大意不得。所以來遲了一步，致你失去飛劍，身受妖毒，幾乎墮劫沉淪。

「那妖物毒氣本就厲害，這是牠的救命毒煙，休說你等小小功行，連正邪備派中主要人物，也未必全能禁受。幸而你事前無心中服了萬載空青靈石仙乳，又有東方太乙元精所化的石犀護著前心，僅僅七竅中了毒氣，不然縱有靈丹，也難復原了。更幸妖物毒煙，終身只放一次。牠因沒生後竅，食物有入無出，腹中淤積天地間淫毒污濁之氣，不到生死關頭，不會發洩。這次因失去牠的元陽，變成純陰之質，又被妖人在急中一搶，那妖人又完全知牠剋化禁忌的來歷，無法脫身，情急無奈，才將這萬分惡毒之氣，震開腋縫，發將出來。妖氣已洩去大半，此後除牠，比平空遁去，容易多了。

「只是你飛劍既失，元氣又傷，事情為助我的孽徒成功而起，你始終不存一毫貪念，即此已很難得。現時你也不能再去積修外功，可隨我回轉東海，由我煉一口飛劍，賜還與你，以獎你這一番苦勞之功便了。」

這時尉遲火已聽出苦行頭陀有怪罪笑和尚之意。笑和尚更是早已聽出語氣不佳，嚇得心頭亂跳，戰兢兢膝行挨近前去，想等師父把話說完，再行苦告乞恕。誰知苦行頭陀始終不曾理他，把話一完，不候他二人張口，單攜了尉遲火，一道金光，直往東方飛去。

笑和尚一見不好，忙駕無形劍遁，從後追隨。到了東海一看，洞門緊閉，知道師父劍光迅速，業已早到。若像往日，已經叩戶逕入。因為負罪之身，又猜不透師父究竟要怎樣責罰，徬徨無計，只得跪在洞門外面，低聲默祝。直跪到第三日清晨，毫無動靜，越發焦急起來。暗想：「自己一出世，便由師父撫育教誨，甚得鍾愛，說是將來還要傳授衣缽，平素從無過錯，連重話都未責罰過一句。今番斬妖無成，只是一時疏虞，沒有看出妖人藏匿在旁，也是無心之過，何以情形這般嚴重，大有摒諸門牆之外的意思？自己長跪哀求了一夜，竟不能絲毫挽回。」越想越傷心，不由哀哀痛哭起來。

悲泣了一陣，先於求恕之中，還有些怨望師父薄情，處罰太過。後來一想：「以這次而論，要專為除妖不成，那只是自己法力經驗不夠，並非自己不盡心力，縱然有罪，何至於此，其中必然還有緣故。」又仔細想了一想，才想起自從參加破慈雲寺後，因為出馬得意，又見眾同門能如自己者甚少，未免狂妄自大。一路上雖然也積了不少外功，回想許多處置事情，都有點不得其平，一任自己喜怒。尤其那日聽說妖物身上藏有寶珠，不該心心唸唸只在珠上盤算，斬妖除害之事反倒不甚注意。如與尉遲火異地而處，或者得珠之時，不再狂喜遠遁，也許縱有妖人潛伏，不致使妖物遁去。

又想起師父教規素嚴，那日代雲從、風子化齋，土豪固然可惡，懲治尚可，豈能犯戒，盜人銀兩，以供自己快意？雖然銀子並非自用，終是犯了清規。更想起路遇矮叟朱梅那般諄淳囑咐，不該因為寶珠存下私念，找尋諸葛警我不著，便逞能不再找人。照那日形勢，如再得一人相助，得珠之後，將珠交與助手，自去對付妖物、妖人，何能讓牠逃走？豈非一念之私，誤了全局？越想越覺錯誤太多，事情全壞在自己身上，責無旁貸，怎能怪師父薄情？不禁心寒膽戰，愧悔萬分。

正在惶急，忽見玄真子與乾坤正氣妙一真人雙雙緩步走來。笑和尚一見，彷彿是得了救星，連忙膝行著迎上前去，懇求代為緩頰。妙一真人道：「你師父性情，平素看去，較我等還要和易，但是戒律卻異常精嚴。你不應連犯貪、嗔、妄三行戒條。據我看，你師父心中甚是難過，大有將你逐出門牆之意。所幸你尚能懺悔，覺悟前非。我又念你能為峨嵋宣勞，因此約了你玄真師叔，向你師父求情，縱能免卻追還飛劍，逐出門牆，責罰也不在小。你可小心在此謹候，萬勿任意行動，少時自有回音。」

笑和尚哪敢答言，不住含淚叩謝，眼看妙一真人與玄真子走到洞府門前，石門自開，雙雙走了進去。一會諸葛警我走來，向笑和尚略一點首，匆匆入內。又待有兩個時辰，才見諸葛警我面帶憂色，走了出來，喚笑和尚起立道：「師弟，恭喜恭喜，已蒙師伯恕宥了。」

笑和尚大喜，忙問：「師父可准小弟進去拜謁請罪？」

諸葛警我道：「此時談何容易。這事都怪我晚回了兩三日，累得師弟你遭此無心之過。適才師父和妙一師叔向苦行師伯再三求情，只免逐出門牆，尚有許多下文，暫時無暇談此，可隨我到釣鼇磯新闢的洞府中細談吧！」

笑和尚聞言，不由憂喜交集，先向著洞府跪謝師父寬恕之恩。然後隨著諸葛警我下了仙山，駕起劍光，直飛海濱釣鼇磯神吼洞坐定，聽諸葛警我詳說經過。才知苦行頭陀果然怪他不該狂妄貪嗔，盜人銀子，一心看重寶珠，精神不屬，以致未看出妖人潛伏，遺留莫大後患。對他甚是灰心，不但不肯傳授將來衣缽，還要追去飛劍，逐出師門。幸而念在他資稟不差，又是初次犯過，事後跪在洞前，尚能自覺前非。又經玄真子、妙一真人再三說情，才免逐出之罪，給與自新之路。

那妖人乃是百蠻山陰風洞妖孽綠袍老祖門下、叛師惡徒辛辰子。自從綠袍老祖在慈雲寺被極樂真人李靜虛腰斬，恰巧辛辰子趕到，趁著頑石大師失利的當兒，冒險將綠袍老祖上半身搶了逃走。他拚命救師，心裡並非懷有好意。他因早已知道綠袍老祖尚有第二元神煉成的玄牝珠，乃是邪教中的至寶，存心不良，並不將綠袍老祖上半身送回百蠻山，尋找替身還元。而是逕將他帶至西藏大雪山極隱祕的玉影峰風穴寒泉之內，用妖術、法寶將峰封鎖，每日毒釘邪火禁制，要逼綠袍老祖將玄牝珠獻出。

綠袍老祖知他性情歹毒，與自己不相上下，寧受折磨，至死不肯將珠交出。辛辰子才知弄巧成拙，憑自己法力，只能給他受盡痛苦，要弄死卻非容易。又加上百蠻山尚有三十幾個兩輩同門，時常查問綠袍老祖上半截屍身下落，俱疑辛辰子搗鬼，綠袍老祖未死，漸漸追問甚急。玄牝珠如能到手，便不愁他這些同門餘孽不服，如果珠不能得，遲必生變。再要走漏機密，被人救去，綠袍老祖殘忍非常，報復起來，定比自己施之於人者，不知還要慘上多少倍！

辛辰子越想越害怕，擒虎容易放虎難，情急無奈，只得費盡心力手腳，盜了紅髮老祖一把天魔化血神刀。這原是綠袍老祖的剋星，交珠便罷，否則便用神刀將綠袍老祖連殘身帶元神全部斬化。

誰知遲了一步，綠袍老祖逕被妖人西方野佛雅各達救走，狠心毒意，乘人之危，在青螺魔宮中，雙雙活割了青海派教祖藏靈子得意門徒師文恭的身軀，接復後，遁回百蠻山去。發下大誓，二次再煉百毒金蠶蠱，捉到辛辰子，將他折磨三十年，身受十萬毒口，後然斬去元神，化骨揚灰，用法術咒成蠱蟻，輪迴生死，日受毒蠶咬食，永世不完苦孽。

辛辰子當時被綠袍老祖用拔毛代體、化神替身瞞過，未得追上，已知上了大當。後來一聞此信，嚇得膽落魂飛，哪敢再回百蠻山去，到處潛伏匿影，以避綠袍老祖搜尋。知道盡自藏躲，終非了局。又聽別的妖人說起，要破金蠶蠱，只有生擒到雲南天蠶嶺的千年文蛛，用自己心血祭煉，與妖物分神化體，用此才可將金蠶一網打盡。否則這次綠袍老祖下了狠心，不久便將身與金蠶合而為一，蠶存與存，蠶亡與亡，就未必能制了。

他得了那妖人指教，又傳了妖物文蛛禁制之法，用千年毒蠍腥涎和蛟絲結的毒網，去擒妖物，預先在妖谷內用妖法隱去身形。笑和尚同尉遲火去時，他已察覺，本想下手暗算。又因妖物有乾天火靈珠護體，非毒網所能克制，指教他的妖人，也算出他非因人成事不可，因此才隱忍未動，決計借別人搶珠之時下手。但他生性太惡，就這麼打算，還趁尉遲火往谷口探頭之際，暗打了他一陰魂毒火彈。那彈中上，不出七天，便要煩渴而死。偏偏尉遲火無意中又服了萬載空青靈石仙乳，才保無恙。及至笑和尚得珠到手，辛辰子趁他回身，用毒網抱了文蛛，污壞了尉遲火的飛劍，行法遁走。

笑和尚追他時，他因乾天火靈珠已與妖物元氣脫離，不但沒有顧忌，反起覬覦，原想暗使妖法一網打盡。一則恐人覺察，傳揚出去，作賊心虛；二則笑和尚劍光非比尋常，同時文蛛又放出那救命毒氣，他雖滿身妖法，又知禁忌，也覺禁受不住，連已經倒地的尉遲火都未及下手，逕自逃走。

誰想冤家路窄，指點他盜取文蛛的妖人走漏了消息，那綠袍老祖門下一個名叫唐石的聽了去，密告了綠袍老祖，自是容他不得，早派了十幾個門下妖孽跟蹤窺探。一則怕他那柄化血神刀，又兼想連那妖物文蛛一起得去，當時並未下手。直等辛辰子得手之後，暗地跟隨，到他潛伏的玉屏巖地穴以下，用妖法隱形化身入內。趁他和一個妖婦飲慶功血酒之時，暗下銷魂散，將辛辰子和那妖婦醉得昏迷過去，再用柔骨絲縛好，連鮫網中的文蛛一起帶回百蠻山陰風洞去。

行至中途，正遇紅髮老祖尋來，向辛辰子要還化血神刀。這一夥妖人不知厲害，言語不遜，惱了紅髮老祖，施展妖法，困住眾妖，斬斷柔骨絲，震醒辛辰子，索還化血神刀。辛辰子醒轉一看，才知中了仇敵道兒，如非紅髮老祖索刀起釁，要被這些同門妖孽捉了回去，其身受的慘毒，哪堪設想。當下便向紅髮老祖跪下謝罪，將刀獻還，歷說綠袍老祖怎樣狠毒，他盜刀自衛，情出不得已，再四苦苦哀求搭救。紅髮老祖也未理他，將刀取回，竟自飛回山去。

辛辰子趁眾人畏懼紅髮老祖不敢動手之際，見紅髮老祖一走，連那妖物文蛛和心愛的妖婦都顧全不得，也乘機同時行法遁走。這夥妖孽欲待追趕，已是不及，只得帶了那妖婦和妖物文蛛，回山覆命。

綠袍老祖聞得辛辰子中途逃走，暴跳如雷，不但恨紅髮老祖切骨，怒到急處，竟怪唐石不加謹慎，一口咬斷唐石臂膀，又要將這些妖人生吃雪恨。還算雅各達再三求情，說他等俱非紅髮老祖之敵，文蛛既已得到，除了後患，可以將功折罪。辛辰子失了文蛛和化血神刀，無異於釜底遊魂，早晚定可擒來報仇雪忿，何必急在一時？這些妖孽才免葬身老妖之口。

那綠袍老祖自從續體回山，性情大變，越發暴戾狠毒，每日俱要門下妖人出去抓來人畜，供他生吃。人血一喝就醉，醉了以後，更是黑白不分，不論親疏，一齊傷害。不似從前對門下，暴虐之中，還有幾分愛惜。總以為自經辛辰子這一來，其他餘孽難保不有人學樣。傳授法術，學成以後，去為將來叛師害己之用，簡直休想。

他從前雖然狠毒，女色卻不貪戀。自得妖婦，忽然大動淫心，每日除了刺血行法，養蠶煉蠱之外，便是飲血行淫。偏那妖婦又不安分，時常與門下妖孽勾搭，偶然覺察，他卻不究妖婦，只將門人慘殺生吃。門下三十幾個妖人，已被他生嚼吃了好幾個。在他淫威惡法禁制之下，跑又跑不脫，如逃出被他擒回，所受更是慘毒。不逃走，在他身旁，法術既不曾再傳，又是喜怒難測，時時刻刻都有慘死之虞。

他回山沒有多日，鬧得這些門下妖人個個提心吊膽，如坐針氈。及至這次唐石領了多人盜回文蛛，除去他的隱患，有功不獎，反將唐石咬斷一隻臂膀，又要生吃眾人。雖經人解勸得免，可是一見唐石斷臂，便想起昔日咬斷辛辰子臂膀，結怨復仇之事，不時朝唐石獰笑，話言話語，總拿辛辰子作比。

唐石平時雖是惡毒，甚得眾心。向辛辰子追究綠袍老祖下落，也是他一力主持，卻鬧得這般結果，朝不保夕。越發眾心解體，反覺不如當初與辛辰子一氣，同謀將他除去，倒不致受今日荼毒。真是眾叛親離。

那辛辰子也自知早晚沒有活路，探知綠袍老祖也想利用文蛛煉成妖法，與峨嵋尋仇，得到以後，並未弄死。只因金蠶蠱尚未煉成，不能分心，將文蛛仍用鮫網網好，關在陰風洞底風穴之內。自己既與惡師勢不兩立，除了將文蛛再行盜回，覓地藏煉，將來還可拚個強存弱亡之外，更無善策。處心積慮，想去冒險一試。半月之內，必要前去。

苦行頭陀用佛法坐禪，神儀內瑩，智珠遠照，算出許多因果。又看玄真子與妙一真人情面，將斬除妖物之事，責成笑和尚前去辦完。命諸葛警我傳語，指示了綠袍老祖藏匿妖物之所。給了三個密柬，外面標明日期，到日危急，才許開看。斬妖回來，不但將功贖罪，那時苦行頭陀也值功德圓滿，仍可令笑和尚繼承衣缽。

笑和尚備悉經過，好生憂急，忙對諸葛警我道：「斬妖贖罪，責無旁貸。只是那綠袍老祖何等厲害，門下許多妖人，俱非弱者，我人單勢孤，本領有限，如何能夠深入妖穴？師兄念在往昔情分，好歹救我一救。」

諸葛警我道：「你真遇事則迷，枉自平日那樣聰明。你想師伯既將全責交你，如非預算成功，豈有叫你前去送死之理？不過怪你這次狂妄自私，犯了教規，特意藉此磨折你一番罷了。綠袍老祖厲害，我等自不是他對手，其間當然免不了許多驚險魔難。所幸師伯雖命你一人負責，並未禁止你約請幫手。

「前輩師伯叔自不便請去相助。連我也因三次峨嵋之事，師父和這兩位師伯師叔時有差遣，不能離開一步。但是別的同門尚多，尤其是破完青螺以後，新入門的幾位同門，不但本領高強，還有許多異寶。師伯第一封柬帖外面，寫有你起身日期，計算離今天還有半個來月，你何不趁此時期，請好助手，再往百蠻山去，相機行事，豈不是好？」

笑和尚道：「我平日不善和師姊妹們應對，除你之外，只和小師弟金蟬交好，但他的能力，還不如我。餘者同門雖多，我俱不熟，又不知何人身有異寶，也不好意思事急請人相助，這便如何是好？」

第十六章　敵愾同心

諸葛警我道：「你又呆了，斬妖除害，乃是我等應為之事，雖說助你，也是為公，不過你身任其難罷了。只一對他們說，除非另奉師命，有事在身，都是義不容辭。峨嵋與我等一家手足，俱是同門，分什麼男女和交情深淺？我代你打算，這些同門當中，別看小師弟金蟬本領不如你，還就數他是第一福人，畢生永無凶險，又最得妙一夫人和諸同門愛護，難得他又和你交好，約他相助，最為妥當。你如不好意思請師姊妹們相助，一約他去，師姊妹們也決不袖手，縱然自己不去，必借法寶助你成功。

「我聽說他們所有法寶，除朱文有朱師伯的天遁鏡，專破妖氛毒氣外，如李英瓊的紫郢劍，秦家姊妹的彌塵旛，還有申若蘭借用半邊老尼的紫煙鋤也未送還。他們現時俱聚集在峨嵋山凝碧崖洞天福地之內，前門法術封鎖，初去不易找尋。你可往髯仙李師叔飛雷洞對過後洞入內，只須約去小師弟，再借得兩件法寶，悄悄偷上百蠻山，用隱身法入洞，去斬文蛛，金蟬與你接應，縱不手到成功，也不致失陷妖人手內。事要縝密，不可再似前時大意。我將師父給我的九轉真元再造神丹給你兩粒，以防不測，少贖我力不從心，不能分身相助之罪，如何？」

笑和尚知那仙丹經三仙多年道法煉成，因念諸葛警我頻年採藥勞苦功高，戒律謹嚴，從無過犯，同門中只他一個得蒙恩遇，賜了七粒，有此在身，不啻多得一條生命，連忙跪謝，又謝了指教之情。因為事不宜遲，大功未成，師父不許見面，諸葛警我又忙著檢配新採靈藥，事已商量停妥，無可留戀，將那火靈珠與諸葛警我看了，又商談了一些別的事，便別了諸葛警我，逕往峨嵋飛去。

雖聽說飛雷洞在峨嵋後山，有危峰峭壁圍繞，人跡罕到，但是從未去過。照諸葛警我所指的路徑，在空中飛行，尋了好一會，才看見山陰峰巒聳聚之下，有一片平崖，上面有一座洞府，背倚崇岡。一面孤峰拔雲，一面廣崖上洪波浩浩，急流洶湧。到崖盡處，直落千尋，飛沫噴雪，銀濤幻彩，聲如雷轟，震動山谷。洞府對面，又是一座洞府，洞門似較稍小，白石如玉，映日生光。洞前有畝許方圓平石，突伸出去，左右各有一根白玉石柱對列。兩崖中斷，下有百丈深潭，寒波澎湃。兩洞相去並沒多遠，到處都是奇花異卉，古木靈石，允稱仙境。

笑和尚算計這兩座洞府，必有一處通著凝碧仙府。正待收劍下落，忽聽一聲鵰鳴。定睛一看，從洞內高視闊步地走出一個金眼大黑鵰，出洞便縱向洞旁石柱上面，鐵羽神駿，顧盼威猛。緊接著洞中又縱出一個比人還高的大猩猿，手中拿著兩柄長劍，出洞便在平崖上舞將起來，光華閃閃，縱躍如飛，雖不能與身合一，已宛然峨嵋家數。

笑和尚看著稀奇，暗想：「前日聞得凝碧崖有一個仙緣極深的女同門，名叫李英瓊，得了白眉禪師的神鵰佛奴，甚是通靈。卻不想還有這麼一隻大猩猿，居然也得了峨嵋傳授。諸葛師兄說不久有許多妖人來此侵犯，有這兩個靈物守洞，尋常異教還難擅入雷池一步呢！」

正想看那猩猿舞完了劍再行下去，忽見空中飛過一群大山鳩，那時猩猿正舞到疾處，倏地將足一點，連人帶劍，直突高空。那群大山鳩飛逃不及，早被衝入鳩群，劍光過處，穿殺了好幾個，縱下地去。收了雙劍，便作人言，叫那黑鵰去吃。那黑鵰偏著頭看了牠兩眼，嘴裡叫了兩聲，想是不肯領情。那猩猿一賭氣，提起幾隻死鳩，便往崖溪中丟去，零毛碎羽，落了一地。

笑和尚心最仁慈，暗罵：「扁毛畜生！才學了多少本領。既會人言，必已通靈，如何行事還這般殘忍？前輩師伯叔從不收異類為徒，金蟬比較淘氣，說不定就是他所豢養。這東西已學會峨嵋劍法，又有這兩口好劍，現時見牠為惡，不加懲治，異日多事殺生，再要野心不退，歸入旁門，豈不貽羞峨嵋門戶，害他主人為他受過？何不下去懲治牠一番，就是牠主人知道此事，也難怪我。」

想到這裡，故意鬧個玄虛，收了無形劍遁，從空中似斷線風箏般，飄飄蕩蕩往下墜落。神鵰得自白眉和尚佛法點化，笑和尚無形劍遁須瞞不過去，早看出來人是峨嵋一家，存心給袁星一點苦吃，才有袁星吃虧挨打之事。

笑和尚連打帶鬧，戲耍了袁星一陣，已斷定這裡定是凝碧仙府的後洞無疑。正待邁步往前行走，忽然鼻孔聞著一股子異香，見洞口裡石頭上放著三個朱紅如火的果子。拿起一看，清香撲鼻，以為是洞中仙果，被袁星盜來。嘗了一個，非常香甜好吃，順手揣起，往裡便走。

原來袁星委實心高志大，自見主人為余英男逃走莽蒼山之事每日焦急，想到與神鵰同立奇功，將英男尋回，以搏主人歡心。背著眾人，和神鵰商議。神鵰也因日前尋英男無著，覺著有負使命。先因奉命看守後洞，不敢擅離。禁不起袁星一再慫恿，說牠自幼生長莽蒼山，洞穴甚熟，又有許多子孫，可以相助找尋，除非英男不在那裡，否則沒有尋不著之理。你飛行又快，哪有這麼巧，就會出事？何況對門還有兩位大仙相助，決無妨礙。倘如尋著，其功非小，也省得主人著急。

袁星又從腦後拔下幾根長毛，交與神鵰。說：「莽蒼山同類中，凡年代深遠一點的都通鳥語，可將此毛帶去，用鳥語說了英男相貌。你如當時尋不見英男，只管回來，明日再去，他們自會幫你找尋，隨到隨回，不過幾個時辰。我再故意絆著對面兩位大仙，在此說話學劍，即使有警，由二位大仙抵敵，我回去送信，也不至於誤事。如此既可立功，又可不廢職守，豈不兩全其美？」

神鵰被牠說動，又因深通靈性，能預知警兆，預料目前不會有事，便由袁星先將石、趙二人請出，借學劍為由，幫助防守，逕往莽蒼山飛去。那裡千山萬壑，大小洞穴不計其數，自不能一一遍尋，僅在空中盤旋下視，全山尋遍，倒見了不少大馬熊。除此之外，雖遇見幾個小猩猿，俱是年齡尚輕，靈氣毫無，一見神鵰飛來，嚇得亂抖亂叫。一一抓住，問了問，哪裡通什麼鳥語。將袁星長毛與牠們看，倒似乎有些認得，也沒有什麼特別表示。

神鵰便捨了這些小的，再去空中尋找，休說英男，連大點猩猿一個都無。記掛後洞，不敢久停，只得回飛。飛過一處山崖，見地下有幾個朱果，神鵰自然識貨，飛身下去抓起。四外細看，只有幾十匹馬熊，在那裡吃草，餘無朕兆，便飛回來。到家先埋怨袁星所言不實，頗為嗔怪。袁星不住指天發誓，表明心跡。更擔心同類子孫又被什麼木魃之類的妖物所害，苦於不能分身前去，好生難受。

那朱果共是五個，因未稟命而行，人未尋回，不敢向主人們呈奉，和神鵰商量分吃。神鵰昔日承主人賜過好幾個，只吃了兩個，多分一個給袁星。袁星想自己吃一個，偷偷送兩個給芷仙，報她得劍之恩。因那仙果清香撲鼻，聞一會，看一會，放在石上，不捨就吃。卻被笑和尚跑來拿去，如何肯捨，大叫一聲，拔出劍來，拚命就追。

笑和尚何等迅速，身又隱去，順著洞中路徑，到了凝碧崖，見著金蟬，同往無人之處，把來意告知，問金蟬可肯幫忙。金蟬自是一口應允。又說起責罰袁星經過，金蟬聽了大笑。笑和尚問出袁星也是女同門李英瓊豢養的神猿，深悔適才不該處治過分。雖說同門一家，自己初來，到底是客，只顧一時高興，舉動太以放肆，不好意思去見眾人，好生躊躇。

金蟬笑道：「笑師兄，你又太迂了。我們年輕道淺，本不應收門徒，何況異類。無非李師妹仙緣太好，又是在未入門以前收下，得了掌教夫人默許。大師姊早就慮牠野性難測，異日在外生事。偏牠當了我們，又非常恭謹，不能無過相責。不料背地卻敢放肆，得你做戒一番，再好不過。就拿這兩個朱果說，聞得李師妹說，只莽蒼山才有，並且不是年年結實，叫牠把守後洞，牠卻不知偷往哪裡弄來，也不稟報，多麼可惡！

「適才我們來時，聽李師妹在後呼喚，想必有事。我們且先回去，和大家見了面。好在時間還早，索性留你盤桓些日，到時她們即使不去，好歹也借幾件法寶。日前髯仙李師叔曾派仙禽傳書，說不久凝碧崖還有妖人侵犯呢！」

笑和尚強不過金蟬，只得隨他同往太元洞內，請新舊諸同門一一見禮，紅著一張臉，又向英瓊道了歉。金蟬便說袁星任意妄殺，咎由自取，責牠乃是為好，並不過分。說還未了，英瓊記著英男，也未暇計及別的，搶著問道：「袁星一個畜生，做錯了事，本應責罰，豈能介意？倒是笑師兄所持朱果，乃莽蒼山之物，笑師兄必從莽蒼山來，可曾見著一個孤身女子？」

笑和尚自來不善和女同門應對，未及開言，金蟬早將朱果取自袁星說出。英瓊一聽，忙要去喊袁星來問。袁星適才聽英瓊和靈雲等談說朱果，早恐少時事要洩漏，滿腹鬼胎，等在外面，不等呼喚，入內跪下，戰兢兢說了經過。

牠這種行為，正合英瓊的心意，拿眼望著靈雲，並不作聲。芷仙、朱文也先代牠說情。靈雲道：「妄戮飛禽，已有笑師弟責罰過了。把守後洞，何等重要，豈可遠離？連神鵰佛奴俱有放棄職守之罪。姑念為主心切，從寬免罰。下次再若故犯，輕則追回寶劍，逐回莽蒼，重則飛劍斬首，決不寬容。速往後洞，小心防守去吧。」

袁星聞言，喜出望外，連忙叩頭謝了眾人，起身出去。金蟬為友心切，便將笑和尚現奉師命，要往百蠻山陰風洞斬妖除害，將功折罪，只因綠袍老妖厲害，人單勢孤，來請同門相助之事說了。

這一班小輩同門，除了靈雲、秦紫玲、吳文琪幾個素來持重外，餘下都是急功喜事，好幾個都願前往。笑和尚當然滿口稱謝，金蟬更是興高采烈，不住的商量怎樣去法。靈雲看了，甚是好笑，插口說道：「蟬弟你就是這火爆性子，也不知亂些什麼。你先不要打岔，聽我來說。」

金蟬見靈雲臉色似不贊同，心中大為不快，鼓著一張嘴，搶著說道：「姊姊，這還有什麼說？我們既然以劍仙自命，斬妖除害，乃是天職。何況笑師兄受了苦行師伯重責，獨肩千斤重擔，我和他情同骨肉，你們不肯幫他，也得幫我。莫非這義不容辭的事，也要稟命而行麼？我不管你們，誰要怕事，只管不去。適才文姊姊和李師妹、申師妹、秦二師姊都說去的，想必不會說了不算，再連我一同……」

還要往下說時，靈雲見他一面激將，一面挾制，又好氣，又好笑，不等說完，喝道：「蟬弟住口，休得胡言！這凝碧仙府，乃本派發揚光大之基。我以微末道行，奉師父前輩之命，暫行主持。以後同門日多，都似你這樣放肆狂妄，言行任性，如何能行？昔在九華，念你年幼無知，處處寬容。如今年齡與學識俱應竿頭日進才是，一言一動，都似這般浮躁，豈是修道人的體統？外人為妖孽侵害，我等遇見，尚難袖手，何況同門至契。只是凡事須有個條理章法，大敵當前，尤須慎重，豈是隨便張皇，便能了事的？」

金蟬原有些畏懼靈雲，只因激於一時義憤，疑心靈雲不肯相助，才說了那一番話。被靈雲義正詞嚴地數說了一頓，早羞了個面紅過耳。

英瓊、朱文一知來意，就首告奮勇。寒萼、若蘭也相繼說是要去。英瓊素來天真，最得全體同門鍾愛，誰說她也不計較。朱文與靈雲姊弟又是生死患難之交，更不在意，反看著金蟬受屈好笑。若蘭得依峨嵋，引為深幸，平素本極敬重靈雲，反認為自己冒昧，不該也搶著說去。其餘自紫玲起，沒一個不佩服靈雲的。笑和尚自不便有何表示。只寒萼一人生來不曾受過拘束，自負甚高，又係初來，聞言好生無趣。

靈雲心中明白，轉向笑和尚道：「前者成都眾同門分手，掌教師尊原有飛劍傳諭，命我等分頭建立外功。彼時正值護送朱師妹往福仙潭求取仙草，歸來開闢仙府，接著又破青螺，未能下山歷練。如今遇見這種事，不但相助師兄，如能僥倖成功，將綠袍老妖除去，正是我等積修外功機會，為公為私，俱無坐視之理。

「偏偏仙府正值多事之秋，靈峰飛走，靈藥恐生變化。日前藏珍出現，也不知是何寶物，化成一道光華，破空飛遁。適才第二口飛劍又要遁走，多虧師兄趕來，用分光攝影之法，才得收住。現在不知穴中寶物還有多少。算計這兩日寶物飛化，都有一定時間，我等法力有限，封鎖無效，要到明日，才能分曉。封既不能，只有事先預防，通力合作，等它一出便收。要是寶物還多，須留兩位本領較大、能收寶物之人在此防守，以收盡為止，免致化形飛去，落於異派之手。時日甚難預料。最重要的，還有李師叔仙鶴傳警，說不久有異派來滋擾。

「此間根本重地，師祖昔年貯藏的靈藥異寶甚多，芝仙也移植在此，稍有失陷，非同小可。李師叔只說為期不遠，並未指明時日。全數在此，尚恐抵敵不過，再如分開，其力更微。李師妹有一姓余姊妹，異日也是本門中人，如今孤身獨走莽蒼山，雖知她決無凶險，總在磨難之中，李師妹幾番要約人前去尋訪，我也在為難，尚未決定。

「百蠻山除妖，為期尚有半月，如在此期中妖人來犯，正好借師兄大力相助禦敵。事完之後，酌留數人守護仙府，餘者隨著師兄同建奇功，豈不是好？只恐妖人遲遲不來，我等難以兼顧。蟬弟福厚，畢生無什凶險，誠如諸葛師兄所言，令他一人同去還可，其餘同門只好到時再定行止了。」

這一席話，自是解釋盡情。笑和尚早知師父以重責相委，必有磨難，決無容易之理，原在意料，倒也泰然，能得金蟬相助，於願已足。金蟬雖不甚樂意，想起目前仙府中實多礙難，只有盼望妖人早來侵犯，決一勝負罷了。

商議停妥，笑和尚便將適才接的那口飛劍交還靈雲。又將柬封外面註明赴百蠻山日期，與眾人看了。靈雲見那口飛劍形式特別，連柄長只尺許，劍身三稜，青芒耀眼，寒氣疹人毛髮。

眾人正在傳觀，笑和尚猛地心中一動，對金蟬道：「藏劍寶穴現在何處，發現以後，既然未能封鎖，各位師姊師兄可曾入內觀察？」

一句話將靈雲提醒，忙答道：「這幾日，一則仙府多故，二則初回時因未看見飛走的法寶形象，恐能力有限，不敢妄入。今日見這第二柄寶劍化成青蛇飛去，才猜寶物是按時飛行。又因師兄新來，忙於接談，竟未及想到入穴窺探。現被笑師兄一提，才想起若論我等本領功行，本不該冒昧擅窺師祖的寶藏。但是穴中寶物既要次第飛遁，先已失去一件，再不先事防範，如有遺失，後悔無窮，自以冒險入內試探為是。

「不過穴中寶物深淺難知，時聽裡面金鐵交鳴，我等是否能收尚不可料。稍一失措，便有殺身之危，此事不能大意。所幸笑師兄無形劍遁，妙術通玄，更有朱、李、秦三位師妹各有至寶。我等不求有功，先求無過。入內人不須多，只由我與笑師兄二人，借了三位師妹的紫郢劍、天遁鏡、彌塵旛，連那九天元陽尺四樣寶物，入內觀察，以作防身之用，得便將穴中法寶收住。餘人各駕劍光，在穴外防守，以防寶物遁走，最為穩妥。」

當下便向三人要過三樣寶物，將新得飛劍帶在自己法寶囊內，佈置好了眾人，將彌塵旛交與笑和尚，元陽尺藏在袖內，一手持著天遁鏡，一手拿著紫郢劍，領了眾同門，走到寶穴前面峭壁之下。先和笑和尚飛劍上去，在穴口側耳一聽，裡面金鐵交鳴之聲又起，只不如先前響亮。

靈雲道：「先時每值寶物飛去以前片時，響聲甚大，寶物一經飛出，便即停息。據這兩次聞聲觀察，這穴必甚深廣。現在就要進去，笑師兄可有什麼高見？」

笑和尚道：「師姊道法通玄，為同門表率，無須太謙，就請下手吧。」

靈雲便將手一揮，峭壁下除了英瓊已將紫郢劍借與靈雲，芷仙不能身劍合一，只在下面旁觀外，餘人各將劍光放起，連人帶劍，十來道光華，沖霄而上，似五彩匹練起在半空，神龍夭矯，略一遊轉，齊往寶穴上空會合。寒光寶氣，耀目生輝，雜以雷電之音，穿織成一盤光網，籠罩穴頂。

靈雲料無疏虞，對笑和尚道得一聲：「有僭！」揭開石穴蓋，用手中天遁鏡往下一照。見裡面是一個井一般的深穴，從上到下，約有二十餘丈，比穴口約寬三倍。內壁上面有一個石門，餘外三面俱是平滑如玉的石壁，一無所有。才知寶穴原是兩層，寶物正藏在石壁以內。略一端詳，看出穴中並無異兆。回頭招呼笑和尚，一前一後，飛身下去。

到了穴底，走向石門前一聽，果然金鐵之聲出自門裡，空穴傳音，分外清晰，鏗鏘悅耳。見那石門竟似天然生就，僅略看出一絲輪廓，無法進去。二人商量了一會，先用笑和尚的飛劍，往縫隙裡試了試，竟不能削動分毫，也不知以前寶物怎能破壁飛去。猜這石門定有仙法妙用，不然何致笑和尚的飛劍都破它不開。又用彌塵旛試了試，以為彌塵旛能隨心所至，穿金入石，必能連身入內。誰知彩雲起處，仍不能飛入雷池一步，只在石門之上迴旋。才知仙法厲害，越發不敢大意！

連忙收了彌塵旛，取出英瓊紫郢劍，向門縫裡刺去。先以為飛劍、寶旛失效，紫郢劍也未必成功，姑且試試。誰知紫光到處，立刻一道白煙一閃，石門不見，石門以內金光耀眼，夾著一團彩氣，疾若閃電一般盤旋，阻住去路。二人不禁吃了一驚，先以為這是寶物。猛聽出金鐵交鳴之聲，出自光層裡面，才悟出這是仙法封鎖寶物的妙用。

靈雲將天遁鏡交與笑和尚，要過彌塵旛，叫笑和尚持鏡遠照，相機進退，自己決意冒險入內一探。一手持著紫郢劍，用彌塵旛護體，再與自己飛劍將身合一，試探著往光層裡穿去。

笑和尚在光層外面瞭望，眼看一道紫光，會合一幢彩雲，穿入光層以內。頃刻之間，便見靈雲帶著一條青光，重又穿光而出，落地收了法寶、飛劍，口中連稱好險。

笑和尚忙問究竟，靈雲道：「我用法寶、飛劍護身，僥倖入了寶穴，裡面地方甚是深廣，玉柱瑤階，如同仙闕。盡頭處見有五道光華，互相糾結盤繞，其形不一，色彩各異，光華照眼，也辨別不出是什麼寶物。我正尋思一人決難下手收取，腳才著地，便覺適才師兄所收那形如青蛇的三稜飛劍，在百寶囊中跳動，未及檢看，便化成一條青蛇，破囊而出，虧我手快，才得將它收回。百寶囊已破，無法收藏，只得連彌塵旛拿在手內。

「這青蛇才一照面，五道光華之中，倏地一道形如蜈蚣的紅光，往我手上撲來，這青蛇也好似要在我手上掙脫，同時那餘外四道光華也紛紛飛到。我恐措手不及，仍用前法遁出，才保無恙。那五道光華，好不厲害。那頭一道紅光飛到時，若非紫郢劍敵住，險遭不測。就這樣，還將百寶囊損傷，連玉清師太所贈的烏雲神鮫網，以及我自己煉的兩樣小法寶，俱都失落在內，還不知能保原璧與否。

「幸喜九天元陽尺藏在袖內，不曾失落。那尺不用真言，不能發揮妙用。要是失陷損傷，不但見了凌師伯無法交代，日後還有不少用它之處呢。不過我已看出一些下手之法，至少還得三位有本領的同門，才能前去收寶。若只你我二人，決難勝任。」

正說之間，忽見一道光華從空飛降。來人正是輕雲，手中拿著兩封柬帖，標明拆看次序。那柬帖正是妙一夫人的飛劍傳書，先是金蟬接到。因金蟬霹靂劍僅比紫郢劍稍次，勝過眾人，可以幫助防守。又因有一封柬帖標有取寶之法，才請輕雲下來，交與靈雲。靈雲先朝柬帖跪拜，打開第一封一看，不由心中大喜。顧不得先說別的，忙請輕雲將那青蛇形飛劍帶了上去，交與寒萼代收。再約秦紫玲與朱文，連她本人一同下來，相助收寶。餘人仍在上面防守。不一會，輕雲將朱、秦二人約到，靈雲才將收寶之法說出。

原來那寶物乃是長眉真人採五行精英，用九九玄功，按七真形相，煉就的七口飛劍。深藏在凝碧崖旁天波壁中腰青井穴中元洞內壁上七個玉石劍囊之內，總名七修，分龍、蛇、蟾、龜、金雞、玉兔、蜈蚣七種，各有象形，專破異派五毒，乃是峨嵋至寶。長眉真人飛昇之時，因火候尚未純青，未傳門下。用法術將洞穴一齊封閉，由七口飛劍各依生剋，晝夜三次，在洞中自相擊刺磨煉。僅留了一封柬帖，交與妙一真人。昨日妙一真人算計時日已到，打開柬帖，才知這七口飛劍來歷和收用之法。

柬帖上並說因為那日母猿袁星身上來了周甲天癸，五靈脂污了青井穴的法術封鎖，也正值寶物該是出世之期，穴外法術雖然被污，內洞還有兩層封鎖：頭一層便是那石門，第二層是一面六陽玦。這六陽玦如遇午年午月，每日午時陽盛陰衰，物極必反，轉致失了效用。

同時那七口寶劍在洞內互相擊刺，因有生剋關係，較弱的一口，必乘此時被迫穿出，石門阻隔不住，自然隨它本身靈性飛遁。內中有一口玄龜劍，首先化形飛去。第二口蛇形的青靈劍，也在次日相繼飛出。雖然當時收住，如不會運用，仍要飛逃。頭一口玄龜劍飛出之後，落在一個未入門的弟子手內，不久自會珠還。其餘六口，務要早日下手，以免失落異派之手。

妙一真人因為與玄真子、苦行頭陀輪流合煉一樣純陽至寶，不能分神，恰好妙一夫人到東海看望，也因有事他去，才用飛劍傳書，命靈雲率領輕雲、朱文等，照長眉真人所傳收劍之法，即時下手。收劍之後，由靈雲收藏，等真人回山，再行分派。

靈雲吩咐好了眾人，傳了咒語，手舉九天元陽尺，念動真言，朝洞門內旋轉的光華一指，金光閃處，光華全斂，一面玉玦，隨著飛入靈雲手內。眾人入內一看，洞中五道光華仍在閃轉騰挪，互相糾結，鬥個不息。正待往裡進步，門外六陽玦一收，寶物好似有了覺察，倏地相次分散，向外便飛。靈雲早有防備，手中九天元陽尺往上一起，先化成一道金虹，往那五道光華圍去。餘人早各按分派，念動收寶真言，照預說的方位，往左右四壁一指，那五道光華也各依眾人指處，掉轉頭，疾如閃電往壁上飛去，晃眼鑽入壁中不見。

靈雲收了元陽尺，見適才遺失的烏雲神鮫網等寶物仍在地上，因未使用與劍相敵，並未損傷，便取來收好。同了眾人近前一看，果然有大小七個玉囊嵌在壁上，色如羊脂，與壁相平，僅看出周圍細縫。囊形也與劍形相類，注有古篆劍名：龍名金鼉，蟾名水母，雞名天嘯，兔名陽魄，蜈蚣名赤蘇。除去玄龜、青靈二劍外，俱在囊內。

眾人各用真氣將七個劍囊一齊吸出，忽見金光閃處，壁上空穴全都生長還原，並無縫隙，俱都驚嘆仙法妙用不置。再看手上玉囊，竟是透明如晶，囊中劍形，俱與名稱相符。各人高高興興捧了出洞，駕劍光上升穴頂，招呼洞外諸人，同往太元洞內。又向寒萼要過青靈劍，藏入囊中。

眾人見那七個劍囊，只龍、蛇二劍最大，約有尺許，小的只三四寸大小。聽靈雲說起收劍經過，才知竟有若干妙用，互相稱賀了一陣。靈雲便將這天嘯劍取來帶在身上。其餘五劍，金鼉交與紫玲，水母交與輕雲，陽魄交與英瓊，赤蘇交與朱文，青靈交與若蘭，玄龜劍空囊交與芷仙暫時佩帶，靜等教祖回來定奪。

靈雲原意，七修劍乃是靈物，三次峨嵋鬥劍破異教五毒囊的至寶，劍數太多，既不能全數隨身攜帶，供在室內又恐疏虞，不如分給眾人佩帶，較為穩妥，既非私情贈授，又未傳用法，不過是暫時分著保存，並非有所厚薄。

不料隨意一分，引起寒萼許多不快，心中好生怏怏。紫玲從旁看出，知道靈雲事出無心，寒萼塵孽本重，深恐她倚強任性，入門未久，得罪同門，大是不便，覷著眾人不注意時，偷偷用目示意。寒萼明白乃姊用心，只微微笑了一笑，面容轉趨和藹，仍和往常一樣，尋著若蘭說笑，好似依了紫玲暗示一般。紫玲才放了心。這時靈雲已將妙一夫人的第二封柬帖打開，與眾人傳觀。

原來妙一夫人未到東海以前，路遇諸葛警我。諸葛警我知道妙一夫人道行高超，性情尤其寬厚，同門仙俠無不尊崇，若求她向苦行頭陀緩頰，必蒙允准。上前參謁之後，便稟明笑和尚獲罪之事。並說綠袍老妖何等厲害，笑和尚獨入虎穴，決無倖理，務求夫人援手說情。

妙一夫人道：「笑師姪九世苦修，厚根獨具。苦行道友不久功行圓滿，要用他承繼法統，縱然稍犯清規，不過藉此懲戒，使他早完三劫，磨煉身心，以備異日付託衣缽之重。此去雖當凶險，定能因禍得福。你既關心同門，且待我到了東海，見了諸位道友，問明前後因由，再作區處。」

說罷，別了諸葛警我。到了東海，見三仙正在丹房內輪流交替，用自身三昧真火煉一件純陽之寶，只在便中與妙一真人晤談，除命靈雲照長眉真人遺柬收取七修劍外，順便談起笑和尚之事。

妙一真人道：「你來了正好。我同玄真、苦行兩道友因煉這件純陽之寶，大干許多邪教禁忌，雖不畏妖人破壞搶奪，總恐他們得信準備，一切都不可不防。又因此寶煉時頗耗元氣，寧願多延時日，凡事謹慎。自煉寶之日起，我等三人以二人對著丹爐，運用玄功，發動真火；一人休息，化身照護，隱蔽寶光，以免妖人發覺。似這樣每隔三日輪流接替，還有八九之期，便可煉成。現時不但斬除文蛛，消滅妖人未煉成的惡蠱，事關緊要，峨嵋也在多事之秋。

「靈峰飛去，有恩師遺留仙陣封鎖，尚可等我回山，再取靈藥。只是三英行即同歸門下，內中英男為往莽蒼山尋找李英瓊，現受黑霜陰霾之厄，凍僵在莽蒼山陰寒晶之內，已有數日。幸得她未遭難時，因腹中饑餓，從幾個大猩猿手中奪了幾個以前英瓊採遺的朱果吃了，藉著仙果之力，周身氣血雖已凍凝，惟獨心頭方寸尚是溫熱，苟延殘息。

「那莽蒼山冰凍萬丈，如此高寒之所，只為山陽藏有萬年溫玉精英，亙古不凝冰雪，四時皆春；所有陰寒之氣，萃於山陰。英男年幼無知，被一妖道利用，想借她一身仙骨，幾世純陰，去盜取寒穴玄晶之內的冰蠶。他又本領不濟，未算準日時生剋化用。英男去時，正值寒風歸穴之際，入穴數步，便被寒風吹倒。妖道眼看別人為他僵死洞內，他卻袖手而去。如今英男骨髓皆化成寒冰，縱有我等靈藥，救活之後，非得到萬年溫玉，不能回溫復原。

「峨嵋不久又有許多妖人來盜芝仙精血，眾弟子不能遠離。英瓊仙緣最厚，多服靈藥仙草，元陽充沛，又有神鵰、靈猿為她輔助，神鵰頃刻千里，靈猿莽蒼原是故里，眾弟子中，只她一人可以前去。趁寒風出穴之際，入內將人救轉峨嵋，再敵守五妖尸，盜取萬年溫玉。笑和尚百蠻山除妖之日，也正是妖人侵犯峨嵋之時。若論力敵，眾弟子皆非對手，此事全仗臨機應變，舉動縝祕，人多反不相宜。可著金蟬借了朱文天遁鏡，助他前往便了。」

妙一夫人便照妙一真人意思及應如何行事，寫了兩封柬帖，用飛劍傳書，命靈雲等依次行事。大家看完了妙一夫人柬帖，頭一個英瓊悲喜交集，當下便要帶了一鵰一猿，趕往莽蒼山去，將英男救回。

靈雲道：「瓊妹先不必如此急躁。既有掌教夫人之命，去是一定由你前去，不過你初次獨身遠行，雖有神鵰相助，也須慎重。按說，救人只須尋到了地頭，並非難事。只是那冰蠶和溫玉兩樣寶物，一個有妖道覬覦，一個有妖尸守護。那妖道處心積慮，想得冰蠶，他見英男妹子失事，決不就此干休，必要另想法兒。你救人時，難保不會遇上。

「若論你的劍術，雖然入門未久，仗你資稟穎異，苦功練習，造詣已非常人。加以紫郢劍又是師祖煉魔之寶，如會運用，無論正邪各派飛劍，俱非敵手。可惜你應敵閱歷稍差，青螺兩次遇險，皆由於臨事疏忽，並非此劍能力不濟。此去如遇妖人阻攔，切忌貪功輕敵，務須記住守多攻少。若用劍光護身，無論對方如何厲害，至多不能取勝，萬無一失的。還有柬上所說寒風洞穴，約在丑末寅初，現在時辰已過，去也無益。神鵰頃刻千里，何必如此亟亟？為防萬一起見，可將紫玲師妹彌塵旛借去一用，在今晚課完時起身，將人救回以後，再商盜玉之策便了。」

英瓊答道：「師姊之言極是，只是妹子與英男姊姊情同骨肉。昔日她在解脫庵失陷，彼時妹子能力太差，各位師姊有事在身，又斷定她藉此可學崑崙劍術，並無凶險，延擱至今，累她受了多少氣苦，可憐她盼望妹子接她回來，猶如望歲。現在又為尋找妹子，奔走逃亡，受盡艱辛，凍僵在寒穴之內。雖說吃了朱果，苟延殘息，但是身已凍僵，不能轉動。每日尖風刺骨，其苦更甚於死。妹子讀完恩師柬帖，心如刀割。不知蹤跡，還打算明日稟明師姊，拚著命不要，上天入地，也要尋她回來。

「今既知道她受苦之處，哪能再作遲延？即使時辰已過，寒風厲害，此乃有形之物，不比妖法難於防範，如見不能前進，自會知難而退，但求早早見著她的本人，寸心才安。而況袁星雖是畜類，自隨妹子，業已離鄉甚久，適才聽牠說起莽蒼情形，牠的子孫多半失蹤，想有妖物侵害，情甚可憫。提前趕去，既可代牠除害，又可觀察情形，先事準備。妹子定遵師姊吩咐，倘遇妖人，決不冒昧從事便了。」

靈雲起初原恐英瓊早去不能救人，遇見妖人怪物，又去貪功吃虧，才命她算好往返時辰前往。及見英瓊秀目紅潤，慷慨陳詞，眷言倫好，誠摯悲壯，不禁為之動容。又因莽蒼山面積甚大，柬帖只說風穴在山之陰，並未說明地址，縱然神鵰飛行迅速，目光銳利，早去探尋，也不為無理。只得請輕雲、文琪二人暫代神鵰守洞。再三囑咐小心，不可大意。

紫玲將彌塵旛遞過，英瓊道謝收下，別了眾人，與輕雲、文琪二人逕往後洞，連袁星同跨神鵰，直飛莽蒼山而去。

請續看《蜀山劍俠傳》六　猛獸報恩

風雲武俠經典

蜀山劍俠傳【第一部】5 萬里孤征

作者：還珠樓主
發行人：陳曉林
出版所：風雲時代出版股份有限公司
地址：10576台北市民生東路五段178號7樓之3
電話：(02) 2756-0949
傳真：(02) 2765-3799
執行主編：劉宇青
美術設計：吳宗潔
業務總監：張瑋鳳

出版日期：2025年8月
ISBN：978-626-7510-76-6
風雲書網：http://www.eastbooks.com.tw
官方部落格：http://eastbooks.pixnet.net/blog
Facebook：http://www.facebook.com/h7560949
E-mail：h7560949@ms15.hinet.net
劃撥帳號：12043291
戶名：風雲時代出版股份有限公司

風雲發行所：33373桃園市龜山區公西村2鄰復興街304巷96號
電話：(03) 318-1378
傳真：(03) 318-1378
法律顧問：永然法律事務所 李永然律師
北辰著作權事務所 蕭雄淋律師

行政院新聞局局版台業字第3595號 營利事業統一編號22759935

定價：340元

國家圖書館出版品預行編目資料

蜀山劍俠傳. 第一部 / 還珠樓主作. -- 臺北市：風雲時代出版股份有限公司, 2025.05
冊； 公分

ISBN 978-626-7510-76-6 (第5冊：平裝). --

857.9 114002681